Funkenflug

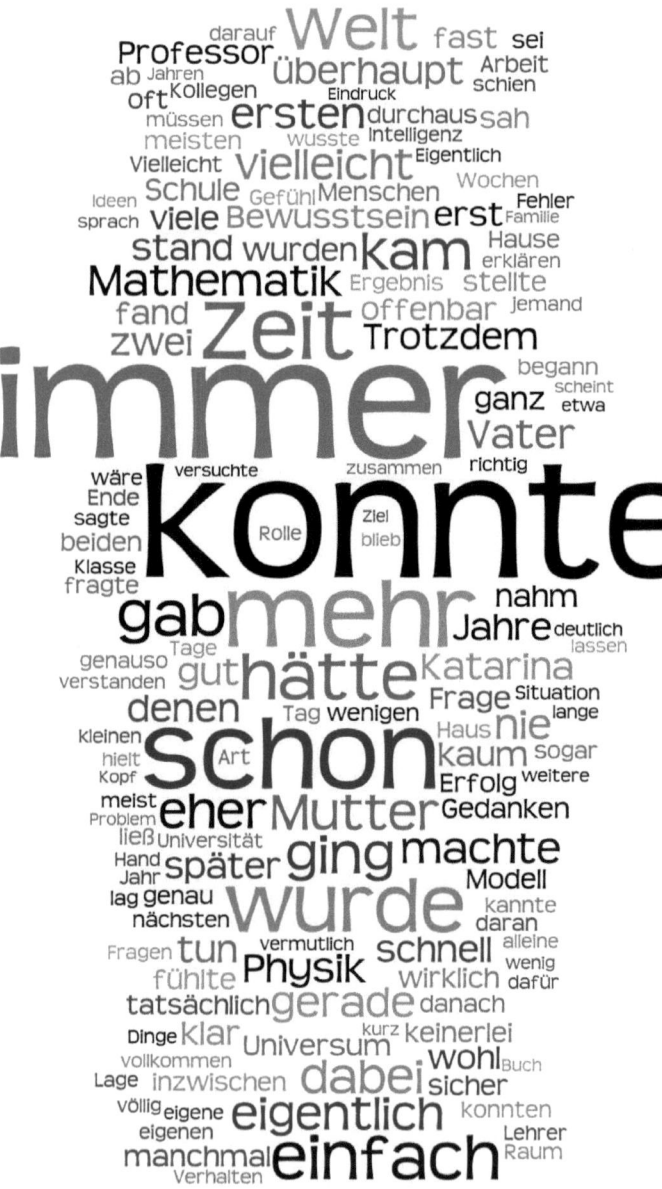

Friedegis Heintger

Funkenflug

Was bleibt von uns, wenn die Erinnerung versiegt
und jede Wahrnehmung schwindet? – Ein Funke
nur, kaum wahrnehmbar, doch so gewaltig wie das
Universum.

"Funkenflug" beschreibt die Geschichte dreier Männer, die sich kaum kennen, und deren Schicksale doch miteinander verbunden sind. Ihr Leben wird von unzähligen Ereignissen geleitet, die scheinbar zufällig geschehen. Planbarkeit stellt sich als Illusion heraus, während auch der unscheinbarste Zufall eine Lawine in Gang setzt, die die Welt unwiderruflich verändert.

Friedegis Heintger, Mathematiker, war mehr als dreißig Jahre bei einem weltweit führenden Unternehmen der Informationsverarbeitung tätig. Seine Schwerpunktthemen umfassten in dieser Zeit Projekte zum Einsatz von KI-Systemen, über Sicherheitsarchitekturen und Kryptografie, bis hin zu Big Data, Internet of Things, Cognitive Computing und der Analyse unstrukturierter Daten (Social Media).

1. Auflage Januar 2011

überarbeitete Auflage November 2018

© 2011, 2018 Friedegis Heintger

Herstellung und Verlag: Books on Demand GmbH, Norderstedt

ISBN 978-3-7460-4952-6

Bibliografische Information der Deutschen Nationalbibliothek

Die Deutsche Nationalbibliothek verzeichnet diese Publikation in der Deutschen Nationalbibliografie; detaillierte bibliografische Daten sind im Internet über dnb.d-nb.de abrufbar.

Vorwort

Wer hat nicht schon einmal nachgedacht über eine Antwort auf die Frage aller Fragen – „nach dem Leben, dem Universum und dem ganzen Rest"? Mein Interesse daran ist fast so alt wie ich selbst. Die Idee zum Buch entstand als eine Art belletristischem Extrakt aus meiner jahrelangen Beschäftigung mit den Phänomenen Intelligenz und Bewusstsein. Ende der achtziger bis Anfang der neunziger Jahre des letzten Jahrhunderts schien die Schaffung einer elektronischen Intelligenz, vergleichbar mit der menschlichen, zum Greifen nahe. Nach dem Abflauen der damaligen Hyphe und der darauf folgenden Ernüchterung habe ich mich Jahre später wieder mit deren ehemaligen Zielen beschäftigt, vieles gelesen und mein Wissen darüber auf den aktuellen Stand von Technik und Wissenschaft gebracht. Das Thema lässt mich seither nicht mehr los.

Letztlich verhindern die starren Grenzen zwischen den wissenschaftlichen Disziplinen immer noch jeden wirklichen Fortschritt. Weltbekannte Wissenschaftler wie Werner Heisenberg, Wolfgang Pauli, Niels Bohr, Erwin Schrödinger und Albert Einstein pflegten noch bis in die fünfziger Jahre des letzten Jahrhunderts hinein einen regen Austausch über die Bedeutung solch fundamentaler Dinge für die Naturwissenschaften.

Der Physiker und Nobelpreisträger Erwin Schrödinger spekulierte 1944 in seinem Buch „WHAT IS LIFE" über die einzigartige Rolle von Bewusstsein im Universum: "The only possible alternative is simply to keep to the immediate experience that consciousness is a singular of which the plural is unknown; that there is only one thing and that what seems to be a plurality is merely a series of different personality aspects of this one thing, produced by a deception(…)".

Er war offenbar der Auffassung, dass Bewusstsein, oder

damit eng verwandt der Begriff der Seele, keine individuelle Eigenschaft eines Menschen sein kann, sondern etwas, das im Universum nur einmal vorkommt und das er sich mit allen Lebewesen, vielleicht sogar mit aller Materie teilt. Das Gefühl, ein eigenes Bewusstsein oder eine eigene Seele zu besitzen, entspringt danach einer Täuschung, verursacht durch unsere Sinnesorgane.

Was sind wir dann? Welche Bedeutung hat der Tod? Was ist das Ziel unserer Existenz? Warum existiert überhaupt etwas? Was treibt uns an? – Fragen, zu denen der Leser vielleicht eigene, neue, anregende Antworten zwischen den Zeilen dieser Geschichten findet.

Die Protagonisten im Buch sind frei erfunden, wenn auch viele der beschriebenen Szenen durchaus reale Wurzeln haben und konkreten Erfahrungen entspringen. Hier ist Autobiografisches vermischt mit den Erlebnissen anderer, mir bekannter und befreundeter Personen. Der Text zeichnet die Lebenswege dreier sehr unterschiedlicher Männer, die in einer schicksalhaften Beziehung stehen, obwohl sie sich kaum kennen.

Friedel Heintger

im November 2018

Inhaltsverzeichnis

Funkenflug

Vielleicht war er immer schon auf der falschen Spur unterwegs gewesen. Hatte er wirklich verstanden, worauf sein Leben hinauslief, was er wirklich wollte? Oder war er immer schon getrieben gewesen, von seinem Erfolg, von Erwartungen anderer? Selbstzweifel waren ihm Jahrzehntelang vollkommen fremd gewesen. Er war immer im Recht, fühlte sich überlegen. Andere verstanden nicht das Wesen der Wissenschaft, ließen sich von Emotionen leiten.

Signale, dass vielleicht etwas nicht stimmte, hatte es immer wieder gegeben. Anfangs war er zu überzeugt gewesen von seinem Weg, von seinen Zielen, seinem Erfolg. Er hatte die Zeichen nicht beachtet, alles was seinem Vorankommen im Wege stand wegdiskutiert, ignoriert und arrogant ins Lächerliche gezogen. Er hatte immer die Richtung gekannt, war losmarschiert, immer geradeaus, schnell und klar und zielorientiert. Die Anderen hatten Unrecht, verdienten keine Rücksicht – Dummköpfe allesamt.

Seine Wahrnehmung beginnt langsam zu schwinden. Er empfindet keinen Schmerz, nur eine seltsame Taubheit, so, als würde jemand Ton und Bild langsam ausblenden. Stattdessen durchdringt ein Summen seinen Verstand, das zu einem Dröhnen anschwillt und wieder abklingt. Die Panik ist vorbei, die Situation geklärt. Es gibt nichts mehr zu tun, nichts mehr zu vermeiden. Er kann sich entspannen, muss nicht mehr agieren oder reagieren, kann nur noch abwarten, was weiter geschieht und nachdenken. Etwas war gerade vorgefallen, das er unbewusst in Kauf genommen hatte, war ein Risiko eingegangen. In alten Kulturen hätte man gedeutet, er habe ein Gottesurteil provoziert. Immer ging alles irgendwie gut aus – fast immer.

Er spürt einen salzigen Geschmack auf der Zunge, hört ein Brausen und Rauschen, dass nachlässt und zurückkommt, rhythmisch, immer wieder, ohne Ende. Fühlt sich so die Ewigkeit an? Er spürt eine Spannung auf der Haut, Krustiges in seinem Gesicht. Irgendetwas hindert Zeige- und Mittelfinger, sich seinem Willen zu unterwerfen. Er weiß, dass seine Hand noch da ist. Er fühlt den harten Druck unter seinem linken Oberschenkel, Brust und Kopf scheinen wie in einen Schraubstock gespannt.

Er erinnert sich an Pläne, Projekte, Aufgaben, die unerledigt sind. Aber eigentlich scheint das unerheblich, ist in den Hintergrund gedrängt. Gestern war es noch unglaublich wichtig gewesen. Worum genau ging es dabei noch? Das alles ist sehr weit weg jetzt, wie aus einer anderen Welt.

Jetzt stehen andere Gedanken im Vordergrund: Sie würde sich sicher Vorwürfe machen, dass sie nicht mitgekommen war, ihn nicht begleitet hatte. Fühlt sie sich verantwortlich für ihn? Wie kann er ihr sagen, dass sie nicht schuld ist?

Prägungsphasen

Erfolg

Die Dummköpfe wollten einfach nicht verstehen, wie das Spiel funktionierte. Entweder hatten sie die Regeln nicht verstanden, oder wollten sich nicht daran halten. Vor mir auf einem breiten Holzpfosten lag ein Schachbrett, das ich von zu Hause zum Spielplatz mitgebracht hatte. Es war ein wertvolles Brett aus massivem Nussbaumholz mit quadratischen schwarzen und hellbraunen Intarsien. Mein Vater wäre bestimmt nicht begeistert gewesen von dem Gedanken, dass es nun ungeschützt als Kinderspielzeug missbraucht wurde. Auf dem Brett hatte ich je sechs weiße und schwarze Holzplättchen platziert. Ich hatte meinen drei Spielkameraden mehrmals erklärt, wie die Steine über das Spielfeld zu bewegen waren und wann ein Stein aus dem Spiel genommen wurde.

Normalerweise spielte ich zu Hause auf dem Brett Schach gegen mich selbst und manchmal auch gegen Erwachsene. Aber dessen Regeln hätten die hier nie kapiert. Ich hätte Tage dazu gebraucht, sie ihnen klar zu machen. Nun hatte ich mir einige nach meiner Einschätzung sehr einfache Regeln ausgedacht und auch nicht die wertvollen Schachfiguren mitgebracht, sondern einfache Holztäfelchen aus einem Mühle-Spiel, zu dem eigentlich ein einfaches Spielfeld aus bunt bedrucktem Pappkarton gehörte. Nun bekamen die hier nicht einmal einen vernünftigen Anfang hin. Sie starrten ratlos auf die Figuren, machten alberne Bemerkungen zu meinem Schachbrett, schnippten bald mal den einen mal den anderen Stein mit dem Zeigefinger über das Brett hinaus in den Sand und weigerten sich einfach, meinen Spielgedanken aufzunehmen. Es war reine Zeitverschwendung. Nachdem eine Mehrheit sich entschied, lieber auf eine alte verbeulte Milchkanne aus verzinktem Blech einzutreten, sie von einer Seite des Platzes auf die andere und wieder zurück zu befördern, ging ich genervt nach Hause.

Ich wohnte einige Straßen und etwa fünfhundert Meter entfernt in einem eher gehobenen Stadtteil. Vor unserem Haus ratterte tagsüber im Abstand von zwanzig Minuten eine Straßenbahn vorbei, die das Zentrum mit den südlichen Außenbezirken verband. Die Gleise waren hier im Kopfsteinpflaster der Straße verlegt. Autos fuhren eher selten und außer meinem Vater hatten ohnehin nur wenige Nachbarn ein solches Fortbewegungsmittel.

Zu Hause angekommen läutete ich und wurde von unserer Haushaltshilfe eingelassen. „Ist Vater schon da?" Mein sorgenvoller Unterton entging Monique durchaus nicht. „Du kannst ganz beruhigt sein. Er ist noch nicht da und wird sicher nicht vor heute Abend zurück sein." „Danke, das dachte ich mir." Der Wagen parkte nicht neben dem Haus – also war mein Vater offensichtlich nicht da. Ich ging schnell durch die geräumige Diele, eigentlich eher schon eine Empfangshalle, vorbei am Treppenaufgang aus dunklem Nussbaumholz mit reich gedrechseltem Geländer. In der Küche fand ich einen feuchten Lappen, nahm das Brett aus der Papiertüte, wischte den Staub ab und packte es schnell wieder in die Schatulle zu den Schachfiguren. „Ich nehme an, dein Vater soll das nicht erfahren." Monique stand plötzlich verschmitzt lächelnd hinter mir. „Bitte sage ihm nichts davon. Das erleichtert uns beiden das Leben." Monique verstand, wie ich das meinte. „Selbstverständlich, junger Herr." Sie brauchte die Anstellung und lächelte nicht mehr.

Mein Vater war jemand, dem die Leute Respekt zollten, der diesen Respekt auch erwartete. Ich hatte schon oft von oben gelauscht, wenn er in der Diele stand und in das moderne Wählscheibentelefon an der Wand sprach. Schon seine Stimme und Tonlage signalisierte Autorität. Er erwartete offenbar Gehorsam, Pflichterfüllung und tadellose Leistung.

Und das forderte er auch von seiner Familie. Meine Mutter behandelte er wie eine Angestellte. Sie hatte zu funktionieren, ihre Pflichten zu erfüllen, den Haushalt zu führen, meine Schwester Katarina und mich zu Menschen zu erziehen, die er vorzeigen konnte und die einmal seine Bedeutung unterstreichen würden. Meine Eltern waren recht wohlhabend, und trotzdem stemmte meine Mutter viele Aufgaben im Haushalt selbst. Nur für schwere Arbeiten wie Putzen, Waschen, Bügeln kam täglich, außer an Sonn- und Feiertagen, eine Hilfe für jeweils mehrere Stunden ins Haus.

Es kam nicht selten vor, dass mein Vater nachmittags von seinem Büro aus anrufen ließ und mitteilte, dass er am gleichen Abend mehrere Gäste bei uns empfangen würde. Oft hatte meine Mutter nur wenige Stunden Zeit, die Vorbereitungen für ein angemessenes Abendessen zu treffen. Sie war richtig gut darin, schnell aus vorhandenen Vorräten und wenigen weiteren Zutaten ein schmackhaftes Menü zu zaubern. Sogar die Einkäufe dazu erledigte sie meistens selbst. Gleichzeitig schaffte sie es in kürzester Zeit, Eingang, Diele, Wohnzimmer in einen tadellos vorzeigbaren Zustand zu versetzen. Mein Vater nahm diese außerordentliche Leistung als selbstverständlich, hatte nicht einmal ein Lob für sie übrig. Ich hatte schon früh den Eindruck, er führe seine Familie von Zeit zu Zeit vor, als Nachweis seiner Leistung und seines Erfolgs. Später erst wurde mir klar, dass eine vorzeigbare Familie und ein schmuckes Heim wichtig für seine Karriere waren. Diese Attribute wurden von ihm erwartet und das war vermutlich der einzige Grund sich damit zu belasten.

Von meinem Vater wusste ich nicht viel. Er war offenbar ein wichtiger Beamter. Gelegentlich hörte ich mit, wenn er über Verteidigung, Waffen, Manöver und Beschaffung sprach. Über das, was davor lag, sprach niemand. Mein Großvater war wohl als junger Offizier bis 1917 an der Westfront gewesen bis zu seiner Verwundung, die ihn ein Bein gekostet hatte. Nach Ende des Krieges hatte er das „von" aus dem Familiennamen streichen lassen. Ich hatte das nie verstanden. Seitdem hießen wir einfach „Schönbach". Meine Großeltern ließen sich fast nie bei uns sehen, obwohl auch sie in unserer Stadt lebten.

Die Großeltern mütterlicherseits waren früh gestorben. Ich hatte sie nicht mehr kennengelernt. Meine Mutter stammte aus einer gebildeten Familie. Ihre Mutter – meine Großmutter – unterrichtete Französisch in Teilzeit an einer Realschule, ihr Vater war Hauptlehrer einer kleinen dörflichen Volksschule. Nach dem letzten Krieg hatte mein Vater dort eine Unterkunft gefunden. Die Familie hatte ihn für einige Monate aufgenommen und versteckt. Viele waren damals auf der Flucht vor wem auch immer – das war nichts Besonderes. Dabei waren Mutter und Vater sich nähergekommen. Meine Großeltern hatten die Beziehung unterstützt, die spätere Heirat nach Kräften befördert. Kurz danach war mein Großvater an den Spätfolgen einer Kriegsverletzung gestorben. Meine Großmutter erlebte gerade noch meine Geburt und starb, als ich ein Jahr alt war.

Für unsere Erziehung hatte es durchaus auch Vorteile, vorzeigbar sein zu müssen. Sobald sich eine besondere Begabung abzeichnete, erhielten meine ältere Schwester und ich jede denkbare Förderung. Sport gehörte schon früh dazu. So hatte Katarina seit ihrem vierten Lebensjahr Schwimmunterricht in einer kleinen Gruppe von Kindern, für die die DLRG Ortsgruppe im Sommer Übungslager veranstaltete. Sie fuhr dann einmal in der Woche mit einem Kleinbus zum Badesee im Norden unserer Stadt, wo ein Training im abgegrenzten Frei- und Nichtschwimmerbereich möglich war. Für mich hatte mein Vater früh schon einen Tennislehrer mit meiner Ausbildung beauftragt, damals noch eine elitäre Sportart. Für meine Übungsstunden fuhr ich mit der Straßenbahn zu einem Sportgelände im Süden außerhalb der Stadt, das höheren Beamten des Ministeriums zur Verfügung stand. Mein Vater hatte hier offenbar freien Zugang.

Unser Wohnzimmer zierte ein glänzend schwarzer Flügel – ein wirkliches Prunkstück, auf dem meine Mutter nur leidlich spielte. Das weckte früh unser kindliches Interesse und in unbeobachteten Augenblicken klimperten wir einfache Melodien auf dem Instrument. Mein Vater engagierte bald einen passabel begabten Musiker aus der weiteren Nachbarschaft, der meiner Schwester Unterricht erteilte und ihr bald – wohl nicht ganz uneigennützig – ein förderungswürdiges Talent bescheinigte. Nach etwa einem Jahr dehnte er den Unterricht mit dem Einverständnis meines Vaters auch auf mich aus.

Leider war Katarina erheblich erfolgreicher als ich es war. Noch bevor sie eingeschult wurde, spielte sie flüssig nach Noten. Für mich sah ich keine Möglichkeit, sie darin einzuholen oder zu übertreffen, so dass meine Begeisterung für die Musik begrenzt blieb. Was mich am meisten schmerzte aber war, dass sich das Interesse meines Vaters auf ihre Begabung konzentrierte, während er mich mehr oder weniger nicht beachtete. So wurde sie früh herumgereicht bei Gesellschaften, die meine Mutter jeweils für die ausschließlich männlichen Gäste meines Vaters ausrichtete. Sie spielte gut und erntete Applaus und dann applaudierte auch mein Vater demonstrativ. Ich war für ihn Luft, durch die er hindurchsah, durfte nicht einmal dabei sein, weil ich keinen für ihn akzeptablen Beitrag leisten konnte. Das verletzte mich tief. Ich war eifersüchtig auf meine Schwester, auf die wichtigen Herren, die zu Besuch kamen und Vaters unbedingte Aufmerksamkeit auf sich zogen. Wie oder womit konnte ich da konkurrieren? Ich hätte in Anwesenheit von Gästen schreien können, eine

Vase zerschlagen oder Geschirr auf den Boden werfen können. Aber ich wusste genau, was dann geschehen würde: Vater würde mich wie ekelhaften Unrat aus den Augenwinkeln betrachten, mich fortan wie einen Aussätzigen behandeln. Meine Mutter hätte dann dafür zu sorgen, dass dergleichen unter allen Umständen nicht wieder geschah. Es war zusätzlich demütigend, die Strafe für solches Fehlverhalten nicht von Vater selbst entgegen zu nehmen.

Manchmal glaubte ich, es nicht ertragen zu können, mich umbringen zu müssen, um seine Aufmerksamkeit zu gewinnen. Aber dazu fehlte mir glücklicherweise der Mut. Ich weinte dann einfach still vor mich hin und verzweifelte an meiner Ausweglosigkeit. Wenn Katarina das sah, tröstete sie mich, nahm ihren kleinen Bruder in den Arm und versuchte zu erklären, warum die Welt um mich herum so war. Sie war dann so etwas wie eine Mutter für mich. Ich beneidete und bewunderte sie, vergaß vollkommen, dass ich sie zu anderer Zeit als Konkurrenz betrachtet hatte.

Zu fortgeschrittener Stunde beobachtete ich manchmal, dass mein Vater sich mit einem Gast zurückzog in sein Arbeitszimmer. Dort saßen sie dann bei einem Glas Branntwein, rauchten Zigarren und spielten auf diesem schweren Brett mit kunstvoll geschnitzten Figuren. Das verlief immer sehr ruhig und konnte Stunden dauern, manchmal bis tief in die Nacht. Einmal hatte ich durch den Spalt der angelehnten Tür gesehen, wie er dieses Spiel in seinem Sekretär verstaute. Am nächsten Tag ließ mir die Sache keine Ruhe. Nach dem Mittagessen, das meine Mutter aus den Überbleibseln des letzten Tages schmackhaft zubereitet hatte, stahl ich mich ins Arbeitszimmer, öffnete vorsichtig den Sekretär und entnahm die Kassette mit Brett und Figuren. Von den Regeln hatte ich damals noch keine Ahnung, wusste nicht einmal, dass es sich um ein Schachspiel handelte. Ich nahm einige der wunderbaren Figuren zur Hand, stellte mir vor, welche Rolle sie spielen, was sie bedeuten könnten. Ich dachte mir einige Regeln aus, und begann die Figuren auf dem Brett danach zu bewegen. Schon bald spielte sich dort eine Geschichte von Rittern, Königen und Gesinde zwischen Wehrtürmen ab, die mich schnell in ihren Bann zog, so dass ich vollkommen die Zeit vergaß. Es mussten Stunden vergangen sein. Plötzlich stand mein Vater im Zimmer. Offenbar war er sehr zornig und sah mich drohend an. Schläge gab es nur selten und trotzdem hatte ich in diesem Augenblick Angst, wusste nicht, was nun geschehen würde. Ich ahnte, dass ich zu weit gegangen war, einen schweren Fehler begangen hatte. Die wenigen Sekunden des Schweigens kamen mir so lang vor wie die Stunden, die ich mit meinem Spiel verbracht hatte. Plötzlich schien mein Vater einen Gedanken zu fassen, der seine Gesichtszüge unvermittelt entspannte. Er befahl mir ruhig, die Sachen sorgfältig zusammen zu räumen, wieder dort zu verstauen wo ich sie herausgenommen hatte und das Arbeitszimmer sofort zu verlassen. Die Anordnung erlaubte keinen Widerspruch. Bemerkenswert daran war, dass er mich diesmal direkt ansprach. In ähnlichen Fällen zitierte er sonst meine Mutter zu sich, die dann für Standpauke und Strafe zu sorgen hatte und die er dafür verantwortlich machte, dass der betreffende Vorfall nicht wieder vorkam.

Drei Tage später fiel mein Musikunterricht aus. Stattdessen stand ein grauhaariger Herr vor der Türe, der Anweisung hatte, mir das Schachspielen beizubringen. Meine Mutter war fast so verblüfft wie ich es war. Er stellte sich als Herr Storm, Studienrat a. D., vor und machte glaubhaft, den Auftrag von meinem Vater zwei Tage zuvor persönlich erhalten zu haben. Ich war erst vier Jahre alt und das Spiel gefiel mir von Anfang an.

Die Regeln zu erlernen war nicht schwer. Schon am ersten Tag hatte ich verstanden, wie die Figuren zu bewegen waren, wann ich die Figuren meines Gegners schlagen durfte und welche Bedeutung der König hat. Anfangs brachte mein Lehrer sein eigenes Brett und Figuren mit. Nach einigen solcher Übungsstunden bestätigte er meinem Vater gegenüber, dass er bei mir ein besonderes Talent vermute. Ich würde schnell lernen und sicherlich weiter sehr gute Fortschritte machen. Es war das erste Mal, dass ich überhaupt ein gewisses Interesse meines Vater an mir wahrnahm. Ich war wahnsinnig stolz in diesem Moment und dieses erhebende Gefühl hielt an. Ich hatte nun die Chance, gewissermaßen mit meiner Schwester gleich zu ziehen. Ab diesem Tag erlaubte mein Vater mir, das wertvolle Schachspiel aus seinem Arbeitszimmer für meine Unterrichtsstunden zu benutzen. Endlich schien mir die Aufmerksamkeit möglich, die ich mir immer sehnlichst gewünscht hatte. Und ich machte in der Tat Fortschritte. Ein erster Triumph war es für mich, schon kurz darauf meine zwei Jahre ältere Schwester schachmatt zu setzen. Zugegeben, Katarina war eine lausige Spielerin, kannte gerade einmal die Regeln und hatte keinerlei Spielerfahrung – aber immerhin: Am Flügel hatte ich sie als unschlagbar empfunden. Jetzt glaubte ich, mithalten zu können.

Einen Schachverein für Kinder oder Schüler gab es in unserem Viertel nicht. Und so nahm mein Lehrer mich nach einigen Monaten mit zum Treffen seiner Vereinskameraden. Es gab zunächst Diskussionen, viele hielten meine Anwesenheit wohl nicht für angemessen. Nach einigen Spielen, die ich zwar regelmäßig verlor, aber trotzdem für einen Fünfjährigen beachtlich gut durchstand, begann bei einigen so etwas wie Respekt vor einem aufstrebenden Talent zu keimen. Eine Rolle spielten wohl auch die Autorität meines Lehrers und die eine oder andere Spende meines Vaters an den Verein.

Die wöchentlichen Treffen begannen jeden Samstag Abend

um sechs Uhr im Hinterzimmer einer Gaststätte, etwa zwanzig Gehminuten von unserem Haus entfernt. Herr Storm holte mich an der Haustüre ab und wir gingen zu Fuß dorthin. Der Raum dort war schlecht beleuchtet. Die meisten Spieler rauchten Zigaretten sowohl während, als auch zwischen den Partien, so dass die Luft im Laufe des Abends immer stärker verrauchte. Alkohol wurde nur wenig getrunken, meist Limonade, Saft und Afri-Cola. Im Raum verteilt standen mehrere kleine quadratische Tische mit leichten Holzstühlen. Ich hatte fast zwei Stunden Zeit zuzuschauen, Partien und Spieler zu beobachten und gelegentlich selbst einmal zu spielen, meist mit Herrn Storm. Spätestens um Acht lieferte mein Lehrer mich vereinbarungsgemäß wieder zu Hause ab.

Und ich wurde stetig besser, war mit Feuer und Flamme dabei. Ich zeigte schnell so etwas wie ein beinah fotografisches Gedächtnis für Spielsituationen. Herr Storm hatte die Figuren immer wieder in bestimmte Formationen auf das Spielfeld gestellt und wir hatten mögliche Varianten durchgespielt. Beliebt waren vor allem Endspiele, bei denen nur noch wenige Figuren auf dem Feld waren und der Gegner in möglichst wenigen Zügen Schachmatt zu setzen war. So etwas blieb fest in meinem Gedächtnis haften. Genauso beobachtete ich die Spiele im Verein und merkte mir eine Vielzahl von Spielsituationen und deren weiteren Verlauf, die immer wieder so oder so ähnlich auftraten. Jedes Mal beim Nachhausekommen von einem Vereinsabend hoffte ich, dass mein Lehrer meinen Vater antreffen und ihm von einem meiner kleinen Erfolge berichten würde. Manchmal geschah das tatsächlich. Ich erwartete kein Lob. Das war nicht sein Stil. Ich hoffte nur für kurze Zeit auf seine ungeteilte Aufmerksamkeit, ein Interesse meines Vaters an mir und an meiner Begabung. Den ersten großen Erfolg konnte ich berichten, als es mir einige Zeit später zum ersten mal gelungen war, gegen einen routinierten Vereinsspieler ein Remis zu erreichen.

Wie fast jeden Samstag hatte Herr Storm mich zum Treffen seines Schachvereins mitgenommen. Die anderen Schachfreunde hatten meine zeitweise Anwesenheit inzwischen akzeptiert. Allerdings drängte sich niemand nach einem Spiel mit einem Kind. Obwohl ich auch nach ihren Maßstäben inzwischen nicht schlecht spielte, war eine Partie mit mir für die meisten die zweite Wahl. Solche Spiele konnten das eigene Ansehen kaum steigern. Ein Sieg gegen einen Knirps wie mich war für diese routinierten Schachspieler keine ernsthafte Frage.

So war es durchaus nicht selbstverständlich, dass ich überhaupt eine Gelegenheit hatte zu spielen. Oft durfte ich nur zusehen und lernte dabei vieles über Verhaltensweisen der Spieler abseits der Regeln des Schachs, die trotzdem einen Spielverlauf bestimmen konnten. Ein guter Spieler verfolgte Strategien, dachte dabei viele Züge und wahrscheinliche Gegenzüge voraus, um den Gegner in eine Falle zu locken. Ich bekam allmählich ein Gefühl dafür, worauf die Bewegungen eines Gegners hinausliefen und war dann manchmal in der Lage, durch geschickte Züge diese Absicht zu durchkreuzen oder mindestens zu stören. Wenn ich selbst zu einer Partie Schach eingeladen wurde, war das meist von meinem Gegenüber als Pausenfüller gedacht, um die Zeit zwischen zwei Partien zu überbrücken. Dementsprechend spielte ich eher selten bis hin zu einer Entscheidung.

An diesem Tag vermittelte Herr Storm mir einen routinierten Vereinsspieler für eine volle Partie. Zugegeben, er wirkte unaufmerksam, nicht ganz bei der Sache. Er hing offenbar anderen Gedanken nach und nahm das Spiel nicht mit dem angemessenen Ernst. Er hatte mir generös die weißen Figuren und damit den ersten Zug überlassen. Seine Spielzüge wirkten reflexartig, automatisch, wenig überlegt. Offenbar dachte er nicht sehr weit über den nächsten Zug hinaus und glaubte auch nicht, frühzeitig eine eigene Strategie entwickeln zu müssen. Er war sich offenbar sicher, dass ich bald schwere Fehler begehen würde, die er dann leicht zu einer Entscheidung nutzen konnte. Ich dagegen war hoch motiviert. Für mich gab es nichts anderes als dieses eine Spiel. Nicht ich, sondern er hatte vom Start weg unnötige Fehler gemacht, die ich bemerkte und von denen ich einige für mich nutzen konnte. Schon nach einer viertel Stunde änderte er seine bis dahin entspannte Sitzhaltung, als er realisierte, dass es für ihn nicht so leicht lief wie erwartet. Aber da war ich schon klar im Vorteil. Nach weniger als einer Stunde war das Spiel festgefahren bei immer noch erkennbarem Vorteil für mich, wie mein Lehrer mir nachher versicherte. Wir hatten das Spiel einvernehmlich als unentschieden beendet. Mein Vater zeigte zum ersten Mal unübersehbar Anerkennung für mich. Ich konnte vor Aufregung kaum einschlafen. Endlich gab es etwas, das mich für ihn beachtenswert machte, ohne mich vor eine Straßenbahn werfen zu müssen.

Einige Wochen später begann für mich der sogenannte Ernst des Lebens. Anfang April begleitete meine Mutter mich zu meinem ersten Schultag an der örtlichen Volksschule. Die Straßenbahn in Richtung Stadtzentrum hielt nur hundert Meter von unserem Haus entfernt. Obwohl die Neulinge erst mit Beginn der ersten Pause, die die zweite von der dritten Schulstunde trennte, antreten mussten, war die Bahn ziemlich voll. Schon nach wenigen Minuten hatten wir die Zielhaltestelle erreicht. Meine Mutter und ich stiegen dort zusammen mit einigen anderen Kindern aus, die meist in Begleitung beider Elternteile waren und offenbar das gleiche Ziel hatten, was unschwer an den gefüllten bunten Schultüten zu erkennen war. Das vergleichsweise neue Schulgebäude – ein schmuckloser zweigeschossiger Bau mit Flachdach – war eine jener architektonischen Sünden, die nach den umfassenden Zerstörungen des letzten Krieges dem Stadtbild jeden

Charakter nahmen. Es lag zehn Gehminuten von der Haltestelle entfernt vor einem kleinen Park. Der Schulhof war nach links und zur Straße hin durch das Schulgebäude begrenzt, nach hinten zum Park und zur rechten Seite hin durch einen hohen Maschendrahtzaun, der an abgewinkelten Betonpfählen befestigt war und oben durch eine Reihe Stacheldraht begrenzt wurde.

Wir betraten den Schulhof durch das Foyer der Schule und wurden von einem jungen Lehrer und einer Lehrerin in Empfang genommen. Jungen und Mädchen stellten sich getrennt jeweils in zwei Reihen hintereinander auf dem Platz auf. Die Eltern blieben im Hintergrund. Dann trat der Hauptlehrer als Leiter der Schule vor uns hin, hieß uns willkommen und hielt eine langatmige Rede über unsere Pflichten und den Ernst des Lebens, dem wir uns ab jetzt zu stellen hätten. Seine beiden Lehrkräfte stellte er uns als Fräulein Ruland und Herrn Sauer vor, die sich ab jetzt um uns kümmern sollten. Ihren Anweisungen war unbedingt Folge zu leisten. Das erste Schuljahr bestand aus zwei Klassen, in denen Jungen und Mädchen getrennt unterrichtet wurden. Herr Sauer war unser Klassenlehrer für die nächsten vier Schuljahre und unterrichtete uns in Lesen, Rechnen und Schreiben. Nur Religion übernahm ein katholischer Pfarrer, der für zwei Tage in der Woche an die Schule kam und in dieser Zeit die vier unteren Jahrgänge unterrichtete.

Die meisten meiner Schulkameraden wohnten in unserem oder benachbarten Stadtvierteln und stammten damit aus eher besseren Familien. So ging es auf dem Schulhof in den Pausen eher gesittet zu. Raufereien waren selten und wurden von den Lehrern gegebenenfalls rigoros unterbunden. Ich suchte von mir aus den Kontakt zu meinen Klassenkameraden. Gespräche, die mich interessierten, kamen kaum zustande. Die meisten spielten nachmittags Fußball auf einem

Bolzplatz im angrenzenden Park. Und die Vorbilder waren Fußballer. Mich dagegen interessierte nicht, ob die Fortuna oder der FC gerade besser spielte, ob der FC die Meisterschaft gewann oder welche Kunststücke ein Uwe Seeler oder Reinhard Libuda auf dem Rasen vollbracht hatte. Namen wie Schumacher, Löhr, Müller und Overath sagten mir überhaupt nichts. Umgekehrt konnten meine Mitschüler nichts anfangen mit Tennis-Ikonen wie Rod Laver, Roy Emerson oder Chuck McKinley. Bei meinem anderen Steckenpferd sah es noch düsterer aus: Schach konnten die meisten nicht einmal von Dame oder Mühle unterscheiden, geschweige denn kannten sie die einfachsten Regeln. Wer Dr. Lasker war und was er geleistet hatte, konnte ich ihnen nicht einmal verständlich machen. Ich kam schnell zu dem Schluss, von einer Schar Holzköpfe umgeben zu sein.

Mein Klassenlehrer war noch neu an der Schule und, wie sich herausstellte, leidenschaftlicher Schachspieler. Er warb unter den älteren Schülern und Schülerinnen der siebten und achten Klassen um Mitglieder für einen kleinen Schulschachverein, den er aufbauen wollte. Seine Absicht war, in kleinem Rahmen Wettbewerbe auszutragen und weitere Interessenten an das Spiel heranzuführen. Ich erfuhr nur zufällig davon, als ich auf dem Schulhof ein Gespräch zwischen Herrn Sauer und mehreren Schülern belauschte. Ich zögerte nicht lange, drängte mich in die Gruppe, von denen die meisten mich haushoch überragten, und sagte deutlich vernehmbar, dass ich da unbedingt dabei sein müsse und schon ein hervorragender Spieler sei. Mein Lehrer sah mich verblüfft an, die anderen, die alle von weit oben auf mich herabblickten, lachten und feixten. Sie erklärten mir, es handele sich bei Schach nicht um Mensch-ärgere-dich-nicht oder Mühle und dazu sei ich doch wohl noch zu klein. Sie schoben mich wieder aus ihrer Mitte heraus und versuchten, mich nicht weiter zu beachten, was mir sofort die Zornesröte ins Gesicht trieb.

„Wer nicht zu feige ist, kann ja gegen mich spielen!" schrie ich so laut ich es mit meiner hellen Kinderstimme konnte. Während mich die älteren Schüler weiterhin nicht beachteten, griff mein Lehrer ein und fragte nun seinerseits in die Runde, wer denn schon über genug Spielerfahrung verfüge, um die Förderung des Nachwuchses mit zu gestalten. Immerhin sollte das ja eines der Vereinsziele sein. Ich war noch immer wütend, jetzt auf Herrn Sauer, der mir offenbar nichts zutraute. Aber nun bekam ich die Gelegenheit, meine zweifellos überragenden Fähigkeiten zu beweisen und damit über meine Klasse hinaus die Rolle einzunehmen, die mir zustand.

Wir Erstklässler hatten immer nach der vierten Stunde frei. Einige Tage später fragte mein Lehrer mich, ob ich morgen noch bleiben könne. Ich solle nur meine Eltern informieren, damit die sich keine Sorgen machten. Er hatte einen Schüler gefunden, der die fünfte Stunde frei hatte, und sich einschließlich der kleinen Pause eine volle Stunde Zeit für eine Partie Schach nehmen wollte.

Nach dem Ende des Unterrichts begleitete mein Lehrer mich in den Schultrakt schräg gegenüber, wo ein Klassenzimmer im Erdgeschoss frei war. Mein Spielpartner hieß Günter und hatte ein kleines Reiseschach dabei. Die Kassette mit den Figuren war gleichzeitig das Schachbrett, mit einem Loch in jedem Feld, in das die kleinen Holzfiguren zu stecken waren. Er war ein hochgewachsener Schüler, mit dunklem Haar, braunen Augen, der gerade aus einem Italienurlaub zu kommen schien. Er sah für mich überhaupt nicht wie ein Schachspieler aus. Und so ärgerte mich um so mehr, dass er in fast väterlicher Weise begann, mir die Regeln des Spiels zu erklären. Ich unterbrach ihn dabei und forderte, sofort mit der Seitenwahl zu beginnen. Er stutzte kurz, nahm schweigend je einen weißen und schwarzen Bauern in eine Hand, vertauschte die Farben mehrfach hinter seinem Rücken und hielt mir seine ausgestreckten Fäuste hin. Ich wählte die rechte und hatte mit Schwarz den zweiten Zug. Noch war ich überzeugt, einen Gegner vor mir zu haben, den ich schlagen konnte. Er eröffnete die Partie mit einer einfachen spanischen Variante, die ich routiniert konterte und fortführte. Nun ahnten wir beide, dass jeder von uns mehr als nur die Regeln beherrschte. Trotzdem war ich noch sicher, siegen zu können, weil Günter anfangs kleinere Fehler beging. Im weiteren Spiel wurde ihm allerdings schnell klar, dass ich weit mehr konnte, als er einem Erstklässler zugetraut hatte. Er saß nun hochkonzentriert, breitbeinig, mit aufgestützten Ellbogen vor dem kleinen Steckbrett. Von da an machte er keine Fehler mehr, die ich hätte nutzen können. Die Pause war längst vorbei und das Ende der fünften Stunde rückte näher, ohne das eine Entscheidung absehbar war. Ich war enttäuscht, hatte mir weit mehr versprochen. Vielleicht war das einfach nicht mein Tag. Ich war den Tränen nahe, fühlte mich richtig krank. Tatsächlich mussten wir das Spiel abbrechen mit erkennbarem Vorteil für ihn.

Am nächsten Tag nahm mein Lehrer mich in der ersten Pause zur Seite. Er bestätigte mir eine überaus gute und völlig unerwartete Leistung. Obwohl ich meinen Gegenspieler vorher nie außerhalb der Schule gesehen hatte, war auch er Mitglied in dem Verein, den ich immer wieder mit Herrn Storm aufsuchte. Günter vermied allerdings diese Samstagabend Treffen, da er die Kneipenatmosphäre hasste. Andererseits bestritt er gemeinsam mit drei anderen ausgewählten Spielern sehr erfolgreich jeden Wettkampf für den Verein. Vor diesem Hintergrund stufte Herr Sauer den Spielverlauf vom gestrigen Tag sogar als sensationell ein und vermittelte mir nun doch ein erhebendes Gefühl in dieser Sache. Von nun an war ich das weitaus jüngste Mitglied unseres Schulvereins, eine Art Wunderkind.

Einige Monate später – das erste der beiden Kurzschuljahre hatte gerade begonnen – organisierte unser Lehrer einen Wettkampf. Unser Verein hatte sieben Mitglieder. Damit nicht jedes mal ein Spieler zum Zuschauen verdammt war, spielte Herr Sauer außer Konkurrenz mit. Die Termine fanden Freitags im Anschluss an die Schule statt. Es wurden dabei jeweils vier Partien gleichzeitig ausgetragen bis zum Schachmatt, Remis, oder zur Aufgabe. Dafür gab es Punkte für einen oder beide Spieler. Insgesamt trat im Verlauf der sieben Wochen jeder gegen jeden an.

Am ersten Turniertag standen in einem Klassenraum vier der Tische in der Mitte des Zimmers. Darauf befand sich jeweils ein Schachbrett und ein hölzerner Kasten, der zwei Uhren enthielt, die man an der Rückseite aufziehen und mit einem Knopf oben jeweils starten und stoppen konnte. Ich hatte bislang nie unter Zeitnahme gespielt und war nun aufgrund der veränderten Anforderungen etwas nervös.

Zum Auftakt spielte Herr Sauer gleich gegen Günter als dem stärksten Spieler unserer Gruppe. Mein Gegner war ein dicklicher Junge aus der sechsten Klasse, mit Sommersprossen und groben Händen. Ich schätzte ihn richtig ein, als ich Läufer und Dame schon mit dem zweiten und dritten Zug in Position brachte. Wie erwartet, erkannte er die Mattdrohung nicht. Nach einem Schäferzug sagte ich genüsslich „Schachmatt" und sah in abschätzig an. Er grunzte etwas Unverständliches, lief rot an und sah sich um, während seine Hände sich unwillkürlich zu Fäusten ballten. Ich hatte schon Angst, gleich eine Tracht Prügel zu beziehen. Glücklicherweise sah Herr Sauer gerade zu uns herüber. Ein Schüler näherte sich, nahm das Ergebnis unseres Spiels entgegen und notierte die Punkte mit Kreide auf der Wandtafel. Mein Gegner, der mich um mehr als einen Kopf überragte, verließ wortlos das Klassenzimmer. Später konnte Herr Sauer ihn nur mit Mühe beruhigen und zum Verbleib im Turnier überreden.

Der zweite und dritte Freitagstermin verlief für mich nicht mehr ganz so einfach. Trotzdem war ich beide Male erfolgreich, einmal durch Schachmatt und das andere Mal durch Aufgabe meines Gegners. Bei der vierten Runde spielte ich gegen Günter. Im Klassenzimmer waren außer den Spielern und einigen Helfern zwei mir unbekannte Erwachsene mit Schreibblock und Fotoapparat anwesend. Die beobachteten die Spiele, machten Notizen, fotografierten immer wieder und schienen sich besonders für mich zu interessieren. Da Günter mit seiner Wettkampferfahrung mich diesmal nicht unterschätzte, verlor ich dieses Spiel nach langem Kampf durch Aufgabe. Immerhin hatte er es in der vorgegebenen Zeit nicht geschafft, mich matt zu setzen.

Zwei Tage später zeigte meine Mutter mir einen Artikel im Lokalteil der Rundschau. Darin war ausführlich unser Schulturnier beschrieben neben persönlichen Portraits von Herrn Sauer als Initiator des Vereins, Günter mit seinen Erfolgen in Vereinswettkämpfen und mir als dem neuen Wunderkind der Stadt. Den Artikel las ich mindestens zehnmal in den nächsten Tagen, bis ich ihn auswendig aufsagen konnte. Ich fühlte mich unschlagbar gut. Mein Vater ließ mich zu sich rufen, bescheinigte mir ein außerordentliches Talent und sagte, er sei stolz auf mich. Den Artikel brachte ich am nächsten Tag mit zum Unterricht und reichte ihn in der Pause in meiner Klasse herum. Jeder sollte wissen, wer ich war und was ich konnte. Allerdings war das kaum nötig. Herr Sauer hängte den Zeitungsartikel kurz danach auf Anregung des Hauptlehrers für alle unübersehbar in den Aushang im Eingang der Schule.

Die beiden weiteren Jahre in der Volksschule gingen schnell vorbei. Echte Freunde auf meiner Augenhöhe hatte ich kaum, aber Bewunderer, die mir kaum von der Seite wichen, vermutlich, um so an meinem Erfolg teilzuhaben. Ich fand das völlig in Ordnung. Mit Freunden, die womöglich Konkurrenten gewesen wären, hätte ich wenig anfangen können. Meine Leistungen in allen Fächern waren ausnahmslos „Gut" und „Sehr Gut". Die nur „guten" Leistungen waren der Unfähigkeit der Lehrer zuzuschreiben, meine Begabungen richtig zu bewerten. Der Übergang auf ein Gymnasium war längst beschlossen. Als Sextaner war ich nun wieder Erstklässler.

Mein Mentor hatte mich wieder mit Problemstellungen konfrontiert, mit denen ich meine Mühe hatte. In letzter Zeit drehten sich unsere Nachmittagstermine um Fragen zu Gesetzmäßigkeiten beim Umgang mit ganzen Zahlen. Es war schon faszinierend, was man einfach durch Nachdenken und Logik darüber herausfinden konnte, wenn man die richtigen Fragen stellte. Es gab unzählige Bände mathematischer Literatur der letzten tausend Jahre nur über die Eigenschaften ganzer Zahlen. Wir hatten über Primzahlen gesprochen, Zahlen also, die nur durch die Eins und sich selbst ohne Rest teilbar sind. Ich konnte jede Zahl ohne Weiteres im Kopf in ihre Primfaktoren zerlegen. Faszinierend war, dass man bis auf die Reihenfolge immer genau eine einzige solche Zerlegung finden konnte. Den Beweis dazu hatte Herr Schormann einmal skizziert. Die Argumentation hatte ich zwar nicht ganz verstanden, war aber ohne weiteres in der Lage, die Skizze aus dem Gedächtnis wiederzugeben.

Heute ging es um die Frage, ob es denn unendlich viele Primzahlen gebe, oder ob irgendwo Schluss sei und eine davon die größte Primzahl sei. Intuitiv hatte ich geantwortet, es müsse immer weiter gehen und es könne keine größte solche Zahl geben. Aber Intuition ist gefährlich in der Mathematik. Sie führt zu oft in die Irre, verleitet zu Trugschlüssen. Diese Erfahrung hatte ich schon diverse Male gemacht und Herr Schormann pflegte einen beißenden Zynismus in solchen Fällen, der mich hin und wieder auch verletzte. Diesmal lag ich aber offenbar richtig. Die nächste Frage war, wie diese Annahme denn zu beweisen wäre. Meine spontane Idee, dass ja die ganzen Zahlen unendlich groß werden könnten und demnach das auch für Primzahlen gelten müsse, zog wieder einmal seinen beißend überheblichen Spott nach sich. Selbst mit einer einzigen Primzahl, etwa der Zwei, könne man schließlich alleine durch wiederholte Multiplikation schon unendlich große Zahlen produzieren. Er meinte, ich solle noch einmal in der dritten Klasse der Volksschule im Rechenunterricht hospitieren, mich mit den Regeln der Addition und Multiplikation wieder vertraut machen. Ich fühlte mich wie der letzte Depp. Natürlich hätte ich darauf kommen müssen. Ich hatte einfach zu spontan geantwortet, ohne sorgfältig nachzudenken. An einen hieb- und stichfesten Beweis führte er mich dann langsam heran, so dass ich den Ansatz abschließend vervollständigen konnte.

Angenommen es gibt nur endlich viele Primzahlen, dann kann ich die alle miteinander multiplizieren. Damit erhalte ich eine Zahl, die durch alle diese möglichen Primzahlen teilbar ist. Nun erhöhe ich die daraus errechnete Zahl um Eins. An dieser Stelle konnte ich den Gedankengang vervollständigen: Dann ist die neue Zahl durch keine bekannte Primzahl mehr teilbar, weil immer der Rest Eins bleibt. Dann muss aber diese Zahl ihrerseits eine Primzahl sein, die dann größer als alle bekannten Primzahlen ist. Das steht im Widerspruch zur Annahme und der Beweis ist indirekt erbracht. Ich hatte doch noch mein Erfolgsergebnis und war zufrieden.

Genaugenommen hieß mein Mentor Professor Dr. Rainer Schormann, war ein Freund meines Vaters und hielt Vorlesungen über Mathematik an der Universität unserer Stadt. Mein Vater hatte ihn engagiert, um mein mathematisches Talent zu fördern.

Mein Start als Sextaner wenige Jahre zuvor in einer von drei parallelen Eingangsklassen des Gymnasiums verlief unauffällig. Die Schule war naturwissenschaftlich orientiert und nahm nur Jungen auf. Sie war deutlich größer als die Volksschule, von der ich kam, residierte in einem altehrwürdigen, viergeschossigen Backsteinbau, der den Krieg in einem westlichen Stadtteil ganz gut überstanden hatte. Wir hatten viel mehr Fächer als früher. Gleichzeitig waren die Erwartungen an die Leistungsfähigkeit der Schüler nun unübersehbar höher. Entsprechend deutlich wuchs das Hausaufgabenpensum über das gewohnte Maß hinaus.

Wenig erfreulich waren die Aufnahmerituale, denen wir Neuankömmlinge uns ausgesetzt sahen. Es war üblich, die Sextaner mit allen möglichen groben Scherzen zu traktieren. Ich selbst fand einmal das Stück eines alten Tafellappens zwischen den Scheiben meines Pausenbrotes. Ein älterer Schüler hatte mich in ein albernes Gespräch verwickelt, während sich ein anderer offenbar an meinem Schulranzen zu schaffen machte. Andere wurden in der Jungentoilette mit einem Schlauch kalt abgeduscht, fanden haarige schwarze Spinnen oder Wespen in ihren Ranzen. Einmal kam es sogar vor, das meine ganze Klasse nach der Pause nicht zum Unterricht erschien. Jemand hatte eine Nachricht an die Tür zum Klassenzimmer gehängt, die besagte, dass wir wegen Krankheit unseres Mathematiklehrers nach der vierten Stunde frei hätten. Da die Mitteilung beim Eintreffen des Lehrers nicht mehr dort war, hatten wir Mühe, unsere Abwesenheit zu erklären. Die ganze Klasse wurde zum Rektor der Schule zitiert, musste Nachsitzen und Strafarbeiten erledigen.

Meine Anfahrt mit der Straßenbahn nahm nun etwas mehr Zeit in Anspruch, da ich einmal umsteigen musste, um von unserer Straße zur Schule zu gelangen. Vom ersten Tag an versuchte ich herauszubekommen, mit wem ich es in meiner

Klasse zu tun hatte. Es gab zwei Mitschüler, die aus dem ganzen Durchschnitt herausragten. Der eine, Christof Reimer, war für sein Alter ungewöhnlich redegewandt, glänzte in Deutsch, Erdkunde, Geschichte mit herausragendes Wissen. Der andere, Ralf Korting, stammte aus eher einfachen Verhältnissen, sprach unbeholfen, stark mundartlich geprägt, schrieb aber umso bessere Mathematikarbeiten. Ich selbst war eigentlich in allen Fächern gut und sehr gut, konnte mit Reimer in seinen Domänen nicht ganz mithalten, mathematisch reichten meine Leistungen nicht an die von Korting heran. Eigentlich kam nur Reimer ernstlich als Konkurrent in Frage. Korting war zu einseitig begabt. Trotzdem war mir gerade sein Erfolg ein Dorn im Auge. Er war einfach nicht auf meiner Augenhöhe, benahm sich eigenartig, trug merkwürdige Kleidung, die manches Mal wie selbst genäht aussah, Schuhe und eine abgewetzte Ledertasche, die vielleicht sein Vater schon benutzt hatte.

In der Bibliothek meines Vaters fand ich alles, was ich brauchte, um mein Wissen über Literatur, Geschichte, Geographie, Politik und anderes mehr ganz nach vorne zu bringen und den Schulstoff zu ergänzen. Ich verfügte dazu über ein hervorragendes Gedächtnis. Zudem hatte meine Mutter eine breite Allgemeinbildung genossen, so dass sie mir in den ersten Jahren viele meiner Fragen beantworten konnte. Im mathematisch-naturwissenschaftlichen Bereich musste ich häufiger auf die Schulbibliothek und eine Stadtbücherei zurückgreifen, in der ich Mitglied wurde und solche Bücher auslieh, über die ich zu Hause nicht verfügen konnte. Gerade in der Mathematik fiel es mir schwer, meine Fähigkeiten nur durch Lesen voranzubringen. Ich empfand auch nach den beiden ersten Jahren noch einen deutlichen Rückstand zu Korting, der einen merkwürdig natürlichen Zugang zu diesen Dingen zu haben schien.

In den Sommerferien fuhren meine Mutter, Katarina und ich nach Sylt, um in der Nähe von Westerland Urlaub am Strand zu machen. Mein Vater flog etwa zur gleichen Zeit mit Freunden nach Korsika. Er verbrachte niemals den Urlaub gemeinsam mit uns. Wir wohnten in einem Hotel etwa fünfhundert Meter vom Strand, wo meine Mutter für eine Woche einen Strandkorb gemietet hatte. An den Tagen, wo die Sonne einmal schien und die Temperatur zum Baden einlud, gingen wir gemeinsam zum Strand, blieben dort den Tag über, badeten, bauten Sandburgen. Eigentlich war ich dazu schon zu alt. Trotzdem machte es noch Spaß. Sogar meine Schwester nahm noch den Spaten zur Hand, häufte Sand zu Dämmen auf, um das abfließende Wasser eines Priels zu stauen. Zwischendurch schwammen wir immer wieder einmal in der Nordsee, lagen in der Sonne im Sand auf unseren Handtüchern, spielten Federball. Manchmal suchten andere Kinder Anschluss bei unseren Aktivitäten. Das war in Ordnung und meist eine willkommene Abwechslung. An einem Vormittag näherte sich uns ein Junge, als ich gerade einen Graben aushob. Er stand erst nur dabei und glotzte, ohne zu sagen was er eigentlich wollte. Schließlich fragte er unbeholfen, ob er mitmachen dürfe. Offensichtlich passte der überhaupt nicht zu uns. Er erinnerte mich irgendwie in seiner Art an Korting. Jedenfalls mochte ich ihn nicht und sagte ihm, er solle sich vom Acker machen. Er stutzte kurz, marschierte dann quer durch meinen Graben und zerstörte noch einen kurz zuvor aufgeschütteten Damm. Ich setzte ihm nach, hielt ihn am Arm fest. Ohne weitere Vorwarnung schlug er zu. Ich ging zu Boden, mit aufgeplatzter Unterlippe und schmerzenden Schneidezähnen. Der Kampf war damit schnell entschieden.

Nur kurz war ich versucht, mich auf eine Prügelei einzulassen. Katarina stand dabei, beobachtete den Vorgang mit besorgter Miene und schüttelte energisch den Kopf in meine Richtung. Ich war unendlich wütend, hätte den Typen umbringen können. Letztendlich war ich einfach zu feige nachzusetzen und meine Ehre und die der beiden Frauen zu verteidigen. Sicherlich war es objektiv betrachtet vernünftig, das Ganze nicht weiter zu eskalieren. Diese Meinung vertraten sowohl Katarina, als auch Mutter, die beide einhellig meine Besonnenheit lobten. Nur ich empfand einen herben Gesichtsverlust, der mir lange im Magen lag und meine Stimmung für Tage verhagelte. Ich wollte stark und überlegen sein und nun bewältigte ich nicht einmal eine solch banale Situation. Diese Hilflosigkeit konnte ich kaum ertragen. Sie verursachte mir körperliche Schmerzen. Zunächst aber fand ich kein Ventil für die aufgestaute Wut.

Die Woche ging schnell vorbei. Wir hatten einen Zug am späten Nachmittag genommen, der uns über den Hindenburgdamm nach Hamburg bringen würde. Von da aus ging es dann weiter nach Hause. Wir belegten ein ganzes Abteil für uns alleine mit unseren Koffern. Ich hatte mein Reiseschach dabei und versuchte, meine Mutter oder Katarina zu einem Spiel zu motivieren. Beide lehnten aus gutem Grund ab. Unvermittelt fragte ich meine Mutter, ob sie oder unser Vater jemanden kenne, der mich in mathematischen Fragen betreuen könne. Sie fragte mich, ob ich Probleme mit dem Stoff habe, ob ich Nachhilfe brauche. Ich verneinte dass natürlich. Meine Noten waren völlig in Ordnung. Ich sagte, dass mich das Fach sehr interessiere und ich unbedingt mehr darüber wissen wolle, als der Schulunterricht mir vermitteln konnte.

Wenige Wochen später rief ein ehemaliger Studienfreund meines Vaters an. Beide gehörten als Alte Herren einer Burschenschaft an und hatten lose Kontakt gehalten über die Jahre hinweg. Er stellte sich als Dr. Schormann vor, war Mathematikprofessor an der hiesigen Universität und erklärte seine Absicht, mir als Mentor zur Seite zu stehen. Ich hatte nie den Eindruck, dass er das gegen irgendeine Entlohnung tat. Die Art seiner Beziehung zu meinem Vater war mir schleierhaft. Wir vereinbarten, uns vorläufig einmal in der Woche nachmittags für zwei Stunden zu treffen. Von Mathematik verstand ich nicht viel mehr, als der Schulstoff hergab. Aber ich war in der Lage, abstrakt logisch zu denken. Das war schon immer wichtig gewesen für meine Leidenschaft, dem Schachspielen. Herr Schormann befand, dies seien schon aussichtsreiche Voraussetzungen, die bei weitem nicht jedes Kind vorweisen könne.

Mein neuer Mentor begann mir Fragen zu stellen, welche Eigenschaften ich mit einfachen Zahlen verband, was mir etwa zu einer Zahl 0, 1 oder 2 einfiel und welche grundlegend andere Eingenschaften die 52 von der 53 unterschied. Geraume Zeit ging es bei unseren Gesprächen um solch grundlegende Fragen, die kaum etwas mit meinem Unterrichtsstoff zu tun hatten. Und zunächst hatte der Unterricht keinerlei Einfluss auf meine Leistungen, die ohnehin schon recht gut waren. Wenn ich deswegen ungeduldig wurde, meinte Herr Schormann, er müsse erst einmal meine mathematische Seele wecken, die aus bislang völliger Bewusstlosigkeit erst in einen leichteren Tiefschlaf gewechselt sei. Er weigerte sich strikt, meinen Schulstoff aufzugreifen, zu vertiefen, Hausaufgaben mit mir zu üben. Er sagte, wenn ich einen Nachhilfelehrer suche, sollte ich einmal einen Zettel ans Schwarze Brett unserer Schule hängen. Es gäbe gegen entsprechende Bezahlung sicher genug Interessenten dafür.

Und er schaffte es, mich tatsächlich neugierig zu machen, sogar zu begeistern. Mathematik hatte etwas Geheimnisvolles, wenn man es richtig betrachtete. Es war eine Frage der Perspektive. Wenn man die Kunst des Perspektivenwechsels beherrschte, wurden scheinbar unlösbare Probleme recht einfach. Dazu war Wissen notwendig, das mir die notwendige Beweglichkeit verschaffte. Und ich lernte schnell. Das schwierigste an der Mathematik war, Gesetzmäßigkeiten zu erkennen, genau zu beschreiben und den Beweis anzutreten, dass sie universell gültig sind. Einen Beweis zu führen unterschied echte Mathematik vom einfachen Rechnen. Der Schulunterricht hätte demnach „Rechnen" heißen müssen, wie in der Volksschule. Es ging dort ja überwiegend nur um die Anwendung einiger als richtig erkannter Regeln. Der Begriff „Mathematik" war erst für höhere Jahrgänge angemessen. Ich verstand, dass Mathematik nicht unbedingt mit Zahlen zu tun hatte. Diese waren nur eines von vielen Hilfsmitteln, logische Zusammenhänge hieb- und stichfest darzustellen. Genau wie Formeln handelte es sich dabei um Krücken, um Hilfsmittel. Die normale Umgangssprache war vollkommen ungeeignet, viel zu ungenau, um komplexe logische Zusammenhänge wiederzugeben.

Er zeigte mir nach und nach eine ganze eigenständige Welt. Ich hatte immer geglaubt, Mathematik sei eine Hilfswissenschaft, die nur zusammen mit der realen Welt existieren konnte. Aber so war es nicht. Mathematik konnte sich vollständig von jeder beobachtbaren Realität abkoppeln, eigene Wege gehen, die keinerlei Bezug mehr hatten zu wirklichen Sachverhalten. Nach und nach konnte ich mir vorstellen, dass es Menschen gab, die nur in dieser Welt lebten, weltfremde Genies, die imaginäre Probleme lösten und dabei neue schufen, die ihrerseits wieder Lösungen einforderten. Herr Schormann erzählte mir, dass es schon im alten Griechenland eine zentrale philosophische Fragestellung gewesen war, ob diese innere Welt – die platonische Welt der Gedanken und Träume, nur der Logik verpflichtet – nicht die wirkliche Realität war. Einige berühmte Philosophen des Altertums betrachteten unsere Realität als Illusion, die uns von unseren Sinnesorganen vorgespiegelt wird. Er führte ein Zitat des Griechen Platon an: „Unser Ich ist in seiner eigenen Wahrnehmung gefangen. Kein Entrinnen ist möglich, kein Ausbruch aus den Schatten unserer Wahrnehmung, die unser Ich wie in ein Gefängnis einmauern.". Das gab mir zu denken. Ich stellte mir kurzzeitig die Frage, wer eigentlich weltfremder war, der Träumer oder der Realist. Schnell kam ich zu dem Schluss, dass die Wissenschaft heute viel weiter sei und diese Frage in Physik, Medizin und Biologie ja nun längst geklärt sei. Merkwürdigerweise schlug mein Mentor sich keineswegs eindeutig auf eine der beiden Seiten.

Es verging fast ein weiteres Schuljahr, bevor ich in der Mathematik sichtbar vorankam und aufholte. Ich schaffte es nun erstmals, in einer Arbeit mehr Punkte zu erreichen als Korting. Obwohl es eigentlich lächerlich war, empfand ich die Genugtuung später Rache für den Vorfall am Strand von Sylt. Wir beide waren die Überflieger der Klasse. Wegen meiner erheblich regeren Beteiligung am Unterricht wurde ich nun von unserem Lehrer leistungsmäßig vorne gesehen. Trotzdem stand immer wieder auch Korting im Vordergrund, weil er eine Aufgabe auf eine überraschende, ungewöhnliche Weise gelöst hatte. Mir zeigte dies, dass Korting anscheinend einen ganz anderen Zugang zu Mathematik hatte als ich oder unser Lehrer. Und ich mochte ihn nicht. Bis auf seine Begabung schien er mir ein ziemlicher Hohlkopf zu sein, keinerlei Bildung zu haben. Sein Benehmen war ziemlich gewöhnungsbedürftig. Nicht einmal über Mathematik konnte man mit ihm sprechen. Er wusste nichts über berühmte Mathematiker, Philosophen oder deren wichtigste Erkenntnisse, Beweise, Sätze und dergleichen.

Meine Leistungen in allen Fächern waren so gut, dass unser Klassenlehrer meinen Eltern nahelegte, mich eine Klasse überspringen zu lassen. Ich fühlte mich geehrt, war aber nicht uneingeschränkt begeistert. Ich hatte mir gerade erst eine Spitzenposition erkämpft, die ich nun aufs Spiel setzen würde. Meine Mutter kannte ein Beispiel aus ihrem Bekanntenkreis, wo so ein Sprung sich durchaus als nachteilig für eine Schülerin herausgestellt hatte. Mein Klassenlehrer konnte diese Bedenken nicht teilen, hatte aber Verständnis für die Entscheidung, im Jahrgang zu bleiben.

Meine Position in der Klasse konnte ich weitgehend unangefochten halten. Meine Mitschüler achteten mich, wählten mich wiederholt zum Klassensprecher. Auch über die Klasse hinaus gewann ich an Bekanntheit und Bedeutung. Ich war in der Schülermitverwaltung – der SMV – aktiv, wurde immer wieder als Schülervertreter in Beiräte gewählt, entschied mit über die Verwendung von Geldern, die Anschaffung von Unterrichtsmaterialien, Förderpreise und Klassenfahrten. Ich war redegewandt, konnte meine Positionen klar formulieren, zwingende Argumentationsketten aufbauen und verteidigen. Darin war ich eher gefürchtet als beliebt. Ausgestattet mit diesen Talenten konnte ich meine Ziele meist durchsetzen. Rücksichten nahm ich kaum. Ich profitierte im Laufe der Jahre von einem starken Netzwerk aus Anhängern und Bewunderern, die mich hinauf schoben und Förderern, die mich herauf zogen.

Zu Hause lief es nicht so rund. Im Laufe der Jahre nahmen die Spannungen zwischen meinen Eltern zu. Mein Vater kam tagelang nicht nach Hause. Niemand wusste, wo er sich eigentlich aufhielt, ob er auf Dienstreise war, oder einfach so weg blieb. Dann wiederum rief er selbst oder jemand in seinem Auftrag unvermittelt an und avisierte Besuch für den Abend. Selbstverständlich hatte meine Mutter dann alles stehen und liegen zu lassen, eigene Interessen oder gar Verabredungen abzusagen, um die Vorbereitungen zu treffen. Die Situation belastete sie sehr. Wenn wir morgens aus dem Haus gingen, stand sie immer mit auf, deckte den Frühstückstisch, sorgte für frischen Kaffee. Oft saß sie dabei, sprach kaum, wirkte apathisch und deprimiert. Über die Gründe sprach sie nie mit Katarina und mir. Aber uns war natürlich klar, dass etwas nicht stimmte, dass die Situation unhaltbar war. Wir machten uns Sorgen, hatten manchmal Angst um unser behütetes Leben und konnten nichts tun. Mein Vater hätte unsere Nachfragen brüsk zurückgewiesen oder einfach ignoriert. Meine Mutter wollte uns nicht belasten, schwieg eisern dazu, wie es in ihrem Inneren aussah. Trotzdem bewunderte ich insgeheim meinen Vater für seine Stärke, mit der er rücksichtslos seine Interessen durchsetzte. Gleichzeitig verachtete ich meine Mutter für ihre Schwäche, sich das alles einfach gefallen zu lassen, nichts zu unternehmen, was die Situation ändern konnte. Später verstand ich, dass sie auch in unserem Interesse jede weitere Eskalation vermied. Und finanziell ging es uns nicht schlecht. Dafür zumindest sorgte mein Vater weiterhin uneingeschränkt. Und für alles, was er als Investition ansah, die für ihn irgendeine Form von Rendite bringen konnte, war er immer offen.

Meine Schwester belastete die familiäre Situation mehr noch als mich, vielleicht, weil sie älter war und mehr davon verstand. Sie war offensichtlich nur noch wütend auf meinen Vater über die unfaire Behandlung unserer Mutter. Bei ihr machte sich das auch in der Schule bemerkbar. Genau wie ich besuchte sie ein Gymnasium, allerdings ein neusprachliches Institut für Mädchen. Ihre Leistungen gerade in den naturwissenschaftlichen Fächern ließen inzwischen zu wünschen übrig, obwohl sie keineswegs unbegabt war. Romantische Vorlagen von Goethe bis Böll waren eher ihr Metier, genauso Kunst und natürlich die Musik. Sie vernachlässigte nach und nach ihre häuslichen Übungen, ging oft abends und am Wochenende mit Freunden aus. Wenn sie spät nach Hause kam, roch sie nach Rauch, Alkohol und anderen Dingen, die ich nicht einordnen konnte. Mutter machte sich ernstlich Sorgen um Katarina. Ein Jahr vor ihrem Abitur hatte sie keinerlei Ziele, traf keinerlei Entscheidungen oder gar Vorbereitungen, die auf ihre beruflichen Absichten schließen ließen. Sie schwänzte immer wieder einmal die Schule. Ich traf sie manchmal nachmittags irgendwo in der Stadt in einer Gruppe merkwürdiger Figuren, die mir alle suspekt waren. Katarina begrüßte mich dann und forderte mich auf, zu bleiben, mit umherzuziehen. Manchmal schien sie nicht ganz bei sich zu sein, wirkte abwesend wie im Halbschlaf. Vielleicht war das ihre Form von Protest.

Ich setzte alles daran, stark zu sein, selbst mein Schicksal zu bestimmen, alles im Griff zu haben. Schwäche war mir suspekt. Wer Schwäche zeigte, hatte jeden Misserfolg verdient und sollte nicht über sein Schicksal jammern. Letztlich hatte jeder sein Glück in der Hand. Dafür war niemand anderes verantwortlich zu machen. Und meine Überlegenheit in mathematisch geprägten Fächern wuchs auf dem Weg zum Abitur. Ich war in der ganzen Schule, sogar in höheren Klassen, als mathematisches Genie bekannt, von Mitschülern und Lehrern gefürchtet für meine scharfen, herablassenden Bemerkungen, wenn eine Argumentation Schwächen aufwies, eine Formulierung missverständlich war, oder ein Faktum nicht richtig dargestellt wurde. Ich nahm wenig Rücksichten dabei, wenn ich Dinge vor der Klasse richtig stellte. Auch meine Mathematik- oder Physiklehrer mussten jederzeit damit rechnen, dass ich nach deutlicher Wortmeldung vor die Tafel trat und eine Berechnung oder einen Beweis richtig stellte. Ich war immer im Recht, mir unterliefen nie Fehler in diesen Fällen. Der Fehler lag immer beim Lehrer oder dem betroffenen Mitschüler. Mein Physiklehrer in der Unterprima etwa konnte mit dieser Situation nicht umgehen, wurde unsicher, stotterte förmlich. Er fühlte sich beobachtet, kontrolliert, selbst wie einen Schuljungen behandelt. Er getraute sich aber nicht, mich mit mündlichen Noten abzustrafen. Das hätte er sicherlich nicht durchgehalten. An den schriftlichen Zensuren konnte er ohnehin nichts machen. Ob eine Berechnung richtig oder falsch ist, war halt keine Geschmacksfrage, sondern objektiv überprüfbar. Andere Lehrer waren geschickter, akzeptierten meine Sonderrolle und banden mich bewusst ein, indem sie schwierige Argumentationen von Anfang an mir übertrugen, mich an der Tafel vortragen ließen. Das war auch für mich völlig in Ordnung. Andererseits scheute manch ein Lehrer vermutlich davor zurück, mir in Klassenarbeiten Punkte für eine Aufgabe abzuziehen, weil das fast immer zu unerquicklichen Diskussionen mit ungewissem Ausgang führte. Ich fühlte mich immer im Recht.

Katarina musste ein Jahr wiederholen und bestand schließlich ihr Abitur mit mäßigem Erfolg. Die Verbindung zu einem ihrer merkwürdigen Freunde war glücklicherweise ohne größere Katastrophen zu Ende gegangen. Auf Drängen meiner Mutter machte sie sich Gedanken über ihre weitere Ausbildung. Sie beschloss, sich an der örtlichen Musikhochschule zu bewerben. Katarina spielte wundervoll Klavier. Ich hatte ihr immer schon stundenlang dabei zuhören können. Für die Aufnahmeprüfung musste sie zwei weitere Instrumente beherrschen. Sie entschied sich für Oboe und Querflöte, mit denen sie einige Wochen täglich stundenlang übte – für meine Ohren mit beachtlichem Erfolg. Sie war wieder motiviert, sah positiv in eine Zukunft, hatte Pläne. Trotzdem bestand sie die Prüfung nicht. Die Konkurrenten waren im Vergleich zu stark gewesen. Vielleicht hätte es in einem anderen Jahr für die Aufnahme gereicht. Nun musste sie ihre Enttäuschung verarbeiten und nach Alternativen Ausschau halten. Eine Bewerbung bei der Kunsthochschule in Düsseldorf scheiterte genauso wie die Aufnahme in eine bekannte Filmhochschule in München. Ich mochte meine Schwester sehr und litt über Monate mit ihr. Schließlich begann Katarina eine Lehre in einem Frisörsalon – für mich eine unfassbare Verschwendung ihrer Talente, für die ich sie immer bewundert hatte. Wie konnte es sein, dass eine so unglaublich talentierte

Person wie Katarina in einen solchen Abgrund gestoßen wurde? Die Frage beschäftigte mich lange, machte mich wütend, verursachte mir durchaus reale Magenschmerzen und ließ mich an jeder Objektivität von Menschen zweifeln. Dort in den Auswahlgremien der diversen Hochschulen mussten lauter Schwachköpfe gesessen haben, die nicht fähig waren zu erkennen, wen sie da vor sich hatten. Dummheit und Ignoranz waren die größten Fehler der Menschheit. Man sollte sie mit Stumpf und Stiel ausrotten.

Noch während der Unterprima wurde ein Bundeswettbewerb Mathematik vom Stifterverband der Deutschen Wissenschaft ausgetragen. Mein Lehrer in diesem Fach machte mich darauf aufmerksam und legte mir die Teilnahme nahe. Noch zwei weitere Schüler unserer Schule machten ebenfalls mit. Ralf Korting war nicht dabei. Er hatte nach der Untersekunda schon die Schule verlassen, um eine Lehre in einem Versicherungskonzern zu beginnen. Von meinem Mentor kannte ich bereits den Typ von Aufgaben, die im Wettbewerb gestellt wurden. Es ging dabei weniger um mathematisches Wissen, sondern um die Fähigkeit, Probleme klar zu strukturieren, logisch zu denken und präzise Argumente zu formulieren. Trotzdem waren auch für mich schwierige Brocken dabei. Professor Schormann, den ich immer noch hin und wieder traf, half mir nicht direkt bei den Aufgaben. Das wäre ihm nicht in den Sinn gekommen. Gelegentlich lenkte er nur meine Gedanken in eine bestimmte Richtung, bevor er mich wieder mir selbst überließ. In der ersten von drei Runden erhielt ich nur einen 2. Preis, der mich aber berechtigte, in die nächste Auswahl zu gehen. Die Aufgaben der zweiten Runde waren nicht wesentlich schwieriger zu lösen. Bei einer der Aufgaben sollte man beispielsweise beweisen, dass man mit einer bestimmten Strategie immer aus einem vorgegebenen Labyrinth herausfand. Ich erreichte die Einladung zum Kolloquium, zu dem die erfolgreichsten Teilnehmer der ersten beiden Runden eingeladen wurden. Hier ging es nicht mehr um die Lösung irgendwelcher Aufgaben. Im Einzelgespräch mit Mathematikern musste jeder Teilnehmer zeigen, über welche Fähigkeiten er tatsächlich verfügte. Die ersten beiden Runden waren als Hausarbeit ausgerichtet. Ob jemand dabei regelwidrig Hilfe in Anspruch nahm, war praktisch nicht kontrollierbar. Nun ging es daran zu zeigen, wie flexibel man tatsächlich an logische Probleme heranging, wie treffsicher man Fragestellungen analysierte, über welches eigenständige Wissen man wirklich verfügte. Und auch hier war ich erfolgreich. Ohnehin war ich es gewohnt, mit solchen Leuten zu sprechen. Mein Vater gehörte in diese Liga, mein Mentor genauso. Ich gehörte zu einigen wenigen Schülern, die danach ein Stipendium der Studienstiftung des Deutschen Volkes erhielten. Erwartet wurde, damit ein Mathematik- oder Physikstudium zu finanzieren. Außerdem eröffnete mir das Stipendiat leichten Zugang zu wichtigen Persönlichkeiten in Wissenschaft und Wirtschaft, den Alumnis der Stipendiaten. Diese Ehemaligen sahen sich als Gemeinschaft, die sich gegenseitig unterstützten und gegebenenfalls schützten. Das war die Art von Netzwerken, die ich für mein Fortkommen gebrauchen, auf die ich mich verlassen konnte.

Während ich mich auf meine Abiturprüfungen vorbereitete, brach Katarina gerade ihre Lehre ab. Sie ging einfach nicht mehr zur Arbeit und wurde nach einer Abmahnung gefeuert. Das alles belastete mich. Die eine oder andere nicht ganz zufriedenstellende Bewertung schob ich auf diese Ursache. Trotzdem hätte mein Notendurchschnitt die Aufnahme jedes Studiums mit noch so hartem Numerus Clausus erlaubt. Meine Mutter meinte, Zahnmedizin wäre sicher das Richtige für mich. Ich überlegte nur kurz, ob so etwas in Frage käme und entschied schnell, dass ich meine Zukunft der Physik widmen wollte. Für meine Mutter war das reine Verschwendung, Perlen vor die Säue geworfen. Mit Physik konnte sie nichts anfangen. Was machte ein Physiker eigentlich? Außerdem gab's da keinerlei Zugangsbeschränkung. Das wollte offenbar niemand machen. Ein Arzt in der Familie wäre respektabel gewesen. Natürlich setzte ich mich durch. Arzt war aus meiner Sicht kein Beruf, der besondere geistige Fähigkeiten voraussetzte, eher ein akademischer Handwerker. Und dass offenbar Heerscharen in diesen Beruf strebten, sprach auch nicht unbedingt für ein hohes intellektuelles Anspruchsniveau des Studiums. Ich reichte meine Bewerbung für die Universität Köln ein, die über international anerkannte physikalische Institute verfügte und wissenschaftlich herausragende Namen unter ihren Professoren vorweisen konnte. Meine Lehrer hatte mich darin bestärkt. Sie sagten mir ausnahmslos eine steile akademische Karriere voraus.

Eigenwelt

Ich hatte Angst. Eigentlich sollte ich mich entspannt und erholt fühlen. Die Osterferien hatte ich unbeschwert zu Hause, auf dem Dachboden, im Garten oder in den Feldern am Rande des Dorfes zugebracht und in dem kleinen Wald dahinter. Gegen Ende der Osterferien kam langsam meine Panik zurück. Ich bereitete mich auf den ersten Tag des zweiten Schuljahrs in der Volksschule unseres Dorfes vor. Gerade hatte ich mich angezogen, mich am Waschbecken vor dem Treppenaufgang zum Dachgeschoss gewaschen und saß nun am Frühstückstisch. Es war noch kalt im Raum. Mein Magen zog sich krampfhaft zusammen, Essen war kaum möglich. Ich trank meine warme Milch und schmierte mein Pausenbrot mit Schokopasta, einem ungeheuer süßen Aufstrich, den wir von einem Hollandurlaub mitgebracht hatten. Ich saß in unserer kleinen Küche links auf dem kurzen Ende einer Eckbank mit rot bunten Sitzkissen. Hier hatte jeder seinen festen Platz bei den Mahlzeiten. Mein Bruder, der heute erst zwei Stunden später seinen ersten Schultag antrat, saß dort immer neben dem Fenster auf dem hinteren, langen Teil, meine Mutter vor dem hölzernen Küchentisch und mein Vater rechts vor dem Fenster. Er musste immer als erster aus dem Haus und war gerade gegangen. Meine Mutter war noch dabei, den Ölofen anzuheizen, der nach dem ersten Versuch wieder ausgegangen war. Und ich saß da, sagte nichts und hatte Schweißperlen auf der Stirn. Ich wusste, dass ich heute wieder der Außenseiter sein würde, die Zielscheibe für meine Mitschüler. Ich hatte immer wieder versucht zu verstehen, warum das so war, und kam nie zu einem Ergebnis. Ich war irgendwie anders, wurde ausgegrenzt und hatte keine Ahnung was ich tun musste, um dazu zu gehören.

Während der Ferien hatte ich einen Entschluss gefasst, der alles ändern oder alles noch viel schlimmer machen konnte. Ich hatte keine Erfahrung mit so etwas und eine Höllenangst, dass ich meinen Entschluss nicht umsetzen konnte oder mich noch weiter der Lächerlichkeit preisgeben würde: „Ich werde mich wehren, werde mir nicht mehr alles gefallen lassen."

Die kleine Volksschule war Anfang der sechziger Jahre zusammen mit Kirche und Vereinsheim einer der Mittelpunkte des Dorfes gewesen. Den Schulhof umgab eine zwei Meter hohe, weiß gekalkte Backsteinmauer mit einem Tor zum ehemaligen Marktplatz hin. Der Pausenhof war vergleichsweise klein, erschien mir damals aber riesig, als ich ihn das erste mal, ausgestattet mit meiner Schultüte, zusammen mit den neuen Klassenkameraden betrat. Das Jahrzehnte alte Gebäude selbst war eigentlich zu klein für die acht Jahrgangsstufen, hatte den Krieg aber gut genug überstanden, um danach wieder instand gesetzt und genutzt zu werden. Es war zweigeschossig und beherbergte drei Klassenräume auf jeder Etage. Jeweils zwei der unteren vier Jahrgangsstufen wurden in einem Raum gemeinsam unterrichtet. Die Räume im Erdgeschoss waren hoch und respekteinflößend, mit hohen Fenstern, hohen weiß gestrichenen Rippenheizkörpern ausgestattet, besaßen ordentliche Zweierbänke mit Tischen davor und vorne stand etwas erhoben ein Pult. Dort empfing uns eine Lehrerin von vielleicht Ende Zwanzig und erläuterte uns die strengen Regeln des Schulalltags. Das Betreten des Schulgebäudes fand immer geordnet statt, ohne Gejohle und Herumgerenne, Jungen und Mädchen strikt getrennt. Beim ersten Läuten einer elektrischen Glocke an der Außenwand des Gebäudes mussten wir uns ordentlich in Zweierreihen aufstellen, um dann beim zweiten Läuten ohne Hast unseren Klassenraum zu betreten. Eine Nichtbeachtung der Regeln hatte immer mehr oder weniger unangenehme Folgen. Trotzdem waren wir, solange eine Pause dauerte, weitgehend uns selbst überlassen. Die Umgangsformen unter den Schülern waren grob. Auseinandersetzungen wurden üblicherweise mit Prügeleien geklärt, während der Pausen und erst recht außerhalb der Schule. Und ich war irgendwie anders.

Meine Eltern hatte ich schon als Kleinkind zur Verzweiflung getrieben. Mein erstes Wort war „Nein", lange bevor „Papa" und „Mama" zu meinem Wortschatz gehörten. Sobald meine Mutter mit mir das Haus verlassen wollte, um einzukaufen, eine andere Sorte Brei vor mir stand, als der, den ich die Tage zuvor immer wieder gegessen hatte, oder sie mir ein anderes Spielzeug nahebringen wollte als das, mit dem ich schon seit Wochen spielte, hieß meine lauthals vorgetragene Entscheidung „Nein". Ich wehrte mich mit äußerster Kraftanstrengung gegen alles, was ich als Veränderung empfand, was die Stabilität meiner kleinen Welt gefährden konnte. Genauso belastete meine Mutter, dass ich jede körperliche Nähe ablehnte, sie nicht einmal anlächelte, wenn sie mit mir sprach. Mein Bruder kuschelte gerne mit der Mama abends auf dem Sofa. Mir kam so etwas nie in den Sinn. Sobald jemand mich in den Arm nehmen wollte, an sich drücken oder gar küssen, schlug ich um mich und tat meine heftigste Ablehnung kund. Wenn mich jemand aus dem Kinderwagen hob, schrie ich und wand mich derart, dass ich aus den Armen auf den Boden zu fallen drohte. Nicht einmal eine Ohrfeige konnte meine furiose Gegenwehr stoppen. Und Schläge waren manchmal reine Nothilfe. Einmal riss ich meine Hand aus der meines Großvaters los und rannte über die Straße. Dort erfasste mich ein vorbeifahrendes Moped. Ich wurde erheblich verletzt, musste eine Woche das Bett hüten. Glücklicherweise trug ich keine bleibenden Schäden davon. Andere Unfälle aus ähnlichen Anlässen führten zu Narben, die viele Jahre später noch sichtbar waren. Erst nach und nach verstanden meine Eltern, dass diese Ablehnung von Nähe und jeder Berührung keiner persönlichen Abneigung entsprang, sondern andere Ursachen hatte, ohne das sie einordnen konnten, worin diese lagen.

Noch bevor ich den Kindergarten besuchte, konnte ich halbwegs fließend kurze Sätze lesen. Dabei wusste ich nicht einmal, was Buchstaben sind. Ich hatte mir zunächst einfach Bilder und Worte aus mehreren Kinderbüchern eingeprägt, die meine Mutter mir manchmal vorlas und die ich immer wieder selbst zur Hand nahm. Als meine Mutter das bemerkte, schrieb sie Worte auf kleine Papptäfelchen, ohne die Bilder. Auch damit hatte ich bald keine Probleme mehr. Erstaunlich war, dass ich schnell auch Adjektive, Adverbien und Verben flüssig erkannte und schließlich mit gerade drei Jahren vollständige Sätze lesen konnte. Mein Vater spielte mir später einmal eine Tonbandaufnahme vor, auf der meine kleine Stimme beim Lesen zu hören ist. Laut dem darauf angebrachten Datumsschild war ich da gerade drei Jahre und einen Monat alt. Bis ich in die Schule kam, hatte ich diese Fähigkeit allerdings wieder verlernt.

Später im Kindergarten sonderte ich mich schnell von anderen ab und spielte lieber für mich. Da ich gelegentlich schon Spielkameraden – ohne eigentliche Absicht – vom Stuhl geschubst hatte, gesellte sich auch nur selten jemand zu mir. Glücklicherweise griff die Kindergärtnerin nicht massiv ein und vermied den Fehler, mich in irgendeine Gruppe zu zwingen. Einmal hatte ich mich wieder an einen Tisch in einer Ecke des Raums mit bunten halbrunden Glassteinen zurückgezogen. Wir sollten die zu Bildern zusammenlegen und auf einen Bogen Pappe in ein vorgedrucktes Muster kleben. Ich fing an, eigene Experimente anzustellen, mir Steine in Mund und Nase zu führen. Verschlucken war kein Problem, da die Steine klein, allseitig rund ohne scharfe Kanten waren. Die waren dann einfach weg und kamen nicht wieder. In der Nase blieben die schon länger, bevor ein Nieser sie wieder heraus beförderte. Aus den Ohren kamen die Steine nicht mehr von alleine heraus. Bevor meine Mutter mich mittags abholte, gelang es mir auf der rechten Seite, den mit spitzen

Fingern wieder herauszubringen. Der Stein im linken Ohr blieb verschwunden. Ich dachte, der kommt irgendwann von alleine wieder heraus und erzählte erst zögernd davon, als meine Mutter mich Wochen später mit rasenden Ohrenschmerzen erst zu unserem Hausarzt, dann ins Krankenhaus brachte. Die Operation unter einer Äthermaske war ein Alptraum und zählt zu den wenigen Szenen aus meiner frühen Kindheit, an die ich mich noch selbstständig erinnere.

Eine andere für mich typische Begebenheit ereignete sich während eines Fußballspiels. Meine Mutter hatte mich gedrängt, endlich etwas mit anderen Kindern zu unternehmen und mich beim Fußballverein des Dorfes angemeldet. Der Trainer war mein Onkel und der hatte gleich zugestimmt, trotz meiner ihm durchaus bekannten Eigenheiten. Beim Übungsspiel auf einem Bolzplatz hatten wir mangels richtiger Tore auf jeder Seite des Spielfeldes einen Torbereich mit Blecheimern auf dem Boden markiert. Unsere Mannschaft aus sechs Kindern der Gruppe spielte an diesem Tag überlegen, so dass ich im Tor nicht all zu viel zu tun bekam. Ich war schnell mit meinen Gedanken irgendwo anders und begann, die Blecheimer zu bewegen. Schließlich erreichte mich doch ein Angriff der gegnerischen Mannschaft. Nun war unser Tor inzwischen bereits doppelt so breit wie es hätte sein sollen und ein Gegentor nicht mehr zu verhindern. Dieses Ereignis markierte das frühe Ende meiner fußballerischen Karriere.

Ich war schon immer ein Einzelgänger. Spiele faszinierten mich nur, wenn ich sie alleine spielen konnte. Mich interessierte die Sache an sich, die Regeln, die Wege die man einschlagen konnte. Sie regten meine Phantasie an, boten eine eigene Welt, die ich selbst in mir konstruierte und bewohnte. Für mich war nur diese Welt wirklich. Andere Kinder, selbst meine Eltern und Geschwister, waren weit weg, irreal, konnten nur stören. Außerdem verstanden die mich nie. Irgendwie konzentrierte ich mich immer auf absonderliche Aspekte, fand ich andere Dinge wichtig. Und immer wenn ich dann einmal eine Bemerkung machte, eine Beobachtung erklärte, guckten mich die anderen verwundert an, schüttelten den Kopf. Anscheinend klang das in ihren Ohren wie kompletter Blödsinn. Die meisten hielten mich wohl für einen Idioten. Dazu trug auch meine merkwürdige Art bei, die Aufmerksamkeit auf mich zu lenken. Wenn ich etwas sagen, einen Wunsch äußern oder einfach eine Bemerkung loswerden wollte, fasste ich mein Gegenüber zunächst einmal an. Ich schubste, knuffte, zupfte am Ärmel oder berührte andere Körperteile. Da ich selbst allergisch auf Anfassen reagierte, hätte ich eigentlich verstehen sollen, dass andere das auch nicht mögen. Nicht nur Spielkameraden waren davon betroffen. Auch die Geduld und das Verständnis einer Kindergärtnerin stellte dieses Verhalten auf eine harte Probe, da aufgrund meiner Größe vor allem Oberschenkel und Po so Ziel von Berührungen wurden.

So wie mich andere Kinder allenfalls für kurze Zeit interessierten, konnte ich Aufmerksamkeit nur als Gruppenclown oder mit irgendwelchen spektakulären Auftritten gewinnen. Ich hielt mich daher oft abseits, vermied Gruppen anderer Kinder, wechselte manchmal die Straßenseite weil ich nicht wusste, was von mir erwartet wurde, was ich sagen sollte, hatte Angst, mich wie ein stotternder Idiot zu benehmen. Ich hatte die Erfahrung gemacht, dass – egal wie ich mich verhielt – ich im Dorf schnell zur Zielscheibe für Spott und Handgreiflichkeiten wurde. Irgendwie gelangen nicht einmal meine Bewegungen richtig. Ich lief unbeholfen, stieß oft Dinge vom Tisch, jede meiner Bewegungen erschien ungelenk. Eine Regel prägte sich mir unauslöschlich ein: Ich durfte nicht auffallen, musste unsichtbar sein. Diese Regel beherrschte mein Verhalten mehr oder weniger über mein ganzes Leben hinweg.

Richtige Freunde hatte ich nicht. Meine Eltern hatten früher wohl gelegentlich Kinder zu meinem Geburtstag eingeladen, zu Kakao und Plätzchen. Daran konnte ich mich kaum noch erinnern. Die hatte ich oft nach wenigen Minuten alleine zurückgelassen, mich irgendwohin zurückgezogen, auf den Dachboden oder in den Garten meiner Großeltern, wo ich stundenlang in der Astgabel eines Reneklodenbaums saß und vor mich hin träumte. Einmal glaubte ich, so etwas wie einen Freund zu haben. Er war ein Jahr älter als ich, wohnte in der Nähe und nahm mich häufiger vor anderen in Schutz. Einmal war er krank und nicht in der Schule gewesen. Ich ging hin, um ihn zu besuchen. Seine Mutter öffnete, begab sich dann hinein um zu sehen, ob er wach war. Ich hörte deutlich seine enttäuschte Antwort „Ach der", als sie meinen Namen nannte. Anscheinend hatte er jemand anderen erwartet. Ich fühlte mich vollkommen fehl am Platz, ging nur kurz hinein, sagte „Tach" und war nach nicht einmal einer Minute wieder weg. Zu Hause angekommen, fühlte ich mich niedergeschlagen. Die eine oder andere Träne konnte ich kaum unterdrücken. Ich fühlte ich mich getäuscht, hintergangen, betrogen und zog mich wieder vollkommen in mich selbst zurück.

Das Lernen in der Schule ging mir anfangs gut von der Hand. Wir schrieben im ersten Jahr noch mit Kreide auf Schiefertafeln und wischten unsere Schrift mit nassen Schwämmchen ab. Während der Schulstunden fühlte ich mich sicher und akzeptiert. Außerhalb fand ich mich schnell als Außenseiter wieder. Ich verstand einfach nicht, welches Verhalten die anderen von mir erwarteten. Irgendetwas an mir war fremdartig, brachte die Anderen gegen mich auf. Körperliche Auseinandersetzungen war ich nicht gewohnt. Auch zu Hause gab es allenfalls einmal eine Ohrfeige oder ein paar Schläge aufs Hinterteil, von denen ich immer den Eindruck hatte, sie redlich verdient zu haben. Außerdem war ich der Einzige in der kleinen Klasse, der so etwas Ähnliches wie Hochdeutsch sprach und den lokalen Dialekt zwar verstand, aber selbst nicht benutzte. Meine Eltern wollten, dass aus ihrem Sohn etwas Besseres wird und hatten mich so erzogen. Andererseits hörte ich den Dialekt auch zu Hause ständig. Untereinander sprachen meine Eltern plattdeutsch, genauso meine Großeltern, Onkel, Tanten, Vettern. Nur mit mir und meinem Bruder wurde auf Hochdeutsch gewechselt. Schon alleine dadurch war ich selbst unter meinen Verwandten eher Außenseiter. So etwas wurde leicht als hochnäsig ausgelegt, so als wollte ich nicht dazugehören, mich bewusst abgrenzen.

Mein erstes Schuljahr war ein Albtraum. Von den vielen Demütigungen während der Pausen und nach der Schule erzählte ich niemandem etwas. Immer war ich Zielscheibe. Die schlimmsten Angriffe gingen dabei immer von demselben Klassenkameraden aus, denen sich andere dann anschlossen. Erst mit Beginn des nächsten Jahres – der Wechsel fand damals immer mit den Osterferien statt – verbesserte sich meine Situation.

Mit Unterstützung meines Vaters, dem ich nur angedeutet hatte, dass ich ein Problem hatte, fasste ich den Entschluss, mich zu wehren und dabei keine Angst vor eigenen Verletzungen zu haben. Am ersten Schultag nach den Osterferien kam es dann gleich zum Showdown. Mein Hauptpeiniger hatte das Schuljahr nicht geschafft und fand sich nun zwar im selben Klassenraum, aber eine Jahrgangsstufe niedriger wieder. Diese Tatsache schien ihn nicht gerade zu besänftigen. Sofort in der ersten Pause drängte er mich in eine abgelegene Ecke und begann mich wütend zu demütigen und unter dem Beifall einiger anderer Schüler zu traktieren. Nun aber wurde daraus eine wüste Schlägerei. Von Angst und Wut getrieben gab es für mich kaum noch ein Halten. Heraus kam ich am Ende der Pause weinend, ziemlich zerkratzt und blutend. Aber der Andere sah noch schlechter aus und Fräulein Reitz stellte uns beide zur Strafe eine Stunde lang in die Ecke. So etwas war damals üblich. Ich war schon froh, nicht auf dem Rippenheizkörper in ein Meter sechzig Höhe Platz nehmen zu müssen. Das war deutlich unangenehmer und kam auch gelegentlich vor. Ich war richtig stolz auf mich und habe es niemandem erzählt. Auch die Lehrerin sah keinen Grund, die Eltern zu informieren. Nun wurde ich zumindest von den Mitschülern meines Jahrgangs respektiert. Wenn ich mich bedrängt fühlte, reagierte ich immer zunächst mit Angst, Rückzug. Wenn das die Situation nicht besserte folgte ohnmächtige Wut, sogar Hass, die sich Stunden, Tage und manchmal erst Wochen später in plötzlichen Ausbrüchen entluden. Und manchmal traf das leider auch den Falschen, brachte mir einen Ruf von Unberechenbarkeit ein.

Von da an kam ich weitgehend klar. Ich prügelte mich notgedrungen gelegentlich mit Klassenkameraden und kam in der vierten Klasse zu der zweifelhaften Ehre, der Stärkste der Klasse zu sein – unentschieden nur zwischen mir und einem anderen Klassenkameraden. Wir waren inzwischen umgezogen, die alte Schule stand leer und war durch einen Neubau am Dorfrand ersetzt worden. Der Schulhof hier war offen und neben dem asphaltierten Platz befand sich weicher Rasen. Dort wurden dann über Tage hinweg die Rangeleien ausgetragen, die schließlich zur Kür eines Gewinners führten. Trotzdem blieb ich immer Außenseiter, fühlte mich nie richtig wohl und dachte immer, das war wegen meiner Sprache.

Meine sehr guten Leistungen in den ersten beiden Schuljahren beruhten vor allem auf meiner Lesestärke. Zur Mitte des ersten Schuljahres konnte ich bereits fließend mit vollem Sprachverständnis lesen. Die meisten Mitschüler stammelten sich da noch Buchstabe für Buchstabe durch einen Text. In der Folge forderte mich die Klassenlehrerin immer wieder auf, in der Klasse vorzulesen. Im weiteren Verlauf waren Erfolge dann aber kaum noch berechenbar. Lesen war nie ein Problem, aber schon meine Schrift kippte oft unvermittelt von einem sauberen Bild in eine unleserliche Krakelei. Wenn ich eine Geschichte schreiben sollte, hatte die oft keinerlei Struktur, war unvollständig, bestand oft nur aus Einleitung und Schluss. Rechnen war eigentlich eine Stärke mit sehr guten Ergebnissen. Andererseits gab es Tage, da konnte ich die Grundrechenarten nicht mehr unterscheiden, dividierte, wenn ich subtrahieren sollte, las Zahlen falsch von rechts nach links statt umgekehrt. Ich schien in der Schule oft nicht bei der Sache zu sein, manchmal hektisch, unruhig, sogar aus unerfindlichen Gründen wütend, manchmal gedankenverloren und abwesend. In der dritten Klasse bat meine Lehrerin meine Eltern zum Gespräch. Fräulein Reitz fragte meine Mutter, was mit mir los sei, ob es familiäre Probleme gebe. Sie hielte mich eigentlich für hochbegabt, aber psychisch durch irgendetwas beeinträchtigt, fast behindert. Ich ging auch jedem Wettbewerb aus dem Weg, den die Mitschüler begeistert austrugen. Wenn es um schnelles Kopfrechnen in der Gruppe ging, sagte ich grundsätzlich nichts. Wenn es im Sport um Laufen oder Weitsprung ging, machte ich nicht mit, blieb ab Start einfach stehen, versuchte dem Wettbewerb zu entkommen. Das Gespräch mit der Lehrerin führte zu nichts, außer einem Besuch bei unserem Hausarzt, der mein Verhalten zwar als extrem, aber durchaus noch am Rande der Normalität einstufte.

Trotzdem suchte meine Mutter einige Wochen später mit mir eine Psychologin auf. Morgens um neun Uhr hatten wir einen Termin bekommen. Die Dame – eine Frau Parot – bat uns pünktlich in ihr Sprechzimmer. Sie stellte viele Fragen zu meiner Entwicklung und meinem Verhalten, den Familienverhältnissen, Geschwister, Schule. Ich stand bald auf und ging im Raum umher, was zunächst nur misstrauisch beäugt und mit milden Ermahnungen kommentiert wurde. Nach weiteren zehn Minuten hatte ich die Dame allerdings endgültig um ihre professionell verständnisvolle Fassung gebracht. Entsetzt hatte sie verfolgt, wie ich mich erst an ihrem Tonbandgerät zu schaffen machte, dann mit ihrem Schlüsselbund in der Hand auf die nächste Steckdose zustrebte. Auf Tadel und Mahnungen reagierte ich – wie üblich – so gut wie gar nicht. Als schließlich das Klappern der Schreibmaschine sie aus ihrer gespannten Ruhe riss, auf der ich einige Zeichen in ein eingespanntes Formular tippte, sprang Frau Parot auf und zog mich mit Gewalt dort weg, was meine heftigste passive Gegenwehr auslöste und nur durch Intervention meiner Mutter nicht weiter eskalierte. Im Ergebnis musste sie sich von Frau Parot anhören, dass mein Verhalten wohl nur Ergebnis schlechter Erziehung sei und keinerlei andere Ursachen dafür verantwortlich zu machen wären.

Anfangs bewohnten wir Ober- und Dachgeschoss im Haus meiner Großeltern. Die ohnehin kleine Küche war halbiert worden, um nachträglich ein winziges Kinderzimmer zu schaffen, in dem mein Bruder und ich schliefen. Ursprünglich war nur die Wohnküche meiner Großeltern im Erdgeschoss durch einen gusseisernen Kohleherd mit verchromten Beschlägen beheizbar. Das war ein echtes Schmuckstück, das sogar einen Backofen bot. Ein Bad gab's nicht, als Toilette diente ein Plumsklo an der Grenze zu einem langgestreckten Garten mit Obstbäumen, Gemüsebeeten und einem winzigen Rasenstück. Später kamen zwei Ölöfen im Haus dazu. Die musste man per Kanne befüllen, mit der meine Mutter oder mein Bruder und ich Öl aus einem Tank in der Garage holten. Der Ofen wurde dann mit einem zusammengefalteten Wachspapierstreifen angezündet. Außerdem betankte mein Vater bei geschlossenem Garagentor dort heimlich seinen Diesel.

Im Sommer nutzten wir eine richtige große Badewanne im Waschraum auf dem Hof, im Winter wurde eine Zinkwanne hervorgeholt und in die Küche gestellt. Warmes Wasser gab es im Waschraum nur, wenn man vorher einen großen Bottich befüllte und dann mit Holz oder Kohlen darunter anheizte. Das heiße Wasser wurde dann mit Eimern in die Wanne befördert, in der jeden Samstag gebadet wurde. Eine Füllung musste für drei Vollbäder genügen, zwischen denen jeweils nur etwas heißes Wasser nachgefüllt wurde. Ansonsten fand Körperhygiene an einem eckigen Steinwaschbecken am Treppenaufgang zum Dachgeschoss statt, im Winter mit eiskaltem Wasser und einer Lufttemperatur manchmal nur wenig über dem Gefrierpunkt. Als Rückzugsmöglichkeit blieb mir hier nur der Dachboden oder der Garten mit seinen großen Bäumen. Den suchte ich dazu oft auf. Zu meinen Gewohnheiten gehörte es, abends früh zu Bett zu gehen. Wenn das Wetter es zuließ, war ich morgens bei Sonnenaufgang bereits im Garten, saß dort in einem hölzernen, mit Tuch bespannten Liegestuhl und beobachtete Vögel oder dachte einfach nach. Im Sommer morgens um vier Uhr war ich dort garantiert alleine. Erst Jahre später zogen wir nach nebenan in ein neues Haus. Dort hatte ich dann ein eigenes Zimmer ganz für mich alleine.

Meine Erinnerung an dieses alte Haus war eigentlich recht angenehm Seine Unvollkommenheit roch förmlich nach Abenteuer. Es gab unzählige vergessene Winkel, Löcher, Nischen. Ein früherer Granattreffer in der Giebelwand hatte eine Öffnung hinterlassen, die von einem Waldkauz jahrelang als Nistplatz genutzt wurde. Aufgrund diverser An- und Umbauten im Laufe von Jahrzehnten, in denen sich Lebensgewohnheiten und -bedingungen gravierend verändert hatten, glich der Grundriss eher dem eines Abenteuerspielplatzes. Was mich mit der Zeit nur wirklich störte, war die Toilette auf dem Hof. Das Plumsklo bestand aus einem Anbau hinten an der Waschküche, mit rohen, gekalkten Ziegelwänden und einer groben, grün lackierten Holztüre mit herzförmiger Aussparung in Augenhöhe. Innen befand sich eine genauso grobe Holzbank, deren kreisförmige Öffnung durch einen hölzernen Deckel mit Griff abgedeckt wurde. Eine Armlänge entfernt davon ragte ein Haken aus der Wand, an dem immer einige Blätter der Tageszeitung hingen. Sobald ich nicht mehr regelmäßig den Nachttopf unter dem Bett nutzen konnte, brachte das einige Probleme mit sich. Zunächst einmal war die Öffnung zu groß für mein Hinterteil, so dass ich mich kräftezehrend mit beiden Händen abstützen musste, um nicht in die darunterliegende Klärgrube zu fallen. Schwierig wurde es dann beim Griff nach einem Blatt Zeitung. Die musste ich mit beiden Händen erst einmal geschmeidig kneten, während ich auf dem Rand der Öffnung balancierte, und nach Gebrauch hinterließ die auch noch schwarze Streifen. Im Winter war es nur furchtbar kalt dort. Das war dann eigentlich die einzige wirkliche Unannehmlichkeit. Im Sommer aber summten Fliegenschwärme um meinen Hintern und lauerten große schwarze haarige Spinnen zu Dutzenden in den Ecken. Die waren für mich das Schlimmste daran überhaupt. Vor lauter Ekel ging ich dann entweder erst in der Schule auf die Toilette, oder besuchte in den Ferien öfter die eine oder andere Tante im Ort, wo ich dann schnell auf dem WC verschwand.

Meine Großeltern waren streng katholisch wie die meisten Bewohner des Dorfes. So mussten wir jeden Sonntag die Messe besuchen, wenn meine Mutter sich nicht Fragen und andauernde Vorwürfe ihrer Schwiegermutter anhören wollte. Für sie war das eine regelmäßige Belastungsprobe. Ich war als Kleinkind nicht ruhig zu bekommen. Während der Messe wurde ich laut, entwischte regelmäßig und lief durch die Kirche. Gewaltsames Festhalten führte immer zum unüberhörbaren Eklat. Oft musste meine Mutter mit mir die Kirche verlassen. Schläge danach – zu Hause auch mit Hilfsmitteln wie einem hölzernen Suppenlöffel – waren keine Seltenheit, änderten mein Verhalten aber in keiner Weise. Schließlich besuchten wir gemeinsam die Messe in einer Kleinstadt mehr als fünfzehn Kilometer entfernt. Das war möglich, weil mein Vater schon früh einen eigenen Wagen besaß. Kirche und Religion waren für mich danach untrennbar verbunden mit Zwang und Strafe. Außerdem fand ich die Vorstellung eines alten Mannes als Schöpfer der Welt immer schon einfach lächerlich. Warum hätte ich eine solche Figur anbeten sollen, weshalb dazu eine Kirche besuchen. Ich glaube, auch meine Mutter war eigentlich nicht sehr religiös. Sie war in mehreren Vereinen aktiv und unterwarf sich einfach den Erwartungen dort. Immer schaute sie bei allem was sie tat ängstlich darauf, was Nachbarn, Freunde und Verwandte dazu sagen würden.

Mir war so etwas immer fremd. Ich hätte nicht einmal gewusst, was andere denn von mir erwarten. Ich war nie in der Lage, eine Beziehung zu empfinden. Ich konnte nicht einmal sagen, was dieser Begriff überhaupt meinte. Beziehungen konnte ich mir allenfalls in meiner Fantasie zu abstrakten Menschen vorstellen, die ich selbst nach meiner Idealvorstellung erschaffen hatte. Real verfügbare Personen kamen dazu nicht in Frage, hielten keinen Vergleich aus. Die machten mir nur Angst. Ich war nie Teil einer Gemeinschaft. Da war immer nur meine innere Welt, die ich gestalten, in der ich frei leben konnte. Was meine Sinne von außen aufnahmen, war beängstigend, oder verwirrte und störte mich.

„Klaus ist anders als andere Kinder" hatte mein Bruder viele Jahre später einmal gesagt. Während die Nachbarskinder draußen spielten, saß ich in meinem Zimmer und las, manchmal schrieb ich etwas auf oder rechnete irgendwas. Das war nicht normal für einen Zehnjährigen. Die anderen bauten im Bach, der hinter dem Haus verlief, gerade weiter an einen Staudamm. In den Tagen zuvor war ich auf hartnäckiges Drängen meiner Mutter da noch dabei gewesen und es hatte letztendlich durchaus Spaß gemacht, Stöcke, Steine, Lehm zusammen zu vermanschen und dann irgendwelches wasserliebende Getier zu sammeln und in den entstehenden kleinen Stausee zu verfrachten. Es war Frühjahr, es war ausnahmsweise warm und es waren noch Ferien. Irgendwann war ich dann unvermittelt in voller Kleidung in den kleinen See gesprungen. Ich empfand das als eine super Idee, zu der die anderem mir hätten begeistert applaudieren sollen. Die fanden das aber nicht so toll, nicht mal lustig, und der Damm überstand die Flutwelle nicht. Da es schon Abend wurde, verpflichtete man mich für den nächsten Tag, den Schaden zu beheben. Sonst war in unserem kleinen Dorf nichts los. Fernsehen gab es kaum und nur selten Straßenfeger wie das Raumschiff Orion der Raumpatrouille, das im letzten Herbst mehr als nur diejenigen Kinder von der Straße holte, deren Eltern schon einen Fernseher besaßen. Auch wir versammelten uns alle vierzehn Tage Samstags gebannt vor dem Schwarzweißfernseher im Wohnzimmer unserer Großeltern.

Noch triefnass von meinem Sprung in unseren kleinen künstlichen Stausee kam ich nach Hause zum Abendessen. Mein jüngerer Bruder erzählte natürlich sofort, was vorgefallen war. Meine Mutter schüttelte nur den Kopf und schickte mich zum Waschen und Umziehen. Nach dem Essen verzog ich mich sofort in unser Kinderzimmer. Am nächsten Tag hatte ich anderes im Kopf, verzog mich auf den Dachboden. Dort hatte ich begonnen, ein kleines Chemielabor aufzubauen. Ich hatte Bücher dazu ausgeliehen und schon viele Chemikalien von meinem Taschengeld gekauft. Der Apotheker im Nachbarort kannte mich inzwischen. Auf dem Dachboden gab es eine alte Räucherkammer mit Anschluss an den Kamin. Die nutzte ich manchmal als Abzug, wenn ein Experiment giftige Gase produzierte. Er funktionierte aber nur unzulänglich als solcher. Seit im Haus auch Ölöfen benutzt wurden, konnte die Kammer nicht mehr zum Räuchern gebraucht werden.

Mit einem Tag Verspätung wollte ich weiter mit am Staudamm bauen, aber irgendwie gehörte ich nicht richtig dazu, wurde freundlich als Außenseiter behandelt. Niemand band mich ein, teilte mir eine Aufgabe zu. Ich durfte nur zuschauen und hatte das Gefühl, im Weg zu stehen. Vielleicht getraute sich auch nur niemand, mich einfach weg zu schicken. Immerhin waren alle anderen jünger als ich und kräftemäßig sicher unterlegen.

Die vierte und fünfte Klasse waren damals die Kurzschuljahre, die der Umstellung auf den Jahrgangswechsel mit den Sommerferien vorangingen. Meine Leistungen hatte ich etwas stabilisieren können. Inzwischen hatte ich meinen rationalen Verstand soweit entwickelt, dass ich meine Emotionen besser kontrollieren konnte. Ich war immer mehr in der Lage, den Unsinn einiger meiner Verhaltensweisen einzusehen. Eine Änderung war meist zeitlich begrenzt. Immer wieder fiel ich in alte Muster zurück. Trotzdem bemerkten meine Lehrer, dass eine Veränderung zum Positiven vor sich ging, ich immer berechenbarer wurde. Schließlich stimmte die Schule, wenn auch mit Bedenken, dem Besuch eines Gymnasiums in der nahegelegenen Kleinstadt zu. Ich war der Einzige unter den acht Jungen der Klasse, der diesen Sprung schaffte. Bei den Mädchen waren es zwei, von denen eine aufs Mädchengymnasium ging, die andere Mitschülerin auf eine katholische, von Nonnen geführte Höhere-Töchter-Schule.

Wegen der beiden Kurzschuljahre glaubten meine Eltern, dass ein Wechsel besser erst nach der fünften Klasse erfolgen sollte. So musste ich ein Schuljahr mehr als notwendig aushalten. Ich war danach heilfroh, endlich aus diesem Dorf herauszukommen und eine andere Schule in der nahegelegenen Stadt besuchen zu dürfen. Vielleicht gehörte ich ja dort dann dazu.

Ich saß in der zweiten Reihe der Klasse und überflog die Aufgaben unserer letzten Mathematikarbeit vor den Sommerferien. Es war kein Aufreger dabei, alles mehr oder weniger triviale Problemstellungen. Es ging um trigonometrische Aufgaben, einen Beweis zur Winkelsumme im Dreieck und einige andere Zusammenhänge in regelmäßigen Polygonen. Nur aus dem Augenwinkel bemerkte ich die nervösen Blicke meines Tischnachbarn auf meine noch unbeschriebenen Lösungsbögen. Wir hatten drei Stunden Zeit bekommen zuzüglich der Pause dazwischen. Alles so wie immer. Manchmal bearbeitete ich die Aufgaben in anderer Reihenfolge, hob die schwierigeren bis zuletzt auf. Das erschien mir diesmal, so wie viele Male vorher, nicht nötig. Alles lief wie am Fließband, ohne groß nachzudenken schrieb ich die Lösungen Aufgabe für Aufgabe herunter. Nach einer Stunde hatte ich bereits drei viertel der Klassenarbeit bearbeitet. Unser Mathematiklehrer ging ständig im Raum umher, prüfte den Fortschritt einzelner Schüler, versuchte – manchmal sogar mit Erfolg – Mogeleien zu unterbinden. Er kam gelegentlich auch bei mir vorbei, nickte anerkennend, aber nicht überrascht. Er erwartete nichts anderes.

Diesmal sprach er mich leise an, um niemanden zu stören. Er benötigte dringend zur Vorbereitung seines nachfolgenden Unterrichts in Erdkunde einige Karten aus dem Kartenraum der Schule. Da er nach seiner Aufsicht hier das nicht rechtzeitig schaffen würde, bat er mich, das für ihn zu erledigen. Sollte ich danach mit meiner Arbeit nicht fertig werden, dürfe ich notfalls auch die verlorene Zeit nachschreiben. Ich wusste nicht, ob er das ernst meinte, nahm es eher als Scherz auf. Während er meine Lösungsbögen in Gewahrsam nahm, verließ ich also den Klassenraum im zweiten Obergeschoss und begab mich lässig über lange Gänge quer durch das große Schulgebäude zum Kartenraum im Erdgeschoss. Ich hatte es überhaupt nicht eilig. Ich sah mich in aller Ruhe im Raum um. Da waren nicht nur Karten. Auch andere interessante Gerätschaften lagen dort, die im Unterricht gelegentlich zum Einsatz kamen. Dazu gehörte ein riesiger Rechenschieber, den man mit Haken auf dem Rand einer Wandtafel befestigen konnte. Den hatte ich noch nie vorher gesehen und nahm ihn jetzt ausgiebig in Augenschein, probierte einige Rechnungen aus, versuchte festzustellen, wie genau denn die ablesbaren Ergebnisse waren. Obwohl wir das in der Schule nicht gelernt hatten, war mir der Umgang mit einem solchen Gerät durchaus vertraut. Die Sache zog mich geraume Zeit in ihren Bann.

Irgendwann suchte ich dann die gewünschten Karten heraus und brachte die in den Klassenraum, in dem der nachfolgende Unterricht stattfinden sollte. Nach fast einer halben Stunde erst kam ich zurück. Mein Lehrer händigte mir mein angefangenes Lösungsblatt wieder aus. Eine weitere halbe Stunde später schon gab ich meine Klassenarbeit wieder ab. Mein Nachbar schwitzte immer noch und ich war zufrieden. Mein Ehrgeiz bestand eher darin, möglichst wenig Zeit für die Lösung einer Arbeit aufzuwenden. Und netto neunzig Minuten für angesetzte zweihundert waren nicht schlecht. Meist brauchte ich mehr als die Hälfte der vorgegebenen Zeit.

In den ersten zwei Jahren nach meinem Wechsel war meine Entwicklung eher unauffällig. Das mathematisch-naturwissenschaftlich geprägte Gymnasium nahm ausschließlich Jungen auf. Meine Noten in allen Fächern waren mittelmäßig zwischen „Gut" in Chemie und „Ausreichend" in Sport. Ich war eher ein Eigenbrötler und hatte kaum enge Kontakte zu Klassenkameraden. In der Sexta[1] hatte ich wieder Probleme

1   Die heutigen Klassen 5 – 13 im Gymnasium wurden mit Sexta, Quinta, Quarta, Unterter-

mit mehreren Schülern meiner Klasse. Die Schule war sehr groß. Die Neuankömmlinge füllten sechs parallele Klassen, bezeichnet als Sexta A bis Sexta F. Ich selbst besuchte mit fast dreißig anderen die Sexta A. Die daraus resultierende ungewohnte Anonymität empfand ich als eher angenehm. Ein Mitschüler dort war ein echter Rabauke, schwerer und kräftiger als ich es war. Und wieder war ich Zielscheibe, obwohl es da viele andere in der Klasse gab. Glücklicherweise überstand der die Sexta nicht und verließ die Schule mit einigen seiner Spießgesellen wieder.

Mit Beginn der Quinta stellte sich ein anderes Problem ein. Während meiner Zeit in der Volksschule wurde meine Sprache als Hochdeutsch eingestuft und grenzte mich scharf zu allen anderen Mitschülern ab, die das lokale Plattdeutsch des Dorfes benutzten. Nun war die Sachlage eine ganz andere. Mein „Hochdeutsch" war so stark dialektgeprägt, dass ich nun auf der anderen Seite stand. Die meisten anderen Schüler sprachen deutlich weniger akzentbehaftetes Deutsch als ich das tat. „Dat", „Wat", „Nee" und typische Wortverkürzungen konnte ich kaum unterbinden. Das verunsicherte mich derart, dass ich anfing, leicht zu stottern, über jedes meiner Worte nachdachte, über seine korrekte Aussprache. Meine mündliche Mitarbeit im Unterricht war nie herausragend gewesen und ließ jetzt noch weiter nach.

Erst langsam und unauffällig schälte sich meine besondere Begabung für Mathematik und Naturwissenschaften heraus. Ich selbst hielt diese Dinge immer für selbstverständlich und verstand nie, warum andere Mathematik als etwas Kompliziertes betrachteten. Mein erster Zugang waren Hobbys, die ich immer intensiver pflegte. Anfangs machte ich chemische Experimente in meinem privaten Labor zu Hause nach Rezept, so wie man nach Kochbuch ein Essen zubereitet. Ge-

tia, Obertertia, Untersekunda, Obersekunda, Unterprima, Oberprima bezeichnet.

nauso fing ich an, elektrische Schaltungen aufzubauen nach Anleitungen aus Zeitschriften und Büchern meines Vaters.

Meine Hobbys pflegte ich meist alleine, ohne Spielkameraden mit einzubinden. Ich unterstellte einfach, dass die eh' kein Interesse daran haben würden, ohne dass ich ernsthaft versucht hätte, jemandem die Teilhabe anzubieten. Nur die Ergebnisse präsentierte ich von Zeit zu Zeit, zumindest dann, wenn sie mir spektakulär genug erschienen, um damit zu glänzen. So brachte ich einmal selbst destillierten Schnaps mit zur Schule und bot den einigen Schulkameraden auf dem Pausenhof an. Der schmeckte scheußlich und hatte vermutlich über 60% Alkoholgehalt. Der eine oder andere Knallkörper gehörte wohl auch zu den vorzeigbaren Ergebnissen.

In dieser Zeit hatte ich erneut Probleme mit einem älteren Schüler aus einer höheren Klasse, der sich mit jemandem aus meiner Altersgruppe gegen mich verbündet hatte. Wieder bahnte sich ein Alptraum an. Während der Pausen, nach Unterrichtsende und auf der Fahrt mit dem Bus war ich wochenlang Attacken und Demütigungen ausgesetzt. Mehrfach brach ich in Tränen aus, was die Beiden mit Gejohle quittierten. Wieder folgten auf Angst und Rückzug schließlich Wut und Hass. Ich überlegte schon, mit welchen Säuren und Giften ich den Älteren, den ich für körperlich überlegen hielt, ausschalten konnte.

Schließlich kam es an der Bushaltestelle vor der Heimfahrt zur Schlacht. Ich hatte eine kleine Ampulle mit einem Gemisch aus rauchender Salpetersäure und hochkonzentrierter Schwefelsäure vorbereitet – bekannt als Königswasser, das in der Lage ist, sogar Gold aufzulösen. Als die Hänselei wieder losging und er mich anfasste, strich ich ihm die Lösung blitzschnell auf den Handrücken. Er war völlig überrascht. Der Schmerz ließ nur Sekunden auf sich warten. Statt sich aber die Flüssigkeit schnell im Stadtbrunnen abzuwaschen, lief er rot an und ging mit Fäusten auf mich los. Mein Adrenalinspiegel hatte inzwischen ebenfalls Höchststände erreicht und ich erwiderte diesmal die Handgreiflichkeiten. Es stellte sich schnell heraus, dass der Andere meinem Wut- und Hassausbruch nicht lange standhielt. Er war auch zu überrascht über meine unvermittelt aggressive Haltung. Schnell hatte ich ihn im Schwitzkasten, seinen Kopf unter meinen linken Arm geklemmt. Ich bemerkte nicht, dass er längst keine Luft mehr bekam und blau anlief, hatte auch viel zu große Angst vor dem, was passieren konnte, wenn ich ihn wieder loslöße. Glücklicherweise beendete ein Erwachsener, der die Szene beobachtet hatte, die für meinen Gegner lebensgefährliche Situation. Er riss mich hart an den Haaren zurück. Der Schmerz brachte mich zur Besinnung und ich ließ los. Sicher war das ein Glück für uns beide. Der ältere Schüler stand lange unter Schock, machte von da an einen weiten Bogen um mich, während der jüngere mir zu erklären versuchte, er sei an all dem nicht Schuld gewesen und habe das eigentlich nicht gewollt. Meiner Mutter musste ich danach erklären, woher das eine oder andere Loch mit merkwürdig glatten Rändern in Hose und Jacke kam.

Diese Situation war glücklicherweise die letzte ihrer Art in meinem Leben. Als mich wenig später ein anderer Mitschüler in einer Pause auf dem Gang anrempelte und schubste, schlug ich wortlos ohne zu zögern zu, klemmte den Kopf des völlig überraschten Jungen unter meinen Arm und ließ erst los, als er unmissverständlich seine Aufgabe signalisierte. Es gab viele Zuschauer dabei. Die Aktion brachte mir unerwarteten Respekt ein, weil der betroffene Schüler anscheinend als Sportkanone bekannt war, im Verein Fußball spielte und überaus erfolgreicher Turner war. Fortan ließen mich alle anderen mit jeder Art von Pöbelei in Ruhe.

Was meine Hobbys anging, wollte ich bald alles genauer

wissen und vor allem eigene Vorstellungen und Pläne umsetzen. Schnell musste ich feststellen, dass ohne Berechnungen da wenig auszurichten war. Bei diesen Aktivitäten war die Mathematik nur Mittel zum Zweck, ohne eigenständige Existenzberechtigung. Ich musste jede Komponente meines Röhrensenders sorgfältig berechnen, damit der auch genau auf der UKW-Frequenz 100,4 MHz des WDR sendete. Mein Ziel war dann beispielsweise, den Mittelwellensender von RTL im Haus und in der Nachbarschaft auf diesem UKW-Kanal empfangen zu können. Und es funktionierte tatsächlich. Genauso erforderte die Herstellung chemischer Stoffe genaue Vorbereitung und Berechnungen. Meine elektrische Lichtorgel funktionierte dann so, wie vorausberechnet, das Ergebnis des chemischen Experiments war erwartungsgemäß das Insektizid Hexachlorcyclohexan, auch Lindan genannt (das übrigens damals schon nicht mehr zugelassen war), die Teile meines Pappmodells passten entsprechend meiner Berechnungen nahtlos zusammen. Diese Erfolgserlebnisse waren für mich genauso Abenteuer wie für andere Baumhütten zu bauen, nachts mit Steinschleudern in den Wald zu gehen oder Schiffchen in den Bach zu setzen. Es dauerte nicht lange, da verband ich Berechnungen und Formeln unmittelbar mit solchen persönlichen Erlebnissen. Für mich waren sie der Schlüssel zum Verständnis der Welt um mich herum, schienen mir die Möglichkeit zu eröffnen, ihre verwirrende Komplexität einzudämmen, zu vereinfachen. Ich dachte, wenn ich alle Gesetze der Welt auf diese Weise verstehen könnte, wäre das ganze Universum in meinem Kopf und es gäbe keine äußere Welt mehr, die mich verwirren und beunruhigen könnte. Ich war überzeugt, dass Mathematik, Naturwissenschaft und Technik alle Geheimnisse der Welt entschlüsseln könnten. Ich musste nur genug davon verstehen, alles in mich aufnehmen. Diese Zuversicht war meine Motivation und trieb mich vielleicht im Inneren an.

Der Rückzug in diese Welt dominierte immer mein Verhalten nach außen. Es kam immer wieder vor, dass ich ein Spiel oder ein Gespräch geistesabwesend abbrach, um irgendeinem Gedanken zu folgen. Damals hatte ich nicht verstanden, wie das auf meine Klassenkameraden wirken musste: „Ihr seid mir nicht wichtig". Vermutlich war das auch so. Und ich blieb Außenseiter, wortkarg, mit merkwürdigen Interessen und Ansichten, und manchmal sogar einem leichten Hang zur Arroganz. Insgesamt kein gesunder Zustand für einen Heranwachsenden. Aus Sicht meiner Eltern hatte dies durchaus positive Seiten. Ich lief nie Gefahr, in schlechte Gesellschaft zu geraten. Ich geriet einfach in überhaupt keine Gesellschaft.

Meine gelegentlichen Kontaktversuche zu Gleichaltrigen bestanden aus einer Mischung aus Anbiederung und Imponiergehabe. Während die erste Verhaltensweise nach außen oft eher dümmlich wirkt und wenig Erfolg verspricht, bot mir die Chemie genug Mittel, um Mitschüler von meiner Wichtigkeit zu überzeugen. In meinem kleinen Labor auf dem Dachboden meiner Großeltern wehte glücklicherweise der Wind ständig durch die undichte Ziegeleindeckung. Dieser Umstand rettete mir vermutlich meine Gesundheit, wenn nicht mein Leben. Aus finanziellen Gründen musste ich auf jegliche Schutzvorrichtungen wie Gasmaske oder Abzug verzichten, so dass ich den reichlich entstehenden giftigen Gasen und Dämpfen nur durch möglichst langes Luftanhalten entgehen konnte. Das funktionierte nicht immer. Jedenfalls trug ich mein Taschengeld regelmäßig Woche für Woche zum Apotheker. Dem erklärte ich genau, welche Analyse oder Synthese ich gerade vorbereitete um seine Bedenken zu zerstreuen und die Seriosität meines Anliegens zu belegen. Was er mir nicht verkaufen wollte, bekam ich von einem Chemiestudenten im Nachbarort. Es ist im Rückblick erstaunlich, welche Chemikalien ein Halbwüchsiger so in die Hände bekam. Es grenzt an ein Wunder, dass ich noch lebe. Heute müsste ich befürchten, damit in die Terrorfahndung der USA zu geraten. Jedenfalls fiel neben den ernsthaften Experimenten vom selbst hergestellten Alkohol bis zu Knallkörpern und gefährlichen Giften dabei genug ab, um meinen Mitschülern weiterhin zu imponieren. Und ich glaube, sie hatten tatsächlich Respekt.

Für die Schule hatte dies alles überaus positive Konsequenzen. In der Quarta war ich erstmals Klassenbester. Ich wünschte mir ein Chemiebuch, in das der Schulleiter eine Widmung schrieb. Kurz danach begann ich dann, Mathematik als eigenständiges Hobby zu verfolgen. Das war deutlich ungefährlicher, als chemische Experimente mit gesundheitsgefährdendem Ausgang durchzuführen und angenehmer, als Stromschläge bei Aufbau und Betrieb von Röhrenschaltungen zu erleiden.

In der Obertertia war ich erneut Klassenbester. Meistens wurden Bestnoten in ähnlichen Fällen über Deutsch, Erdkunde und Geschichte erreicht. Bei mir waren genau das die schwachen Fächer. Meine Zensuren in Mathematik, Physik, Chemie und Biologie brachten meinen Notendurchschnitt regelmäßig weit nach vorne. Diesmal hatte ich mir eine Einführung in die Integralrechnung gewünscht. Das Buch besorgte ich selbst in einer alteingesessenen Buchhandlung der Stadt. Der Schulleiter schrieb wieder eine Widmung hinein und mein Klassenlehrer übergab es mir am letzten Schultag. Das Werk sollte für fortgeschrittene Schüler auf dem Weg zum Abitur verständlich sein. Es war schon das dritte derartige Taschenbuch in einer Reihe kleiner handlicher Einführungen in fortgeschrittene Themen der Schulmathematik in meinem Besitz. Zur gleichen Zeit schlugen sich manche Mitschüler allerdings noch mit den Fallstricken der Bruchrechnung herum. Ein Beispiel in diesem Buch bezog sich auf Formeln der speziellen Relativitätstheorie. Ich hatte noch wenig Ahnung von den wirklichen Hintergründen, aber Formeln faszinierten mich immer und diese sahen nicht zu kompliziert aus.

Wir waren inzwischen umgezogen in ein neues Haus direkt neben unserem alten, wo ich ein eigenes Zimmer bewohnte. Und so hatte ich eines nachts plötzlich das Gefühl, unbedingt einmal ausrechnen zu müssen, wie lange denn die Reise quer durchs Universum für einen Astronauten an Bord eines Raumschiffs dauert. Um fünf Uhr morgens war ich hell wach gewesen und hatte mir überlegt, dass er während der ersten Hälfte der Reise gleichmäßig beschleunigen müsste, so dass er mit normaler Erdschwere angepresst wird und so die Schwerelosigkeit nicht erlebt. Dann müsste er das Raumschiff wenden und so abbremsen, dass er wieder mit seinem normalen Gewicht angepresst wird bis er wieder die Erde erreicht. Die Reise sollte dann ganz angenehm zu bewältigen sein. Die Frage des Treibstoffes hatte ich insofern gelöst, als fast die komplette Masse des Raumschiffes während der Fahrt vollständig in Energie umgewandelt werden sollte – $E=mc2$ –, so dass das Gefährt immer leichter wurde. Ich bastelte also ein Integral zusammen, dass die abnehmende Ruhemasse und die mit der Geschwindigkeit zunehmende Zeitdehnung berücksichtigte. Als es dann so auf meinem Blatt Papier stand, und nach meinem Dafürhalten nun alle Einflussgrößen adäquat berücksichtigte, war ich das erste mal von meiner Leistung beeindruckt. Nun stand die mühsame Ausrechnung an, um das Ganze auf konkrete Zahlen zu reduzieren.

Als die Anderen aufgestanden und mit Frühstücken fertig waren, hatte ich längst keinen Sinn mehr für andere Spiele. Ich brachte den ganzen Tag mit Rechnen zu. Das war schon deshalb nicht einfach, weil Taschenrechner noch lange nicht verfügbar waren. Als ich Jahre später Abitur machte, waren die noch selten und sorgten für Aufsehen unter Lehrern und Mitschülern. Und wie rechnet man dann schnell Potenzen und Wurzeln aus? Mein Vater hatte mir einmal gezeigt, wie man mit Logarithmen umgeht. Und so saß ich nun in meinem Kinderzimmer vor einem wackeligen Schreibtisch bedeckt mit Blättern, Bleistift und der alten Logarithmentabelle aus der Ausbildungszeit meines Vaters. Abends hatte ich dann ein Ergebnis und war unheimlich stolz auf mich: Die Reise sollte fast 40 Jahre dauern für den Astronauten und auf der Erde sollten währenddessen einige Milliarden Jahre vergangen sein. Das hieß offenbar, dass Erde und Sonnensystem dann nicht mehr existierten und eine solche Reise ziemlich sinnlos sein würde. Als ich das meiner Mutter erzählte, sah die mich nur verständnislos an – Kinderkram. Ich war trotzdem stolz auf mich und habe es niemandem weiter erzählt.

Eigentlich konnte ich nie sagen, was mich eigentlich antrieb. Hätte mich jemand gefragt, hätte ich kein Ziel formulieren können. Ich ließ die Dinge meistens laufen, ohne weitgreifende Planung, ließ mich von augenblicklichen Interessen leiten, von einer Lust, etwas zu beginnen, aufzubauen. Ich hatte fast nie ein Gefühl von Leere, nicht zu wissen wohin ich will, was zu tun ist. Da gab es immer diesen inneren Drang, eine Unruhe, das Gefühl, etwas voranbringen zu müssen, von dem ich nie hätte sagen können, was es ist. Vieles, was ich anfing, begann ich ohne jeden konkreten Plan von dem, was dabei herauskommen sollte. Immer hatte ich das Gefühl, Fortschritte zu machen, ohne sagen zu können, in welche Richtung sie führten. Und trotzdem stand am Ende fast immer ein bemerkenswertes Ergebnis und manchmal ein überraschendes.

Mathematik ist eigentlich eine fruchtbare Beschäftigung für einen Autisten. Nur mit Logik kann er, wenn er intellektuell dazu in der Lage ist, seine platonische Welt erschaffen, die belastbar ist und jedem äußeren Angriff standhält. Um diese innere Welt zu schaffen, braucht er keinerlei Kontakt zu einer Außenwelt. Für ihn ist seine innere Welt die Realität. Alleine durch das Nachdenken über die Eigenschaften von Zahlen kann ein Mathematiker ganze Bücher füllen: Zum Beispiel ob eine ganze Zahl sich teilen lässt, ob es genau eine Möglichkeit gibt, sie in Primzahlen zu zerlegen, ob es unendlich viele Primzahlen gibt, wann die Summe zweier Quadratzahlen wieder eine Quadratzahl ergibt. Die Reihe der Fragen ließe sich beliebig fortführen, die zu Ihrer Beantwortung keinerlei Bezug zu irgendwelchen greifbaren Dingen benötigen. Vielleicht bestand die ganze Welt ja in Wirklichkeit in ihrem Inneren aus nichts anderem als reiner Logik. Dinge existierten vielleicht nur deshalb, weil es unlogisch war, wenn sie nicht vorhanden wären. Zu dieser Zeit fand ich allerdings keinerlei konkreten Anhaltspunkt, dass es tatsächlich so sein könnte. Ich wischte solch seltene Gedanken konsequenterweise als pure Spinnerei beiseite.

Ich war ein Eigenbrötler, kein Autist. Trotzdem verstand ich gut, was eine abgeschottete innere Welt bedeuten kann. Irgendwann sind ihre Regeln so selbstverständlich wie Laufen, Essen oder Sprechen. Der Vorgang des Laufens auf zwei Beinen ist vermutlich komplizierter als das Verständnis komplexer logischer Zusammenhänge. Trotzdem behaupten die meisten Menschen, Laufen sei einfach – kann jedes Kind, und Mathematik sei schwierig. Ich sah das nicht so. Mathematik hatte für mich immer mehr mit Gefühl und Intuition zu tun als mit Formeln. Erstaunlich ist, dass eine solch eigenständige Welt aus mathematischer Logik überhaupt eine korrekte Beschreibung der Naturvorgänge liefern kann. Aber genau das tut sie extrem erfolgreich und dieses Rätsel hatte mich fasziniert. Irgendwo schien mir früher eine geheimnisvolle Verbindung zwischen dieser inneren Welt, die in unseren Träumen spielt, und der äußeren Welt zu existieren, die ich nie recht fassen konnte. Warum steht ein Tisch, der abends vor meinem Bett steht, am nächsten Morgen immer noch dort? Weil es unlogisch wäre, wenn das nicht so wäre? Kann das ein vernünftiges Argument sein? Kann reine Logik Planeten auf ihrer Bahn halten? Man kann endlose philosophische Debatten darüber führen, ohne zu einem abschließenden Ergebnis zu kommen. Aber vielleicht gab es diese Verbindung tatsächlich und ich würde irgendwann einmal in der Lage sein, sie festzuhalten, zu beschreiben, in Mathematik zu gießen. Vielleicht würde ich irgendwann die Lösung einfach „sehen".

Hin und wieder beunruhigte mich die Feststellung, keine Freunde zu haben, zu keiner der vielen Gruppen zu gehören. Eine bei den Schülern hochangesehene Clique bestand aus eher erfolglosen, aber zu einem Teil aus umso verwöhnteren Söhnen angesehener Familien der Stadt. Meine zur Schau getragenen Ablehnung aller Fächer, die nichts mit Mathematik, Physik oder Chemie zu tun hatten, war unter anderem der Versuch einer Anbiederung. Und manchmal ging ich abends sogar mit in eine Disco: Eigentlich hasse ich Menschenmassen. Das war schon immer so. Einzelne Menschen können intelligent sein, gute Gespräche bieten. Gruppen, gerade große Gruppen sind bedrohlich dumm und machen mir Angst. Menschen können wie Ungeziefer sein. Bei diesen Gelegenheiten war fast immer auch Alkohol in größeren Mengen im Spiel. Der hatte auf mich stets eine seltsame Wirkung. Er half mir, mich abzuschotten, alle Sinneseindrücke abzuschalten. Ich konnte mich im Rausch vollkommen auf mich selbst konzentrieren, mich dem Fluss der in diesem Zustand vermehrt aufkommenden Bilder und Ideen hingeben. Nach außen wirkte ich dann nach anfänglich aufkeimender Kontaktfreude schnell apathisch, am weiteren Geschehen vollkommen unbeteiligt.

Die meisten halbherzigen Kontaktversuche führten nur zu

kurzzeitigen Beziehungen, die man nicht als Freundschaft bezeichnen konnte. Tatsächlich hatte ich für einige Wochen eine
Freundin. Außer Händchenhalten lief da nichts. Ich suchte
auch nicht gerade die körperliche Nähe, es sei denn, sexuelle
Motive schwangen irgendwo einmal mit. Als wir nachmittags
in einer Kneipe zusammen mit mehreren Mitgliedern der
Clique zusammensaßen, fragte sie mich wegen einer Phy-
sikaufgabe. Es ging um optische Brechung. Ich erklärte ihr die
Zusammenhänge und aus irgendeinem Grund glaubte sie mir
nicht. Sie stellte die gleiche Frage ihrem Nachbarn auf der
anderen Seite, nannte ihm meine Antwort und vermutete,
das könne so nicht richtig sein. Der drehte sich kurz in meine Richtung und meinte, wenn ich das gesagt habe, solle sie
das lieber glauben. In solchen Dingen habe ich immer recht.
Das zeigte mir, das er zumindest Respekt vor mir hatte. Die
Beziehung war kurz danach einfach zu Ende und es war mir
egal.

Ich war im Reinen mit meiner Welt. Ich empfand keinerlei
Bedrohungen von außen, war zufrieden mit dem, was ich tat
und erreicht hatte. Ich begann, in mir selbst zu ruhen – das
einzige Ziel, dass ich wirklich anstrebte und immer öfter für
längere Zeit erreichte. Mein ganzes Leben würde um diesen
Zustand der Ruhe pendeln – nur das war es wert, erkämpft
zu werden. Hochgesteckte Ziele hätten da nur gestört. Nach
außen machte ich trotz meiner Kontaktarmut wohl einen un-
beschwerten, eher positiven und zufriedenen Eindruck. Andere wären in dem Bewusstsein, keine Freunde zu haben, in
eine dauerhafte Depression verfallen. Ich kannte einen solchen Zustand nicht, bis auf sehr seltene und kurze Ausnahmen.

Zum Ende der Obertertia begannen umfangreiche Um-
bauarbeiten an den Schülertoiletten am oberen Pausenhof.
Unser Gymnasium sollte Pilotschule werden für eine neues

Kurssystem, in dem es keinen Klassenverbund mehr geben und jeder Schüler ab der Obersekunda umfassende Wahlmöglichkeiten seiner Fächer bekommen sollte. Das betraf mich noch nicht unmittelbar, jedenfalls nicht für das kommende Schuljahr. Gleichzeitig wurden aber erstmals neben weiteren Jungen auch Mädchen mit hervorragendem Real- und Hauptschulabschluss zum Beginn des nächsten Schuljahres aufgenommen. Und das war schon ein Aufreger gewesen und der Grund für den Umbau.

Ich hatte mein ehemaliges Chemielabor inzwischen umgerüstet in ein Fotolabor. Ich besaß schon länger eine einfache Sucherkamera, die ich unter Einsatz meines Ersparten der letzten beiden Jahre nun durch eine Spiegelreflex-Kleinbildkamera ersetzte. Es war ein russisches Modell aus dem Quelle-Versand, mit M42-Schraubanschluss für ein eher lichtschwaches Objektiv. Daneben leistete ich mir noch einen elektrischen Belichtungsmesser, der mir jeweils die richtige Kombination von Blende und Verschlusszeit anzeigte. Ich fotografierte begeistert, meist in Schwarzweiß. Chemikalien und Ausrüstung für die Entwicklung von Farbfotos waren einfach zu teuer. Eine präzise elektronische Schaltuhr hatte ich mir selbst zusammengelötet nach eigenen Plänen und in ein selbst gebasteltes Gehäuse aus Sperrholzplatten verbaut.

Ich konnte stundenlang alleine in Wald und Feld unterwegs sein auf der Suche nach Motiven. Auch sonst hatte ich fast immer meine Kamera dabei, fotografierte alles und jeden, der ein interessantes Motiv oder eine ungewöhnliche Perspektive versprach. Wenn ich einmal mit anderen unterwegs war, brachte mich das sofort in eine Sonderrolle, die mich davor bewahrte, irgendwelche Gespräche beginnen zu müssen oder Kontakte zu knüpfen. Ich war bald perfekt darin, blitzschnell den besten Blickwinkel und Aufnahmeabstand zu bestimmen, dann die dazu passende Blende, Verschlusszeit und Schärfe. Heutzutage ist man gewohnt, nur noch den Auslöser zu drücken und alles andere der Automatik zu überlassen. So etwas gab es damals nicht.

Zwei Jahre später trat ich selbst dann in die Oberstufe ein, wählte meine Schwerpunktfächer Mathematik und Physik als Leistungskurse mit sechs Wochenstunden, und notgedrungen Englisch und Geschichte als weitere Abiturfächer. Wie meine Mitschüler wurde ich erstmals mit Mädchen in der Klasse konfrontiert. Ein merkwürdiger Gedanke für eine ehemalige Jungenschule. Eigentlich machte das aber keinen Unterschied, zumal die meisten Neuankömmlinge hochmotiviert in den Unterricht und viel konzentrierter ans Lernen gingen, als die meisten von uns alteingesessenen Schülern das taten. Trotzdem kam es schnell zu Flirts und einigen wenigen dauerhaften Paarbildungen. Ich selbst beachtete die Neuen zunächst nicht weiter. Ich fand das Gehabe einiger Mitschüler eher albern und abstoßend.

Im folgenden Jahr hatte ich mich mit einem Mädchen – Martha hieß sie – angefreundet, die den parallelen Leistungskurs in Mathematik belegt hatte. Wir saßen manchmal nach dem Unterricht zusammen im Pausenraum, oder auch einmal im nahegelegenen Café. Sie war hübsch mit ihren langen blonden Haaren, blauen Augen, fast einen Kopf kleiner als ich, gut gebaut, und ich fand sie auch sexuell durchaus interessant, wenn sie so vor mir stand und ich einmal verstohlen an ihr herunter sah. Trotzdem vermied ich jede körperliche Nähe, die mir immer noch eher unheimlich war. Schon einfaches Händchenhalten wäre mir suspekt gewesen. Martha hatte im Unterricht ganz andere mathematische Wahlschwerpunkte. Bei mir waren das nach der pflichtgemäßen Integral- und Differentialrechnung die Wahrscheinlichkeitstheorie und Statistik. Marthas Lehrerin behandelte zur gleichen Zeit die mindestens ebenso schwierige Theorie der

Differentialgleichungen. Sie erzählte viel über sich und half mir gelegentlich bei der Analyse deutscher Gedichte und Romanvorlagen. Den Deutsch- und den Chemiekurs hatten wir gemeinsam belegt. Umgekehrt hatte ich keinerlei Schwierigkeiten, ihr bei ihren Aufgaben zu helfen, Lösungen vorzuschlagen, obwohl ich noch nie mit dem speziellen Themenschwerpunkt zu tun gehabt hatte. Es kam des öfteren vor, dass sie mir einen Lösungsansatz zeigte, den die Lehrerin verteilt hatte und den sie nicht verstand. Und immer wieder fand ich tatsächlich Fehler in der Argumentation und konnte Beweise und Herleitungen richtig stellen. Wenn Martha die Korrektur dann im Unterricht vorbrachte, kam es nicht selten zu Konflikten mit ihrer Lehrerin. Letztendlich berief sie sich dann auf mich. Und da ich meistens Recht behielt, wurde ich mit der Zeit auch dort so etwas wie eine heimliche Autorität, jemand, dessen Meinung im Zweifel mehr zählte als die der Lehrerin. Auch das blieb für Martha nicht ohne Folgen. Sicher wäre sie persönlich besser gefahren und letztendlich erfolgreicher gewesen, hätte sie mich nicht immer wieder um Rat gefragt.

Mein Abiturzeugnis spiegelte deutlich den Gegensatz zwischen meinen bevorzugten Themen und allem anderen wider: Von „Sehr Gut" bis zu einem „Mangelhaft" in Kunst war alles vertreten. Im Fach Mathematik verpasste ich die Bestnote wohl vor allem, weil ich bei angesetzten sechs Schulstunden schon nach dreieinhalb Stunden meine Abiturarbeit abgab. Es reichte nur zu einem schwachen „Sehr Gut". Der Lehrer kommentierte den Punktabzug bei einer zentralen Aufgabe trotz richtiger Lösung damit, dass ich nur eine halbe Seite geschrieben hatte, wo ein anderer drei Seiten produzierte. Dieser Mitschüler sprach mich nach Bekanntgabe der Ergebnisse an und meinte, sich dafür entschuldigen zu müssen, dass er einige Punkte mehr erreicht hatte. Ich musste lachen. Überhaupt hasse ich überflüssige Diskussionen und es war mir egal.

Im Schnitt reichte es noch zu einem überdurchschnittlichen Abitur. Und für Mathematik gab's eh' keine Zugangsbeschränkung zur Universität. Ein Lehrer warnte mich noch bei der Zeugnisvergabe, ich solle mir keine Hoffnungen machen, dort meine hervorragenden Noten halten zu können und sollte dann nicht zu enttäuscht sein. Selbst sehr gute Schüler seien meist froh, an der Universität überhaupt durch die ersten Semester eines Mathematik- oder Physikstudiums zu kommen. Er sollte nicht recht behalten.

Zunächst aber stand für mich noch der Dienst an der Waffe auf dem Programm. Da ich nichts unternommen hatte, das Ergebnis meiner Musterung zu sabotieren oder den Dienst zu verweigern, wurde ich wenige Tage nach meinem Abitur eingezogen zum fünfzehnmonatigen Grundwehrdienst. Wieder hatte ich die Dinge einfach laufen lassen. Sommerferien und Urlaub fielen damit aus. Stattdessen standen in einem der heißesten Sommer der letzten Jahre Geländeübungen, Ausdauer- und Kraftsport, Schießen mit Pistole, Gewehr und Maschinengewehr, und lange Märsche mit vollem Gepäck an. Eigentlich hatte ich Glück. Für einen notorischen Außenseiter wie mich hätte die Sache böse enden können. Die Aufnahmerituale in die Bundeswehr waren mancherorts menschenunwürdig, manchmal brutal. Ich fand mich in einem Zug der Luftwaffe wieder, der aus etwa zwanzig Abiturienten bestand. So war das Schlimmste, was geschah, dass einige von uns nachts aus den Betten geholt und von einigen Reservisten[2] mit kaltem Wasser aus einem Schlauch abgeduscht wurden. Nach der dreimonatigen Grundausbildung erhielten wir alle noch eine ebenfalls dreimonatige Fachausbildung zum Flugabwehrraketenelektronikmechaniker, kurz FlaRakElo-Mech, die uns eine schnelle Beförderung zum Gefreiten und

2   Als Reservisten wurden die bezeichnet, die noch weniger als 90 Tage zu dienen hatten.

schließlich zum Hauptgefreiten ermöglichte. Es erging mir also vergleichsweise gut. Ich lag inzwischen mit einem Kameraden, den ich später an der Universität wieder traf, auf einer Zweibettstube. Die Abende verbrachte ich meist mit einem über tausend Seiten starken Buch, das ausführlich alle wichtigen Bereiche der Physik behandelte. Ich fand das spannender als jeden Krimi. Mein Kamerad dagegen war häufig unterwegs, malte mir jeden Montag morgen in glühenden Farben und bis ins kleinste Detail seine amourösen Abenteuer aus, die er gerade am Wochenende erlebt hatte. Und immer handelte es sich um ein anderes Mädchen. Ich dagegen freute mich gelegentlich über eine Grußkarte von Martha, die ich jeweils umgehend beantwortete.

Einige Wochen vor dem eigentlichen Ende meiner Wehrpflicht bekam ich Sonderurlaub, um mich auf mein Studium vorbereiten zu können. Der Einführungskurs für Mathematik an der Universität war recht anspruchsvoll. Nur die Hälfte der interessierten Teilnehmer hielt bis zum Ende durch. Viele änderten ihren Studienwunsch und orientierten sich neu.

Funkenflug

Die Zeit scheint still zu stehen. Er hat kein Gefühl mehr dafür, ob Stunden, Minuten oder nur Sekunden vergehen. Zeit scheint keine Rolle zu spielen. Wieso empfindet er überhaupt noch etwas? Wie war er überhaupt in diese Situation gekommen? Irgendwie hatte er seine Ziele verloren, alles, wofür er stand und arbeitete. Es gab da ab und an Kollegen, renommierte Wissenschaftler wie er, die zweifelten, die seine festen Überzeugungen in Frage stellten, an Jahrhunderte alten Fundamenten seiner Wissenschaft rüttelten. Er strafte sie mit Nichtbeachtung, forcierte ihre Exkommunikation aus der wissenschaftlichen Gemeinde, wenn sie nicht Abbitte leisteten. Und es gab da diesen unbekümmerten Aufsatz eines Amateurs. Die Argumente hatte er nur überflogen und sofort abgelehnt. Aber all das hatte seine Verunsicherung verstärkt, ein Gefühl der Leere hinterlassen.

Er versucht die Augen zu öffnen – offenbar erfolglos. Das Rauschen ist immer noch da. Die Beine spürt er nicht mehr, seine Hand wird taub. Da ist noch der salzige Geschmack und die Spannung auf der Haut. Er glaubt, dass seine Identität schrumpft – ist das der richtige Ausdruck für seine Empfindung? Gleichzeitig spürt er die wachsende Gegenwart von etwas Anderem, das er noch nicht greifen kann. Dieses „Andere" scheint stark zu sein, nicht zu schwinden, eher ist das Gegenteil der Fall.

Er kann sich nicht mehr daran erinnern, was ihm wichtig gewesen war. Er weiß nicht mehr sicher, ob sein Körper noch existiert. Nur ganz selten noch glaubt er einen Luftzug auf seinem Gesicht zu spüren. Wo war er eigentlich? Gibt es überhaupt noch ein „Draußen"? Vielleicht ist beides unwichtig, so wie die Zeit.

Sein Empfinden erinnert ihn an einen Traum, den er als

Kind und Heranwachsender manchmal hatte und der ihn zutiefst ängstigte. Darin ist er alleine in einem Raum. Plötzlich beginnen die Wände langsam aber stetig auf ihn zu zu streben. Der Raum wird immer enger und droht ihn zu erdrücken. Wenn er Glück hatte, wurde er dann wach und konnte nicht wieder einschlafen. Wenn er Pech hatte, träumte er nur, er würde wach und konnte den Unterschied nicht feststellen. Das Drama begann dann von Neuem und die Angst wuchs. Jetzt ist es ähnlich, nur, dass der Angriff nicht von außen zu kommen scheint.

Ihm ist nicht mehr klar, ob er noch Kontakt zur Welt da draußen hat oder schon träumt oder schon in eine ganz andere Realität abgetaucht ist. Und dann ist da noch etwas, das wohl immer schon da war, dem er nie Beachtung geschenkt hatte und das nun an Bedeutung zu gewinnen scheint Es ist schwer zu beschreiben, vielleicht ein winziger Funke, der im nächsten Moment verlischt. Er strahlt trotz allem Hoffnung aus und scheint gleichzeitig zu signalisieren "Du hast das Wesentliche noch immer nicht verstanden". Die Zeit scheint still zu stehen. Er hat kein Gefühl mehr dafür, ob Stunden, Minuten oder nur Sekunden vergehen. Zeit scheint keine Rolle zu spielen. Wieso empfindet er überhaupt noch etwas? Wie war er überhaupt in diese Situation gekommen? Irgendwie hatte er seine Ziele verloren, alles, wofür er stand und arbeitete. Es gab da ab und an Kollegen, renommierte Wissenschaftler wie er, die zweifelten, die seine festen Überzeugungen in Frage stellten, an Jahrhunderte alten Fundamenten seiner Wissenschaft rüttelten. Er strafte sie mit Nichtbeachtung, forcierte ihre Exkommunikation aus der wissenschaftlichen Gemeinde, wenn sie nicht Abbitte leisteten. Und es gab da diesen unbekümmerten Aufsatz eines Amateurs. Die Argumente hatte er nur überflogen und sofort abgelehnt. Aber all das hatte seine Verunsicherung verstärkt, ein Gefühl der Leere hinterlassen.

Er versucht die Augen zu öffnen – offenbar erfolglos. Das

Rauschen ist immer noch da. Die Beine spürt er nicht mehr, seine Hand wird taub. Da ist noch der salzige Geschmack und die Spannung auf der Haut. Er glaubt, dass seine Identität schrumpft – ist das der richtige Ausdruck für seine Empfindung? Gleichzeitig spürt er die wachsende Gegenwart von etwas Anderem, das er noch nicht greifen kann. Dieses „Andere" scheint stark zu sein, nicht zu schwinden, eher ist das Gegenteil der Fall.

Er kann sich nicht mehr daran erinnern, was ihm wichtig gewesen war. Er weiß nicht mehr sicher, ob sein Körper noch existiert. Nur ganz selten noch glaubt er einen Luftzug auf seinem Gesicht zu spüren. Wo war er eigentlich? Gibt es überhaupt noch ein „Draußen"? Vielleicht ist beides unwichtig, so wie die Zeit.

Sein Empfinden erinnert ihn an einen Traum, den er als Kind und Heranwachsender manchmal hatte und der ihn zutiefst ängstigte. Darin ist er alleine in einem Raum. Plötzlich beginnen die Wände langsam aber stetig auf ihn zu zu streben. Der Raum wird immer enger und droht ihn zu erdrücken. Wenn er Glück hatte, wurde er dann wach und konnte nicht wieder einschlafen. Wenn er Pech hatte, träumte er nur, er würde wach und konnte den Unterschied nicht feststellen. Das Drama begann dann von Neuem und die Angst wuchs. Jetzt ist es ähnlich, nur, dass der Angriff nicht von außen zu kommen scheint.

Ihm ist nicht mehr klar, ob er noch Kontakt zur Welt da draußen hat oder schon träumt oder schon in eine ganz andere Realität abgetaucht ist. Und dann ist da noch etwas, das wohl immer schon da war, dem er nie Beachtung geschenkt hatte und das nun an Bedeutung zu gewinnen scheint Es ist schwer zu beschreiben, vielleicht ein winziger Funke, der im nächsten Moment verlischt. Er strahlt trotz allem Hoffnung aus und scheint gleichzeitig zu signalisieren "Du hast das Wesentliche noch immer nicht verstanden".

Da ist etwas in ihm, das zu Wachsen scheint. Er hat Angst hinein zu fallen oder verschluckt zu werden. Irgendetwas scheint zu flüstern „Hab keine Angst" und er empfindet es als etwas Helles. Traum und Realität wechseln die Seiten. Er spürt, dass dieses Helle Realität sein könnte und er vielleicht einen Traum hinter sich lässt und nur dabei ist, zu vergessen.

Merkwürdigerweise hat er immer noch ein Gefühl der Unruhe, glaubt etwas verändern zu müssen. Es scheint von einem Punkt in ihm auszugehen – er hatte ihn anfangs als Funken wahrgenommen. Wohin sollte er streben, was sollte er noch erreichen in seiner Situation? Er versucht den Gedanken zu fassen, aber er entgleitet ihm wieder und immer wieder. Er ahnt nur, dass es um Erkenntnis geht, die wahren Zusammenhänge zu erahnen, der Zwangsjacke seiner Beschränktheit zu entrinnen. Er hatte immer geglaubt, die Grenzen lägen außerhalb, er müsse sie weiter nach außen schieben um die Welt zu verstehen. Nun hat er den Eindruck, das sie die ganze Zeit in ihm waren. Die Barriere verschiebt sich in sein Inneres. Oder wächst sie aus ihm heraus? Er kann es nicht unterscheiden.

Er erinnert sich – noch – an Namen, Erfolge, Gefühle. Zeit ist eine Abfolge von Ereignissen – unumkehrbar. Diese Erkenntnis trifft ihn mit unerhörter Wucht. Sie musste allen Menschen selbstverständlich sein, nur ihm war sie es nicht gewesen – bis jetzt. Sie hatte es gewusst, sein Mentor, sein Kollege – alle hatten es gewusst. Niemand konnte es ihm so erklären, dass er es verstanden hätte. Und dieser Amateur hatte diese Selbstverständlichkeit auf eine Art in seinem Buch vermittelt, dass sie ihn damit verunsichern konnte. Er ist schuld, sie ist schuld an seiner Situation. Aber das ist natürlich Unsinn. Einen Vorwurf kann er nur sich selbst machen. Er hätte früher hinhören sollen, sich selbst in Frage stellen

müssen, immer wieder. Diese Fähigkeit hatte ihm immer ge-
fehlt.

Da ist nur noch seine innere Welt. Es fällt ihm schwer, einen Gedanken zu fassen. Er weiß, dass er existiert – aber
wo? Vielleicht hatte immer schon nur diese innere Welt existiert. Alles andere konnte Illusion sein.

Wege und Grenzen

Überflieger

Ich hatte am Morgen meinen Wecker ignoriert, hatte mich einfach umgedreht und weiter geschlafen. Das Semester war gelaufen, viel dazugelernt hatte ich dort ohnehin nicht. Der Stoff der ersten beiden Semester in Mathematik war mir weitgehend bekannt, wenn auch er hier intensiver behandelt worden war, viel mehr Details und Spezialfälle ans Licht kamen. Wie meine Lehrer am Gymnasium nicht anders erwartet hatten, war das alles keine echte Herausforderung für mich. Ich hatte Zeit, mich mit fortgeschrittenen Sachgebieten zu befassen, vor allem auf dem Gebiet der Physik. Hier kamen etliche neue Fakten zur Sprache, die ich so aus der Schule noch nicht kannte. Von den modernen Theorien über unser Universum und Elementarteilchen hatte ich vorher noch nicht viel gehört. Das alles war in der Schule nur oberflächlich angesprochen worden.

Gegen Mittag weckte mich der Anruf eines Kommilitonen. Meine Mutter holte mich ans Telefon. Mein verschlafenes „Morgen" wurde mit einem „Mahlzeit" beantwortet und „Du hättest heute eigentlich hier sein sollen". Er rief im Auftrag von Professor Benteler an, der die Vorlesung in Lineare Algebra gab, und bat mich um Kontaktaufnahme entweder zu ihm, oder Professor Henlein, der die Analysis unterrichtete. Worum es ging, sagte er nicht, nur dass mein Name in der Vorlesung gefallen sei. Ich war nur mäßig interessiert. Was sollte da schon hinterstecken? Vielleicht ging es um die Folgevorlesungen ab dem nächsten Semester, die nach der Pflicht in den beiden ersten Semestern nun folgen würden. Die Professoren warben immer wieder um genügend Teilnehmer und selbstverständlich gerade um die Besten. Vorlesungen über schwierige Themen mussten häufig mangels Interessenten abgesagt werden. So ließ ich mir erst einmal Zeit, versuchte vergebens ein verspätetes Frühstück zu ergattern. Es war Mittagszeit und meine Mutter hatte bereits eine warme Mahlzeit vorbereitet. Zumindest einen Kaffee bekam ich noch.

Am frühen Nachmittag suchte ich die Telefonnummer von Professor Benteler heraus und rief an. Am Anschluss meldete sich Dr. Sinanan, ein Inder und der Assistent, der meine Übungsgruppe betreut hatte. Eigentlich war das nicht normal. Übungsgruppen wurden von Studenten betreut, nicht von promovierten Hochschulassistenten. Die hatten Wichtigeres zu tun. In diesem Fall war meine Gruppe eine von Zweien, in der die vermeintlichen Eliten des Semesters zusammengefasst waren. Professor Benteler hatte mir schon während meines ersten Semesters signalisiert, dass er gemeinsam mit seinem Kollegen so etwas plane und mich ganz klar als Kandidaten ausgemacht. Irgendwie hatten die Physiker so etwas nicht hinbekommen. So war ich in der Bestenauswahl der Mathematiker gelandet.

Dr. Sinanan erklärte mir, dass ich zusammen mit einem angehenden Mathematiker als Jahrgangsbeste ausgewählt worden war und man uns beide für eine Aufnahme in die Förderung der Studienstiftung vorschlagen wolle. Bevor ich daran dachte, mich zu bedanken, musste ich lachen. Offenbar hatte niemand dort es für nötig gehalten, zu prüfen, ob ein solcher Vorschlag überhaupt noch nötig war. Dr. Sinanan war sichtlich irritiert über meine Reaktion. Er fragte, ob ich ihn richtig verstanden hätte. Ich bedankte mich förmlich für die Ehre, stellte bedauernd fest, dass ich bereits im Förderprogramm der Stiftung war und ob es sonst noch etwas zu besprechen gäbe. Er war wohl ziemlich verblüfft und beschämt, entschuldigte sich für die Störung und meinte so etwas wie „nichts für ungut".

Ich suchte Professor Benteler eine Woche später in seiner Sprechstunde auf. Auf diese Art der Kontaktpflege mit den wichtigsten meiner Professoren legte ich von Anfang meines Studiums an Wert. Es war also nichts Ungewöhnliches daran. Professor Benteler entschuldigte sich für das Missgeschick. Man hatte sich selbstverständlich im Vorfeld informiert. Er sagte mir, dass er den Namen „Schönbach" in der Kartei der Stipendiaten nicht gefunden habe. Langsam dämmerte mir der Grund dafür. Den Wettbewerb damals hatte ich unter unserem alten Familiennamen absolviert. Professor Benteler hätte also vielleicht die Kartei unter „V" für „Von Schönbach" durchsuchen müssen. An der Universität war ich selbstverständlich unter dem Namen immatrikuliert, der in meinem Personalausweis vermerkt war. Jetzt war es an mir, mein Bedauern auszudrücken für die Verwirrung, die ich damit vermeintlich gestiftet hatte.

Begonnen hatte ich mein Studium der Physik an der Universität Köln nahezu ein Jahr zuvor. Erwartungsgemäß kam ich mit der immensen Stofffülle sowohl im mathematischen, als auch im physikalischen Pflichtteil sehr gut zurecht. Anfangs noch hatte ich befürchtet, auf Überflieger im Stile eines jungen David Hilbert oder Isaac Newtons zu stoßen, die mich hoffnungslos hinter sich lassen würden. Die Sorge war unbegründet. In meinem Semester, das je nach Vorlesung aus bis zu vierhundert Studenten verschiedener Fachrichtungen bestand, war kein Ausnahmetalent dieses Kalibers zu sehen. So fühlte ich mich bald unangefochten an der Spitze. Die meisten meiner Kommilitonen verfügten eigentlich über keinerlei Talent für Mathematik. Regelmäßig fielen die Hälfte dieser Minderbegabten durch die Klausuren. Vom Rest erreichten achtzig Prozent gerade so die notwendige Punktzahl. Nur Wenige konnten mit „Gut" oder „Sehr Gut" benotete Leistungsscheine mit nach Hause nehmen. Ich selbst bestand jede Prüfung mit sehr gutem Erfolg. Die Ergebnisse erforderten nicht einmal besondere Vorbereitung. Ich hatte neben dem freiwilligen Studium fortgeschrittener Themen noch genügend Zeit für entspannende Freizeitaktivitäten. Im Sommer, bei warmem Wetter, bot der Fühlinger See eine Menge Spaß mit Schwimmen und Surfen. Auch konnte ich mit einem guten Buch stundenlang auf meinem Handtuch in der Sonne liegen. Mit der Bestrahlung kam meine Haut offenbar gut zurecht. Eher selten stand mir der Sinn nach Gesellschaft. Mit den meisten Kommilitonen konnte man keinerlei interessante Gespräche führen. Deshalb bildeten die ansonsten bei Studenten beliebten abendlichen Kneipen- und Discobesuche für mich eher die Ausnahme, zumal ich Alkohol und Zigaretten verabscheute. Eigentlich nur nach Frusterlebnissen schloss ich mich schon einmal einer Gruppe an, die mir aus irgendwelchen Gründen sympathisch erschien und mit der ich hoffte, Spaß zu haben. Jochen Kern war so ein lustiger Vogel und oft dabei. Er hatte ein besonderes Talent, mich immer wieder aufzuheitern, wenn mir eigentlich nicht danach zu Mute war.

Ich versuchte von Anfang an herauszufinden, wer eventuell noch in meiner Liga spielte. Ich fand niemanden, der, so wie ich, wirklich jede Klausur mit Bestnote abschloss. Umso überraschter war ich, dass ein mir völlig unbekannter Student anscheinend genauso erfolgreich studierte wie ich. Inzwischen hatte ich zumindest den Namen des zweiten Kommilitonen herausgefunden, der für das Stipendium vorgeschlagen worden war: Er hieß Klaus Stock. Es war schon merkwürdig. In meiner Übungsgruppe zur Linearen Algebra hatte ich keine ernstliche Konkurrenz gefunden, obwohl dort die Besten zusammengefasst waren. Dieser Klaus musste wohl in der zweiten Gruppe dieser Art gewesen sein. Trotz meiner Bemühungen, ihn einmal anzutreffen, etwa vor der Sprechstunde bei einem der Professoren, im Anschluss an eine Vorlesung, in irgendeiner anderen Übungsgruppe, fand ich nie heraus, wer das war. Er blieb ein Phantom für mich.

Nach meinem dritten Semester war ich wieder einmal im mathematischen Institut unterwegs. Mein Pflichtprogramm in Mathematik war bereits beendet. Ich hatte als Kür eine Vorlesung über Differentialgeometrie gehört, die Professor Henlein gegen Ende des zweiten Semesters angepriesen hatte. Die Methoden waren zum tiefen Verständnis der Allgemeinen Relativitätstheorie unverzichtbar. Ich war auf dem Weg in seine Sprechstunde. Einige studentische Hilfskräfte waren gerade dabei, Klausuren für die Einsichtnahme der Studenten auszulegen. Ich hörte vom Gang aus im Vorbeigehen den Namen Klaus und fragte einen der Anwesenden, wer denn da gemeint war. Der Student im höheren Semester hieß Dieter Meyer, war Korrektor einer Vorlesung in Differentialgleichungen, und kannte diesen Klaus Stock noch aus der Schule. Der hatte wohl gerade für Aufsehen gesorgt, weil er eine Klausur mit ungewöhnlichen Mitteln und höchstmöglicher Punktzahl bestanden hatte. Dieter kannte mich anscheinend. Er wusste genau, wen er vor sich hatte und konnte kaum glauben, dass ich Klaus nicht kannte. Er beschrieb ihn mir so genau wie möglich, mehr als einen Kopf größer als er selbst, blond, schlank und vermutlich deutlich größer als ich es war. Ich erinnerte mich schwach, einen Studenten, zu dem diese Beschreibung passte, einmal in einer Gruppe gesehen zu haben. Das musste wohl einige Monate her sein, vermutlich im vergangenen Sommer. Der Typ war auf Abstand geblieben, hatte mich mit undefinierbarem Gesichtsausdruck gemustert, während ich mit einem der anderen sprach. Seine ganze unbeholfene Erscheinung hätte mich niemals veranlasst, ein Gespräch mit ihm zu suchen. Jetzt war ich sicher, dass ich ihm tatsächlich schon begegnet war. Ich hatte das Bild noch vor Augen und empfand so etwas wie ein Déjà-vu in diesem Moment.

Mit Dieter unterhielt ich mich noch eine Weile. Er wusste erstaunlich gut Bescheid über meinen Werdegang an der Universität, meine Erfolge, mit welchen Professoren ich zu tun hatte. Offenbar zählte er zu meinen Bewunderern. Höflichkeitshalber fragte ich auch ihn nach seinem Hintergrund, seinen Interessen, was er vorhabe. Dieter kannte erstaunlich viele wichtige Leute, war sehr aktiv an mehreren Instituten, vor allem der betriebswirtschaftlichen Fakultät. Für einen Mathematiker war das eine eher anrüchige Vorliebe. Betriebs- oder Volkswirtschaft waren keine wirklichen Wissenschaften, boten keine exakten Zusammenhänge, die man zuverlässig beschreiben und vorhersagen konnte. Welches Modell richtig war, wurde in endlosen Diskussionen und Abhandlungen entschieden und war in letzter Konsequenz Geschmackssache. Ich entschied trotzdem, dass es vernünftig sei, den Kontakt zu ihm zu halten. Fachlich war er nach meinem Eindruck keine Konkurrenz. Aber er hatte Beziehungen und würde mit seiner Art sicher noch einflussreich. Man konnte nie wissen, wozu das gut war.

Zu Hause war die Familie inzwischen auseinandergefallen. Katarina war nach München gezogen und versuchte im Umfeld der Filmhochschule Fuß zu fassen. Einige erfolglos abgebrochene Ausbildungen, wie etwa die zur Maskenbildnerin oder als Frisörin, lagen hinter ihr. Ich besuchte sie dort einmal in einer winzigen, alten, teuren Dachgeschosswohnung mit separater Dusche und WC. Im Winter war die nicht warm zu bekommen, im Sommer oft unerträglich heiß. Katarina besaß nur wenige Möbel, alles lag unordentlich durcheinander. Die ganze Wohnung machte einen ungepflegten Eindruck. Ich wohnte einige Tage bei ihr, schlief auf dem Boden auf einer Matratze und reiste dann deprimiert wieder ab. Das Leben war einfach nicht fair zu ihr.

Meine Mutter hatte kurz nach meinem Abitur die Scheidung eingereicht. Anscheinend hatte sie den Entschluss dazu aufgeschoben um unsere Entwicklung nicht unnötig zu gefährden. Damit war sie in meiner Achtung deutlich gestiegen.

Sie ließ sich doch nicht jede Missachtung unbegrenzt gefallen. Mein Vater hatte daraufhin unser Haus verlassen, war mit seinen Sachen in eine Wohnung in der Bundeshauptstadt gezogen. Anscheinend war er nicht einmal böse über diese Veränderung, eher erleichtert. Er unterstützte uns finanziell uneingeschränkt weiter. Um meine Mutter nicht alleine in dem großen Haus zurückzulassen, verzichtete ich auf eine eigene Wohnung. Mein Studierzimmer richtete ich im ehemaligen Arbeitszimmer meines Vaters ein. Seine Bibliothek war uns erhalten geblieben. Er hatte nur wenige Werke mitgenommen. Die Sammlung wuchs schnell durch meine eigene Lektüre, da ich Bücher, die ich brauchte, meistens sofort kaufte und nicht, wie sonst bei Studenten üblich, nur auslieh.

Einige Monate später entschloss sich Katarina, wieder nach Hause zu ziehen. Sie hatte sich erfolgreich für eine Lehre als Logopädin beworben. Die Arbeitsstelle konnte sie mit der Straßenbahn erreichen. Ihre musischen Ambitionen hatte sie endlich aufgegeben genauso, wie eine flüchtige Freundschaft zu einem älteren Mann dort. Ich hoffte, sie würde nun endlich zur Ruhe kommen, Erfolg haben, ihren Weg gehen können. In der Tat wirkte sie viel aufgeräumter, als ich sie zuvor erlebt hatte. Sie pflegte sich, hielt ihr Zimmer in Ordnung und half Mutter im Haushalt. Was aus ihrer Münchener Zeit blieb, waren merkwürdig esoterische Anwandlungen, eine vermutlich drogengeschwängerte Weltanschauung, mit der ich überhaupt nichts anfangen konnte. Irgendwie schien sie zu glauben, Naturwissenschaft sein nur eine Empfehlung an unser Universum, an die sich diverse Geister nicht zu halten brauchten. Sie stellte mir immer wieder Fragen, die wissenschaftlich sinnlos waren und die ich nicht beantworten konnte oder wollte. Sie hatte eine krude Vorstellung von Bewusstsein, das sie als Quelle allen Lebens und aller Vorgänge in der Natur betrachtete. Ich mochte meine Schwester sehr und verzieh ihr solche Entgleisungen. Jeden anderen hätte ich damit als Schwachkopf abgestempelt und nachhaltig ignoriert. So aber sah ich mich manchmal genötigt, auf diesem Niveau zu diskutieren. Meist stellte ich meine Auffassung von Natur dem entgegen. Katarina verstand, glaube ich, nur soviel, dass ich vollkommen gegensätzlicher Meinung war wie sie. Für mich war Natur klar berechenbar. Sobald ich genug darüber wusste, konnte sie keinerlei Überraschungen bieten. Der Punkt war nur, das niemand alle Fakten kennen konnte. Insofern war Überraschendes dann doch nicht vollkommen auszuschließen. Nur lag das immer an unzureichendem Wissen, nicht an den Modellen. Die besagten ganz klar, dass es keinen echten Zufall im Universum gab. Soweit kam ich mit Katarina nie. Sie wehrte solche Feststellungen schon im Ansatz als baren Unsinn ab und wechselte das Thema. Auch das verzieh ich ihr.

Ich beschäftigte mich in den folgenden Semestern überwiegend mit physikalischen Themen. Mathematik war zunehmend zu einer Hilfswissenschaft degradiert, die mir tiefere Einsichten in die Auswirkungen meiner Modelle ermöglichte. Meine Stärken lagen eindeutig in der theoretischen Physik, wo Mathematik eine weitaus größere Rolle spielte als in der Experimentalphysik. In Letzterem hatte ich gegenüber meinen Kommilitonen keinen wirklichen Vorsprung. Da gab es andersartig Begabte, die erfolgreicher als ich durch die Praktika kamen, in denen komplizierte technische Apparaturen aufzubauen, Experimente zu planen und Ergebnisse zu dokumentieren waren. Erstmals in der theoretischen Mechanik konnte ich meine Talente voll ausspielen. Hier entfaltete die Mathematik ihre volle Kraft und unglaubliche Tragweite. Es war schon bemerkenswert, wie weit reine Logik jedes Geschehen in der Natur bestimmte. Die mathematische Abstraktion war enorm. Ein komplexes System von Massen, die jede für sich eine bestimmte Geschwindigkeit und Position hatten, wurde durch das abstrakte Konstrukt eines Operators beschrieben. Aus diesem Hamilton-Operator ließen sich dann alle mechanischen Größen des Systems herleiten. War alles über dieses System bekannt, war seine vergangene und zukünftige Entwicklung bis in unendliche Ferne vorherbestimmt und ein offenes Buch. Es konnte keine Überraschungen mehr bieten. Die Vorhersagen waren streng im Experiment überprüfbar und durften als abschließend gesichert gelten. Kein seriöser Wissenschaftler konnte solche Ergebnisse in Zweifel ziehen und niemand tat dies ernsthaft. Diese wunderbaren Modelle waren so unerschütterlich wie der Himalaya.

Nach meinem Vordiplom beschäftigte ich mich intensiv mit den Gleichungen der Allgemeinen Relativitätstheorie. In den Grundvorlesungen war noch das Verständnis eines Isaac Newton, der für Jahrhunderte das unverrückbare Fundament des physikalischen Weltbilds gelegt hatte, Grundlage aller Betrachtungen. Das Verständnis von Raum, Zeit und Materie hatte erst Albert Einstein mit Unterstützung des Mathematikers David Hilbert am Anfang des Jahrhunderts revolutioniert. Die Ideen dazu waren einfach genial, wie aus dem Nichts entstanden, obwohl immer noch viele alte Vorstellungen dabei durchschienen. Die Kraftwirkung der Gravitation wurde nun mit Geometrie erklärt, mit einer Verzerrung von Raum und Zeit. In diesem Modell sind Massen, Gegenstände etwas Irreales, nur noch eine Ausbuchtungen in der Raumzeit. Niemand konnte sich so etwas tatsächlich vorstellen. Hier taugten nur Analogien, wie die Vorstellung einer zweidimensionalen Ebene, die wie ein Gummituch überall dort Vertiefungen aufweist, wo sich Massen befinden sollten. Nur gab es dort nichts anderes als diese Ausbuchtung. Das wirkliche Modell war allerdings unendlich komplizierter. Da wurde eine gekrümmte, vierdimensionale Raumzeit in Mathematik dargestellt. Das konnte man nur noch abstrakt begreifen, sich strikt an Formeln und Gleichungen halten. Jede Intuition kam hier schnell an Grenzen, führte zu Fehlinterpretationen und Trugschlüssen. Nur enormes Wissen und Erfahrung konnte hier die Wissenschaft wirklich voranbringen. Man musste verstehen, welche Wege Generationen von Physikern und Mathematikern eingeschlagen, welche erfolgreich waren und welche sich als Sackgassen herausgestellt hatten. Es galt aufwändige Fehler der Vergangenheit zu vermeiden, vorhandene wissenschaftliche Arbeiten zu kennen, zu verstehen und darauf aufzubauen. Alles andere war Sciencefiction, Gegenstand für Trivialliteratur, realitätsferne Fernsehserien, Spinner und Möchtegernphilosophen.

Die Feldgleichungen Albert Einsteins übten von Anfang an eine magische Anziehungskraft auf mich aus. Alleine die Eleganz und Schönheit dieser Gesetzmäßigkeiten überzeugten mich von ihrer absoluten Wahrheit und Gültigkeit. Hier lagen alle Geheimnisse der Welt verborgen in einigen wenigen Differentialgleichungen. Es gab Wissenschaftler, die ihr ganzes berufliches Wirken nur dem Ziel widmeten, eine einzige Lösung dieser Gleichungen zu entwickeln. Fast immer konnte man nur Näherungen ermitteln, die unter bestimmten Voraussetzungen gültig waren. Schon das war jeweils ein äußerst schwieriges Unterfangen.

Ein Jahr nach meinem Vordiplom bewarb ich mich für einen Studienplatz in Oxford. Die englische Eliteuniversität zählte zu den weltweit herausragenden wissenschaftlichen Einrichtungen. Vor allem ihr Ruf unterschied sie von meiner Universität, nicht unbedingt die tatsächliche Qualität der Ausbildung. Berühmte Namen aus Politik, Literatur, Naturwissenschaften hatten hier ein Studium durchlaufen, viele Nobelpreisträger waren daraus hervorgegangen. Sie konnte sich mit in der Fachwelt bekannten Namen schmücken, die als Professoren die Studenten unterrichteten. Zwei Jahre nach meinem Vordiplom setzte ich meine Studien nun dort fort.

Die Universität lag zentral in Oxford. Mehr als ein dutzend Colleges verteilten sich östlich und nördlich des Stadtkerns. Alles war zu Fuß erreichbar. Die ganze Stadt war sehr übersichtlich kompakt, die meisten Gebäude reif für ein Freilichtmuseum. Komfort schien oft eher Nebensache. Trotzdem verfügten einige der Colleges über vergleichsweise neue und komfortable Unterbringungsmöglichkeiten. Bevorzugt wurden Studenten, die gerade als Undergraduates ein Studium aufnahmen. Meine Vorleistungen wurden vergleichbar einem Bachelor Abschluss bewertet, so dass ich leider nicht zu dieser privilegierten Gruppe zählte.

Die Zimmersuche in Oxford war eine erste echte Herausforderung. Im ersten Jahr konnte ich mit Glück einen Schlafplatz des St John's College ergattern. Das Zimmer am Thomas White Quadrangle wurde für Postgraduates nur für ein Jahr zugesichert. Im Anschluss zahlte ich einen abenteuerlich hohen Preis für ein kleines heruntergekommenes Zimmer ohne eigenes Bad. Das altehrwürdige Haus nicht weit vom College nördlich des Stadtzentrums, in dessen Erdgeschoss ich nun wohnte, hatte vermutlich noch die Gründung der Universität erlebt. So gehörte neben meinen Studien die Jagd auf Silberfische, Ameisen und hin und wieder eine Maus fast schon zum Alltag.

Meine Familie besuchte ich nur noch selten. Meinen Vater hatte ich seit seinem Auszug von zu Hause überhaupt nicht mehr gesehen. Ich wusste nicht genau, wo er in Bonn wohnte. Nicht einmal seine Telefonnummer hatte ich. Jeder Kontakt war abgebrochen. Nur selten dachte ich darüber nach, ob es ihn wohl interessierte, was aus seinem Sohn geworden war, wie erfolgreich ich war. Ich vermutete, dass es ihm egal war und das frustrierte mich aus einem unerfindlichen Grund. Auch Mutter und Katarina sah ich eher selten. Ostern, Weihnachten oder die Geburtstage versuchte ich, mit einem Besuch zu verbinden. Ansonsten schrieb ich zumindest eine Karte oder rief an. Während ich die großen Feiertage kaum übersehen konnte, vergaß ich die Geburtstage leider immer wieder und war froh, dass weder Katarina noch meine Mutter mir das übelnahmen.

Fachlich spezialisierte ich mich nun stärker auf Fragen der Quantenmechanik. Vor allem beschäftigte mich, wie deren widersprüchliche Ergebnisse vereinbar waren mit der Allgemeinen Relativitätstheorie. Die Quantenmechanik war die zweite große Theorie der modernen Physik und etwa zur gleichen Zeit entstanden. Sie bezog sich ursprünglich nur auf das Verhalten elementarer Teilchen, etwa Elektronen oder Photonen. Einstein hatte hier seinen Nobelpreis gewonnen, nicht etwa für die Theorie, die ihn berühmt gemacht hatte. Gleichzeitig war er einer der bekanntesten Skeptiker der Quantenmechanik. Er konnte nie wirklich glauben, was das Modell vorhersagte und die Experimente zeigten. Nach seiner unerschütterlichen Meinung konnte es in der Natur keinen echten Zufall geben. Alles war berechenbar, wenn man die Voraussetzungen nur gut genug kannte. Vergangenheit, Gegenwart und Zukunft waren im Modell nicht mehr klar unterscheidbar, nur noch aus Raum und Zeit verwobene Geometrie. Nirgendwo in diesem komplexen Modell war Platz für wirklichen Zufall. Wenn etwas Unerwartetes geschah, musste das immer an mangelndem Wissen liegen, daran, das man Fakten übersehen hatte. Mit den überlieferten Worten „Gott würfelt nicht" bestand Einstein darauf, dass der in der Quantenmechanik unausweichlich auftretende Zufall durch versteckte Eigenschaften der kleinsten Teilchen im Universum zustande kam, die man nur finden musste. Wenn man an solchen Teilchen eine Messung vornahm, war das Ergebnis tatsächlich zufällig. Naiv betrachtet verhielten sie sich so, als würden sie erst im Augenblick der Messung entscheiden, ob sie im übertragenen Sinne rot oder blau sind. Der gesunde Menschenverstand würde annehmen, dass das Teilchen selbstverständlich schon vor der Messung eine bestimmte Farbe hatte. Genau das ist aber nicht der Fall. Das konnte nach Einsteins Tod eindeutig nachgewiesen werden. Vor der Messung ist das Teilchen sowohl rot als auch blau. Hier hatte er unrecht.

Diese merkwürdigste Erkenntnis, mit der die Physiker der letzten tausend Jahre es je zu tun bekamen, animierte leider tausende von Hobbywissenschaftlern in aller Welt zu den abenteuerlichsten Spekulationen. Natürlich war es vollkommener Quatsch, einem Elektron Urteilsvermögen und Entschlusskraft zuzuschreiben. So etwas verursachte mir eher Übelkeit. In der Tat aber gab es keine einfache Erklärungen. Die Herausforderung war enorm, diese beiden widersprüchlichen Theorien in Einklang zu bringen. Seit Jahrzehnten gab es keine wirklich befriedigenden Ansätze, kaum wirklich neue Ideen, trotz einer Flut von Arbeiten zu diesem Themenkreis.

Ich orientierte mich bei der Auswahl meiner Vorlesungen und Seminare nun an der Quantenmechanik. In meiner alten Universität hatte ich diese Thematik eher stiefmütterlich behandelt, nur die Pflichtveranstaltungen belegt. Die Grundlagen waren mir durchaus vertraut, auch die Formulierung der Theorie bei Einbeziehung der Speziellen Relativitätstheorie. Welche besonderen Schwierigkeiten aber eine gekrümmte Raumzeit hier mit sich brachte, überraschte mich. Oberflächlich betrachtet schienen die Probleme durchaus lösbar. Es war nicht offensichtlich, weshalb gängige Standardverfahren hier nicht anwendbar sein sollten. Tatsächlich zeigte sich aber, dass jeder konkrete Versuch in einer Sackgasse endete. Nicht einmal gängige Näherungsverfahren führten zu verwertbaren Ergebnissen. Die Widersprüche zwischen den beiden erfolgreichsten Theorien der Physik lagen also viel tiefer begründet als ich erwartet hatte.

Ich knüpfte von Anfang an erfreulich dauerhafte Kontakte zu einigen Kommilitonen. Oxford bot eine erstaunliche Vielfalt. Menschen aus der ganzen Welt studierten hier die unterschiedlichsten Fachrichtungen. Mit an Sicherheit grenzender Wahrscheinlichkeit fand man hier seelenverwandte Menschen, mit ähnlichen Interessen, vergleichbarem Habitus. Die Stadt war vergleichsweise klein, die Gebäude der Universität lagen nah beieinander. Man konnte sich kaum verfehlen, traf sich auf dem Campus, im Park, Pub, Restaurant. Nirgendwo sonst konnte ich so viele interessante, anregende Gespräche führen wie hier, oft stundenlang bis tief in die Nächte.

Ich hatte hier erstmals nähere Kontakte zu einer Studentin der Anglistik. Aus der Gruppe heraus kam nie Langeweile auf, irgendjemand fand immer Worte. Alleine mit ihr wurde es schwierig für mich. Ich war nicht sehr groß. So manches Mädchen überragte mich deutlich. Für Selena, so hieß die Bekannte mit indischen Wurzeln, traf das nicht zu. Irgendwie fühlte ich mich zu ihr hingezogen und offenbar war ich auch ihr nicht unsympathisch. Sie war eher unscheinbar, schlank, dunkelhäutig, westlich gekleidet in Jeans, bunter Bluse, Sportschuhe. Wir trafen uns häufiger in einem der Parks, saßen manchmal gemeinsam am Ufer des Cherwell in den Christchurch Meadows oder unternahmen ausgedehnte Wanderungen im Umland. Ich erzählte von meiner Arbeit, sie von ihren Interessen. Ich glaube wir verstanden nicht wirklich, was der jeweils andere tat. Trotzdem empfand ich die Treffen als sehr angenehm. Zu mehr kam es leider nicht. Ich fühlte mich in diesen Situationen sehr unbeholfen, fürchtete die mögliche Niederlage, wenn ich sie anfasste, umarmte oder gar küsste. So blieb ich auf sicherem Terrain, redete, argumentierte, tat nur Dinge, in denen ich gut war, in denen ich mir keine Blöße geben, ich keine Schwäche zeigen würde.

Es war ein Wagnis mit ungewissem Ausgang, als ich einen meiner Lehrer bat, meine Masterarbeit der Frage nach einem Modell der Gravitation aus dem Blickwinkel der Quantenmechanik zu widmen. Ich diskutierte mit Professor Carl Benson darüber, was ich denn überhaupt in der nur begrenzt dafür zur Verfügung stehenden Zeit erreichen konnte. Meine Idee war es, der Frage nachzugehen, weshalb dieses zufällige Verhalten in unserem Universum nicht beobachtet wird und die Relativitätstheorie deshalb uneingeschränkt gilt. Ich erklärte ihm, was ich damit meinte und wie ich gedachte, meine Arbeit aufzubauen. Er brachte einige Bedenken vor, allen voran die mangelhafte Möglichkeit der Betreuung des Themas durch ihn oder einen seiner Assistenten. Ich war mir sicher, eigenständig ein vorzeigbares Resultat liefern zu können. Schließlich stimmte er zu.

Ich ging gut vorbereitet an die Arbeit, wusste von Anfang an genau, welche Argumente ich brauchte und welche Schlussfolgerungen ich zu ziehen gedachte. Ich musste nur noch die passenden Fakten, Literaturquellen und vorangegangene Arbeiten suchen und auswerten. Das bemerkenswerte Ergebnis legte ich pünktlich sechs Monate später zur Bewertung vor. Professor Benson war beeindruckt. Ich hatte klar nachgewiesen, dass unter bestimmten allgemein akzeptablen Voraussetzungen diese merkwürdigen Quanteneffekte im Universum nicht auftreten konnten. Anders als unter sorgfältig abgeschirmten Laborbedingungen, waren elementare Teilchen im Weltraum immer Einflüssen ausgesetzt, die jedes zufällige Verhalten innerhalb weniger als einer Femtosekunde beenden würden. Es lag in jedem Fall unter jeder Messbarkeitsgrenze und war zu vernachlässigen. Mit diesem Ergebnis war auch für mich eine vorübergehende Unsicherheit beseitigt. Die Quantenmechanik war durchaus mit der Relativitätstheorie vereinbar, widersprach nicht der Alltagserfahrung.

Mit Selena diskutierte ich gelegentlich auch solche Dinge. Sie hatte mir einmal gesagt, dass alles, was ich nicht jemandem, der wissenschaftlich interessiert und ausreichend intelligent ist, in einfachen Worten erklären könne, ich selbst möglicherweise nicht wirklich verstanden habe oder im Grunde sogar falsch sei. Ich hatte darüber nachgedacht und erwidert, die Wahrheit liege hinter komplexer Mathematik verborgen, die sie unmöglich verstehen könne. Sie erwiderte, dass ihrer Ansicht nach das nur vorgeschoben sei, dass unentwirrbare Komplexität die Wahrheit nur zudeckt, die wirklichen Sachverhalte sogar vor denen versteckt, die glauben, die Formeln zu verstehen. Ich befand schließlich, dass sie damit nicht ganz falsch lag, und setzte immer wieder alles daran, ihr die Bilder zu vermitteln, die ich mit meinen Wahrheiten verband. Manchmal gelang das, manchmal nicht. Viele Argumente erinnerten mich an Gespräche mit meiner Schwester. Auch Selena war der Meinung, dass jeder Mensch, eigentlich jedes lebende Wesen, über einen freien Willen verfügt und somit die Vorstellung einer vorherbestimmten Welt vollkommen absurd sei. Das widerspreche jedem gesunden Menschenverstand. Meinen Einwand, dass der Letztere für die größten wissenschaftlichen Irrtümer der letzten Jahrhunderte verantwortlich war, ließ sie nicht gelten. Ihre Position war durchaus nicht die, dass emotionale Aspekte die Wissenschaft leiten sollten. Andersherum argumentierte Selena, dass jede wichtige Erkenntnis, die mit wissenschaftlichen Methoden gewonnen wurde, auch dem gesunden Menschenverstand zugänglich gemacht werden könne. Gelinge dies nicht, so ihre Schlussfolgerung, stimme etwas mit der Erkenntnis nicht, zumal dann, wenn sie Alltagserfahrungen nicht erklären kann oder sogar im klaren Widerspruch dazu steht. Ich konnte ihr nicht uneingeschränkt darin zustimmen. Die Wahrheit war vielleicht tatsächlich zu kompliziert, um sie für Jedermann verständlich vortragen zu können. Trotzdem blieb das wichtigste Argument im Raum, dass ein vorbestimmtes Weltmodell jeder Erfahrung mit dem eigenen, bei allen Einschränkungen prinzipiell als frei empfundenen Willen, widersprach. Ich beschloss, dem Phänomen des Zufalls, wie er nur in der Quantenmechanik vorkommt, weiter auf den Grund zu gehen.

Zwei Jahre nach meiner Ankunft in Oxford hielt ich den begehrten Abschluss eines M. Sc. – des Master of Science – in Händen. Professor Benson hatte meine Arbeit in einer physikalischen Fachzeitschrift veröffentlicht. Für eine Masterarbeit war das sehr ungewöhnlich. Die begrenzte Zeit zur Ausarbeitung ließ normalerweise zu wenig Raum, um wissenschaftlich wirklich wertvolle Beiträge zu leisten. In meinem Fall war das anders. Ich bekam Rückmeldungen aus der ganzen westlichen Welt, darunter Einladungen renommierter Universitäten zu Vorträgen in Kanada und den USA. Professor Benson bot mir eine Promotionsstelle an mit der Aussicht, mein Thema auszubauen und mit weiteren Veröffentlichungen schnell einen internationalen Ruf zu erwerben.

Ich war mir zunächst nicht klar darüber, ob es überhaupt sinnvoll war, in der eingeschlagenen Richtung weiter zu forschen. Für mich war das Thema eigentlich abgehakt, hatte mein Weltbild wieder in einen stabilen Zustand fester Überzeugungen versetzt. Die vielen Diskussionen im Umfeld meiner Thesen überzeugten mich schließlich, dass die Ergebnisse nur einen begrenzten Fragenkomplex beantworten konnten. Ich war ausschließlich unter dem Blickwinkel der Allgemeinen Relativitätstheorie an die Thematik herangetreten. Die aus Sicht der Quantenmechanik viel grundlegendere Frage, warum Messergebnisse an Elementarteilchen zufällig sind, hatte ich nicht einmal berührt. Das wurde mir erst mit der Zeit in aller Konsequenz klar.

Ich nahm das Angebot meines Professors nach einigen Tagen Bedenkzeit an. Mit ihm als Doktorvater blieb ich weitere Jahre in Oxford. Wir kamen überein, dass ich zunächst einmal die Lage gründlich sondieren sollte, bevor wir ein konkretes Thema für meine Dissertation festlegten. Meine anfängliche Euphorie, die offenen Fragen insgesamt einer Antwort näher zu bringen, verflog rasch. Es gab hunderte, teils brillanter Arbeiten, deren Autoren letztlich vor dieser Aufgabe kapitulierten. Renommierte Physiker vertraten schon die Auffassung, dass es eigentlich nichts mehr zu erklären gäbe. Man müsse die zweifellos äußerst erfolgreichen Theorien so nehmen, wie sie sind und akzeptieren, dass sie keine emotional befriedigenden Erklärungen boten. Nirgendwo gab es ein Naturgesetz, das erzwang, eine Theorie nur dann als richtig anzusehen, wenn sie ein gutes Gefühl im Bauch hinterlässt. Alle Phänomene dieser Welt sollten mit den vorhandenen Modellen grundsätzlich erklärbar sein. Trotzdem blieb für Manchen ein schaler Geschmack zurück, das unbestimmte Gefühl, etwas übersehen zu haben.

Ich arbeitete in einer Gruppe von drei Doktoranden, die im Bereich der gravitativen Quanteneffekte forschten. John Fellows war einer von Ihnen, Brite und arbeitete an einem damals vielversprechenden Ansatz, eine gekrümmte Raumzeit aus einem quantenartigen Modell abzuleiten. Die Idee der Stringtheorie war ursprünglich aus der merkwürdigen Statistik der Energieverteilung beim radioaktiven Beta-Zerfall entstanden. Sie war rein mathematisch motiviert, bezog sich auf hypothetische Strukturen, deren Nachweis aufgrund ihrer vermuteten Winzigkeit in absehbarer Zukunft nicht möglich sein würde. Das bot jede Menge Raum für Spekulationen und mathematisch motivierten Unsinn, der vermutlich zu unseren Lebzeiten nicht mehr widerlegbar sein würde. Der andere, Carl Ekgren, Schwede, arbeitete daran, die Einsteinschen Feldgleichungen einer Quantisierung zu unterziehen. Von beiden Zielen hielt ich nicht besonders viel. John war auf einen sich abzeichnenden Hype aufgesprungen und hoffte, seinen Erfolg im Schlepptau der kommenden Mainstream Forschung abzuschöpfen. Er war nicht dumm. Es würde ihm vermutlich gelingen. Carls Bemühungen waren nach meiner Ansicht ein hoffnungsloses Unterfangen. Ich kannte die Feldgleichungen gut genug um die Prognose zu stellen, dass er schon jetzt in einer Sackgasse steckte. Auch damit sollte ich Recht behalten. Professor Benson konnte sich glücklich schätzen, jemanden wie mich gewonnen zu haben.

Zusammen mit John unternahm ich gelegentlich Wanderungen in der Umgebung von Oxford. Wir unterhielten uns über seine und meine Forschungen und über mögliche Zusammenhänge zwischen Gravitation und Quantenfeldern. John äußerte die Ansicht, dass mit dem Zeitbegriff etwas nicht in Ordnung sei. Er glaubte, das die Quantenmechanik mit Raum und Zeit etwas grundsätzlich anderes meine als die Relativitätstheorie und vermutete die Schwierigkeiten in diesem fundamentalen Missverständnis. Ich entgegnete, dass doch offenbar der Raum einen direkten Einfluss auf Quanteneffekte hat. Das sei unzweifelhaft nachweisbar. Messungen etwa des Spins von Elektronen hängen klar nachvollziehbar mit einer Raumrichtung zusammen. Genauso konnte man genauso unzweifelhaft beobachten, dass in der relativistischen Quantentheorie der Zeitbegriff direkt mit dem Einsteinschen Verständnis zusammenhing. Er konnte darauf nichts erwidern als die Feststellung, dass ihn das einfach verunsichere. Manchmal zweifelte ich an seinem rationalen Verstand.

An einem Dezembermorgen saß ich im Flugzeug nach Toronto. Ich bevorzugte immer den Fensterplatz. Der bewahrte mich vor drängelnden Sitznachbarn, die nach der Landung möglichst schnell im Gang zwischen den Sitzreihen stehen wollten. So konnte ich in Ruhe abwarten und sitzenbleiben, bis die lange Schlange der Passagiere sich bemerkbar in Richtung Ausgang bewegte und ich mich einfädeln konnte. Ich hatte eine Einladung bekommen zu einer mathematischen

Konferenz an der dortigen Universität, dem Department of Computer and Mathematical Sciences. Dabei ging es um ein mathematisches Verfahren, mit dem ich näherungsweise Lösungen für eine bestimmte Klasse nichtlinearer Systeme von Differentialgleichungen bestimmen konnte. Im Unterschied zu bekannten Näherungen kam mein Ansatz mit deutlich schwächeren Voraussetzungen zurecht und war damit in viel mehr Fällen anwendbar. Es war ein echter Durchbruch gewesen. Ich hatte mit einigen begabten Mathematikern in Oxford immer wieder über die Thematik gesprochen, erklärt, mit welchem Problem ich während meiner Dissertation konfrontiert war. Ich hatte viele wertvolle Hinweise erhalten, was erfolgversprechend sein könnte, was definitiv nicht ging und welche meiner Gedanken eine Sackgasse bedeuteten. Das Kondensat aus all dem war überraschend einfach und hatte alle Attribute eines genialen Einfalls. Wieder einmal war es eine Frage der Sichtweise, aus welcher Richtung man das Problem anging. Ich hatte nur einige unbegründete Vorurteile über Bord werfen müssen, die ich akzeptiert hatte, weil ich Ähnliches schon gelesen hatte, andere dieselbe Meinung vertraten. Aber ich hatte sie nie tatsächlich überprüft. Das war ohnehin ein gravierendes Problem der modernen Wissenschaften. Es gab unendlich viele, äußerst schwer nachvollziehbare Arbeiten. Ich musste mich immer darauf verlassen, dass die Autoren sorgfältig nach wissenschaftlichen Maßstäben gearbeitet hatten und die Ergebnisse tatsächlich so stimmten. Wenn ich einmal ein Prüfung vornahm, stellte sich schnell das Problem der Verweise. Jede Arbeit baute auf den Ergebnissen vorangegangener Autoren auf, und diese wiederum auf anderen Papieren. Es war unmöglich, eine solche Kette mit vernünftigem Aufwand vollständig zurückzuverfolgen und womöglich auch noch Versuchsergebnisse im eigenen Labor nachzustellen. Hier lag offenbar das größte Risiko der Physik, wesentliche Alternativen zu übersehen. Das gefährlichste

Vorurteil war vielleicht anzunehmen, dass vorliegende Erkenntnisse unzweifelhaft richtig sind. Der vor Jahrzehnten eingeschlagene Weg konnte vernünftigerweise nur noch fortgesetzt werden und die Hürde, dort ganz nach vorne zu kommen, wurde immer höher. Es gab eigentlich keine unbelastete Forschung. Jeder Versuch abseits ausgetretener Pfade zu arbeiten, wirkte unweigerlich dilettantisch. Und es gab tausende solcher Versuche, die tatsächlich ohne jeden physikalischen Sachverstand unternommen wurden. Ich hatte immer wieder einmal ein solches Machwerk zu Hand genommen, das vollmundig bahnbrechende Erkenntnisse ankündigte. In jedem einzelnen Fall hatte ich es schnell in den nächsten Mülleimer befördert, angewidert von soviel pseudowissenschaftlicher Stümperei und naivem Unvermögen. So etwas empfand ich inzwischen als Körperverletzung.

Nach achtstündigem Flug und sechs Stunden Zeitverschiebung übermüdet und verschwitzt stieg ich vor dem Institut aus dem Taxi. Ich hatte mich zum Mittagessen mit Professor McDougall verabredet, der mich im Foyer eines Gebäudetraktes der University of Toronto Scarborough empfangen wollte. Mein Gepäck würde ich erst später in mein Hotel bringen. Der Campus lag im Osten der Stadt, nicht weit entfernt vom Ontario See. Das Wetter war so wie bei meinem Abflug in Heathrow: kalt und regnerisch. Die Nachrichten hatten vor dem Herannahen einer Kaltfront gewarnt, die die Temperaturen in den nächsten Tagen um mehr als zwanzig Grad nach unten schicken würde. Toronto wäre dann am besten in den weiten Shopping Meilen unter der Stadt zu ertragen. Nach wenigen Minuten kam ein Mann um die Vierzig mit schnellen Schritten auf mich zu. Wir kannten uns nicht persönlich. Ich war an meinem Gepäck leicht zu identifizieren als der Reisende aus England. Er stellte sich als Ben vor – Ben McDougall. Wie allgemein üblich, nannten wir uns gleich beim Vornamen. Ben zeigte sich gut informiert, gratulierte mir begeistert zu meiner Arbeit, bedankte sich herzlich für meine Bereitschaft zu diesem Vortrag, den ich am übernächsten Tag beim Symposium halten würde. Ich hatte also einen Tag, mich vom Jetlag zu erholen.

Ben war Informatiker, forschte intensiv auf dem Gebiet der KI – der Künstlichen Intelligenz. Er drückte mir einen Veranstaltungsplan in die Hand und wies mich auf die Agenda für die beiden kommenden Tage hin. Die meisten Vorträge beschäftigten sich mit Computerwissenschaft. Da ging es um Algorithmen, die Wissen aus vernetzten Datenstrukturen aufsuchten, um Bilder und Texte, die mit abstrakten Bedeutungen zu korrelieren waren, zur Nachahmung intelligenten Verhaltens und Entscheidens. Nur ein Thema hatte etwas mit Physik zu tun. Dabei ging es um eine Modifikation der Schrödingergleichung. Mir war nicht klar, was das mit KI zu tun hatte, was überhaupt Physik hier beitragen sollte. Mein eigener mathematischer Vortrag erschien mir in diesem Umfeld erst recht als Exot. Immerhin hatte er mir den Flug und einige Tage Aufenthalt in Kanada eingebracht. Alle Spesen bezahlte die Universität.

Ben lud mich zum Essen ein. Er kannte ein gutes Restaurant am Rande der Chinatown Torontos. Auf dem Weg dorthin in seinem Wagen lieferte ich mein Gepäck im Hotel ab. Er wartete im Auto und wir fuhren nach wenigen Minuten weiter. Es handelte sich um ein gehobenes chinesisches Restaurant. Ben wies mich darauf hin, dass hier die Speisekarte noch in englischer Sprache vorlag. Einige hundert Meter weiter musste man damit rechnen, nur noch chinesische Schriftzeichen vorzufinden. Die angebotenen Menüs entsprachen durchaus meinem Geschmack und dem, was man auch in Europa von einem solchen Restaurant erwarten würde. Wir unterhielten uns zunächst noch über meine Anreise, das Wetter. Ben fragte, ob ich lange Unterwäsche und Mütze dabei hätte. Als ich verneinte, empfahl er, nach dem Essen doch noch gemeinsam einen Einkaufsbummel zu absolvieren. Ansonsten, meinte er, würde ich spätestens am übernächsten Tag nicht mehr ins Freie gehen können. Die angekündigte Kälte in Kanada sei nicht vergleichbar mit allem, was ich vielleicht aus Deutschland oder England kenne.

Zwischen Hauptgang und Dessert kamen wir schließlich auf das Vortragsprogramm zu sprechen. Ich fragte ihn offen, was er sich dabei gedacht habe, mich hier vortragen zu lassen. Meine Forschungsergebnisse fielen doch vollkommen aus dem Rahmen und mussten für die meisten Zuhörer unverständlich und zusammenhanglos erscheinen. Er lachte, zeigte Verständnis für meine Sorge, die er allerdings für unbegründet hielt, und begann zu erklären. Seit einigen Jahren befassten sich Wissenschaftler unterschiedlicher Fachrichtungen mit der Modellierung intelligenten Verhaltens. Letztendlich war das Ziel, dieses Verhalten auf Computer zu übertragen. Es gab bereits beeindruckende Programme, die einfache Gespräche mit einem Menschen in Textform führen konnten. Bei genauerem Hinsehen waren diese Versuche aber eher Zirkuskunststückchen, die potenten Sponsoren und Firmen die nötigen Forschungsgelder aus der Tasche lockten. Da war nichts dahinter, was man als intelligent bezeichnen konnte. Trotzdem bahnte sich ein echter Hype an, an dem Forscher weltweit ihren Anteil haben wollten.

Ich konnte mir noch immer nicht vorstellen, wo meine Arbeit hier einfließen sollte. Offen äußerte ich meine Befürchtung, für irgendwelchen pseudowissenschaftlichen Unsinn herzuhalten. Ich sah meinen Ruf als seriöser Wissenschaftler gefährdet. Ben sah bestürzt drein, befürchtete wohl, ich würde noch abspringen. Und er zeigte sich betroffen, wie ich denn annehmen könne, er wolle mich in eine solche Situation bringen. Ben erklärte, dass es seit geraumer Zeit schon bekannte Physiker gebe, die sich ernsthaft aus Sicht ihrer Disziplin mit dem Thema Intelligenz auseinandersetzten. Es gab Vermutungen, dass im Gehirn im Bereich der Synapsen Überlagerungszustände existierten, die sich am besten mit den Mitteln der Quantenmechanik beschreiben ließen. Er nannte einen Professor Roger Pembrock, der in Oxford bekannt sein sollte und schon bemerkenswerte Beiträge geliefert hatte. In der Tat war mir dieser Name geläufig. Ich hatte nie mit ihm zu tun gehabt, aber er gehörte zu den Stars der Theoretischen Physik dort. Die Erleichterung war mir anzumerken. Auch Ben entspannte sich wieder. Der meinem Vortrag vorangehende Beitrag befasste sich genau damit: Einer Modellierung intelligenter Entscheidungen mit den mathematischen Hilfsmitteln der Quantenmechanik. Selbstverständlich unterstellte dabei niemand, dass Elementarteilchen eines solchen Verhaltens fähig sind. Es ging nur um das mathematische Instrumentarium. Mein Vorredner hatte Modifikationen an der Schrödingergleichung vorgenommen, die so etwas wie einen Selbstbezug in das Modell einbrachten. Anscheinend war das wichtig für jede Form von Intelligenz. Und unter diesem Blickwinkel waren nun Probleme mit nichtlinearen Differentialgleichungen aufgetreten, die mit herkömmlichen mathematischen Mitteln nicht lösbar waren. Meine Methoden versprachen zumindest sehr gute Näherungen. Für mich hieß das nun nebenbei, dass ich möglichst einfach erklären musste. Ich hatte es mit Informatikern und wenigen Mathematikern zu tun, die vermutlich keinerlei physikalische Vorbildung besaßen, viele Begriffe vielleicht nicht kannten. Ich beschloss, meinen Vortrag noch einmal zu überarbeiten, zumindest meinen Sprechertext.

Nach unserem gemeinsamen Einkaufsbummel brachte Ben mich zusammen mit meiner Jagdbeute – langen Unterhosen, Unterhemden, Mütze, Schal, einigen Süßigkeiten und Getränken – zurück ins Hotel. Ich war inzwischen hundemüde, wollte aber nicht vor der Zeit zu Bett gehen. Ein Jetlag lässt sich nur durch strikte Zeitdisziplin schnell überstehen. Ich telefonierte am späteren Nachmittag noch mit John Fellows in Oxford, der noch beim Frühstücken war, fragte ihn auch nach Professor Pembrock und seinen merkwürdigen Ambitionen. John konnte mir ein paar seiner Forschungsthemen nennen, wusste aber nichts von irgendwelchen Arbeiten in der Künstlichen Intelligenz. Ich entschied, Bens Ausführungen einfach zu glauben. Zu Misstrauen hatte ich auch keinerlei Grund.

Den folgenden Tag nutzte ich nicht, wie ursprünglich geplant, zum Ausschlafen und für einen Stadtbummel. Außerdem war die Temperatur schon deutlich gefallen. Einzelne Schneeflocken mischten sich in den ab und an fallenden Regen. Ich nahm ein Taxi zum Campus und reihte mich in die Teilnehmer des Symposiums ein. Ben registrierte erfreut meine Anwesenheit und grüßte aus der Entfernung. Seine Keynote Rede hatte ich verpasst, genauso wie die ersten beiden Vorträge des Vormittags. Der Konferenzraum war mit etwa achtzig Zuhörern nur halb gefüllt. Mein Mittagessen hatte ich im Vorbeigehen mit den üppigen Resten eines Buffets vor dem Hörsaal nachgeholt.

Ich lauschte einem Vortrag über die symbolische Repräsentation von Wissen, sogenannte semantische Netze. Mir schien es eher um die Analyse der englischen Sprache zu gehen. Da wurden Netze von Begriffen gezeigt, die in bestimmter Beziehung zueinander standen, Algorithmen erläutert, die in einem solchen Netzwerk manövrierten, neues Wissen einfügten, altes vergessen machten, neue Verknüpfungen anlegten. Das alles sah für mich zwar schwierig, keineswegs aber besonders intelligent aus. Da waren moderne physikalische Methoden von ganz anderem Kaliber. Was ich hörte, sprach eher für ein Ergebnis harter Arbeit als genialer Ideen.

Der nächste Vortrag erregte schon eher mein Interesse. Hier ging es um Netze ganz anderer Art. Als „Neuronales Netz" wurde eine mathematische Konstruktion bezeichnet, die die elektrischen Funktionen des Gehirns modellieren sollte. Gezeigt wurden erstaunliche Leistungen in der Erkennung und Vorhersage abstrakter Muster in Bildern, Datenbeständen und sogar Börsenkursen. Mein besonderes Interesse zogen Verfahren auf sich, die dem Erlernen der Fähigkeiten eines Netzes dienten. Überrascht war ich von der Erkenntnis, dass ein gezieltes Verlernen einmal erworbenen Wissens fast genauso wichtig für dessen optimale Funktion war wie das Lernen selbst. Die mathematischen Betrachtungen zum Konvergenzverhalten der beschriebenen Lern-/Verlernalgorithmen erreichten ein durchaus beachtliches wissenschaftliches Niveau.

Ein weiterer Vortrag war rein informationstechnischer Art. Vorgestellt wurde ein sogenanntes Expertensystem, das komplexe Zusammenhänge in Form einfacher Wenn-Dann-Regeln darstellen konnte. Das Besondere hier war, dass das System Fehler machen durfte. Jede Regel führte nur mit einer gewissen Wahrscheinlichkeit zu der vorbestimmten korrekten Reaktion. In allen anderen Fällen geschah nichts oder wurde etwas objektiv gesehen Falsches angestoßen. Die theoretische Grundlage bildete die sogenannte „Fuzzylogic", ein relativ neuer Zweig der Informatik, die den Zufall in Computerprogrammen in Szene setzte. Mir war nicht klar, weshalb Fehler wichtig sein sollten, um zu einem richtigen Ergebnis zu kommen. Die Begründung, dass man bei keiner Regel über deren Korrektheit absolut sicher sein konnte, befriedigte mich keineswegs, obwohl Beispiele vorgestellt wurden, bei denen das Prinzip überraschend gut funktionierte.

Am nächsten Tag verließ ich das Hotel zweimal. Vor dem ersten Heraustreten hatte ich Bens Warnung vor der kanadischen Kälte vergessen. Bei leichtem Schneefall trieb mir der scharfe Wind in Sekundenschnelle die Kälte in alle Glieder. Ich hatte noch niemals etwas so Unangenehmes erlebt. Ich drehte auf dem Absatz um, betrat noch immer fröstelnd mein Zimmer und zog mir alles an, was nachhaltig Wärme versprach. Dann erst machte ich mich wieder auf den Weg zum nahegelegenen Taxistand.

Der Vortrag über das quantenmechanische Modell kam mir in einigen Passagen merkwürdig vertraut vor. Der Sprecher bezog sich offenbar auf meinen Ansatz, den ich für meine Masterarbeit in Oxford entwickelt hatte. Er hatte Terme eingefügt, die dafür sorgen sollten, die Überlagerungszustände, die normalerweise in Bruchteilen von Mikrosekunden aufgelöst würden, in der Schwebe zu halten, die seinen Argumenten zufolge viele Sekunden, sogar Stunden und Tage anhalten könnten. Diese Terme waren natürlich durch kein physikalisches Experiment zu rechtfertigen, erfüllten hier aber offenbar ihren beabsichtigten Zweck. Ben hatte den Präsentator, einen gewissen Dr. Joe Naylor, auf meine Anwesenheit hingewiesen. Und so suchte und fand er mich schließlich im Auditorium. Er bat mich, kurz aufzustehen und stellte mich als Urheber des von ihm zugrunde gelegten mathematischen Modells vor. Ich hätte mir keine besser Einführung meines eigenen Beitrags wünschen können. Man spendierte mir einen kurzen Applaus, bevor Dr. Naylor fortfuhr. Jetzt war mir klar, weshalb Ben mich hierhin eingeladen hatte. Ohne es zu ahnen, war ich irgendwie in die Sache verwickelt.

Bei meiner Rückkehr nach Oxford suchte ich Professor Pembrock auf. Er hatte tatsächlich einige mir bis dahin unbekannte Beiträge in einschlägigen Journalen veröffentlicht. Er zeigte sich mehr als skeptisch über die Erfolgsaussichten der „Künstlichen Intelligenz", ihren hohen Anspruch umzusetzen. Seines Erachtens fehlte allen Modellen die notwendige Tiefe.

Damit meinte er den Selbstbezug, immer wieder aus dem eigenen Kontext herauszutreten, die eigenen Handlungen zu überdenken, sich selbst zu erkennen. Die meisten Protagonisten glaubten wohl, das ausreichend komplexe Maschinen, ausgestattet mit riesigen Speichern und unglaublicher Rechenleistung, plötzlich echtes intelligentes Verhalten an den Tag legen könnten. Wenn ich es recht bedachte, war das eigentlich auch meine Sichtweise. Die Newtonsche Mechanik bis hin zu Einsteins Relativitätstheorie ließen eigentlich keinen anderen Schluss zu: Intelligenz und menschliches Bewusstsein konnten nur in der Folge enorm komplexer Systeme entstehen. Pembrock jedoch zog diese Schlussfolgerung in Zweifel. Er zog Parallelen zu dem immer noch geheimnisvollen Messprozess der Quantenmechanik. Und er sah eine geheimnisvolle Verbindung zwischen diesem unverstandenen Effekt und der allgegenwärtigen Gravitation, ohne das er diesen Gedanken ausreichend präzisieren konnte.

Ich nahm mir vor, mehr Klarheit in diesen vermuteten Zusammenhang zu bringen. Mein physikalisches Weltbild war geprägt von Differentialgeometrie, mathematisch präziser Vorhersagbarkeit. Da war nirgendwo Platz für wirkliche Geheimnisse. Auch die Merkwürdigkeiten quantenmechanischer Messungen würden sich mit diesen Hilfsmitteln aufklären lassen. Unter diesem Blickwinkel trieb ich nun meine Dissertation voran, aufbauend auf den Arbeiten meiner Masterarbeit. Insgesamt nur zwei Jahre brauchte meine Promotion in Oxford. Als ich endlich meinen D. Phil. in Theoretical Physics in Händen hielt, hatte ich weitere Meilensteine der physikalischen Forschung gesetzt. Meine Methoden und Ergebnisse fanden international Beachtung, wurden vielfach verwand und zitiert. Ich hatte ein Modell im Einklang mit bekannten Experimenten entwickelt, dass den merkwürdig abrupten Zustandswechsel infolge quantenmechanischer Messungen als echten Prozess beschrieb, der Zeit in Anspruch nahm und durch den Einfluss der Gravitation ausgelöst wurde. Für mich und die meisten Physiker in der Welt war das Geheimnis damit gelöst. Niemand wollte sich wieder und wieder mit ungelösten Problemen herumschlagen müssen. Es herrschte offenbar Erleichterung über meinen Erfolg vor. Nur hin und wieder meinte jemand kritisieren zu müssen, dass kein bekanntes Experiment bisher eindeutig nachgewiesen hatte, dass der Prozess tatsächlich Zeit benötigt. Für mich war das eindeutig ein Problem unzureichenden Experimentiergeschicks, nicht meiner Theorie. Dieses kleine Detail würde sicher gefunden werden. Es war einfach nicht möglich, dass ein gravierender Zustandswechsel ohne jeden Zeitverzug stattfand. Leider blieb Professor Pembrock auf der Seite der Nörgler.

Für die Fortsetzung meiner wissenschaftlichen Karriere hatte ich nun mehrere Alternativen, von denen zwei besonders attraktiv wirkten. Die University of Toronto bot mir eine Stelle als Assistant Professor für Mathematik an, das Indiana University Department of Physics eine gleichwertige Position in der theoretischen Physik. Ich entschied mich, bei der Physik zu bleiben und nahm das Angebot in Indiana an. Die Formalitäten für Einreise und Arbeitserlaubnis in den USA nahmen noch einige Wochen in Anspruch, die ich für einen Besuch zu Hause in Köln nutzte.

Meine Mutter und Katarina wohnten immer noch alleine in dem großen Haus. Ein fester Partner kam für beide derzeit noch nicht in Frage. Katarina hatte diesmal ihre Ausbildung durchgehalten und war nun staatlich geprüfte Logopädin. Sie arbeite in mehreren Kindertagesstätten, wo sie Sprachanomalien bei Kindern diagnostizierte und entsprechende Behandlungen vorschlug und durchführte. Der Beruf gefiel ihr offensichtlich. Sie war kaum wieder zu erkennen, verglichen mit dem Bild, das sie noch vor wenigen Jahren abgegeben hatte. Manchmal wurden Kinder auch zu ihr gebracht. Ich beobachtete sie, wenn sie sehr einfühlsam mit ihnen sprach, die Übungen erklärte, Erfolge lobte und nur schlechtes Benehmen nicht tolerierte. Ich freute mich mit ihr und dachte, dass sie eigentlich selbst Kinder haben sollte.

Es war Herbst, als ich mich auf den Weg machte. Bloomington in Indiana/USA war nicht unbedingt eine attraktive Stadt zu nennen, kein Vergleich mit Oxford. Dafür entschädigte die Umgebung etwas. Sie erinnerte mit ihrer sanften grünen Hügellandschaft an deutsche Mittelgebirge. Nur wenige Meilen entfernt lag der Lake Monroe als attraktives Naherholungsgebiet quasi vor der Haustüre. Ich bezog ein Haus südöstlich der Stadt an der Old Indiana 446. Die Universität hatte mir die Adresse vermittelt und zahlte den Makler. Die Eigentümerin wollte eigentlich verkaufen, war mit der Vermietung dann aber durchaus einverstanden. Hier hatte ich Ruhe und mehr als ausreichend Platz. Stadt und Campus waren in wenigen Minuten mit dem Auto zu erreichen.

Professor Ronald Dethloff war der Leiter der physikalischen Fakultät und die treibende Kraft hinter meiner Berufung. Er hatte meine Antrittsvorlesung organisiert. Der Hörsaal war leer, mit kaum mehr als einem Dutzend Mitarbeitern der physikalischen und der mathematischen Fakultät besetzt. Ich stellte mich vor, gab einen Überblick über meine Arbeiten und Veröffentlichungen, und verteidigte die Thesen im Zusammenhang mit meiner Dissertation. Es war ein reger Austausch. Die Wenigsten verstanden wirklich, was ich zu sagen hatte und so blieben die Argumente für und gegen meine Feststellungen an der Oberfläche. Insgesamt war es eine wichtige aber belanglose Pflichtveranstaltung, die mit dem typisch amerikanischen Austausch übertriebener Nettigkeiten zu Ende ging.

In der nun folgenden Zeit forschte und lehrte ich im Bereich der Quantenfeldtheorie, machte weitere Gehversuche in der Quantengravitation. Mehr Pflicht als Lust bedeuteten mir Grundvorlesungen in Theoretischer Physik, die ich für angehende Physiker der ersten Semester hielt. Die meisten Studenten hätten genauso gut ein Studium der Betriebswirtschaft oder der Psychologie aufnehmen können. Sie ließen keinerlei tiefen Bezug zu oder vitales Interesse an Naturwissenschaft und Physik erkennen. Falls ihnen ein Abschluss hier gelang, waren sie immerhin qualifiziert für eine Karriere im Vertrieb irgendeines Technologieunternehmens. Dazu wäre ein tiefes physikalisches Verständnis ohnehin eher hinderlich. Allzu umfangreiches Wissen behindert meist die Entschlusskraft.

Mein eigentliches Interesse galt der Forschung. Eine wissenschaftliche Reputation konnte ich nicht durch die Lehre erreichen. Dazu waren bemerkenswerte Ergebnisse notwendig, die nur an der vordersten Front des wissenschaftlichen Fortschritts zu erzielen waren. Da waren die Inhalte meiner Postgraduate Vorlesungen zur Quantenfeldtheorie und Seminare zur Quantengravitation natürlich näher daran. Hier fielen mir immer wieder einmal wirkliche Talente auf, die mich im Seminar in aufregende Diskussionen verwickelten, die offen eine Position in Frage stellten und einen solchen Disput dann auch durchstanden. Aus Sicht eines fortgeschrittenen Studenten bewies das immer einen gewissen Mut. Fast immer waren die Argumente oberflächlich, oft sogar als dilettantisch zu bezeichnen. So etwas forderte immer meinen beißenden Kommentar heraus, wenn ich glaubte, die Argumente seien eines angehenden Wissenschaftlers unwürdig. So jemand konnte kein ernsthafter Gesprächspartner mehr sein. Ein solcher Student oder Studentin – auch letztere gab es in der Physik, ihr Anteil insgesamt nur im einstelligen Prozentbereich – beließ es meist bei einem einzigen solchen Vorstoß, der ihn manchmal mit hochrotem Kopf zurückließ. Allerdings erging es dem einen oder anderen meiner wissenschaftlichen Kollegen nicht viel besser mit mir, wenn sie im Rahmen eines Kongresses oder Symposiums allzu forsch und unüberlegt argumentierten.

Die wenigen herausragenden Ausnahmen unter meinen Studenten versuchte ich in meine Obhut zu nehmen, ihnen die Promotion zu ermöglichen, sie in meine Forschungen einzubinden. Davon konnten beide Seiten nur profitieren. Allerdings brachte mich die allzu strenge Auswahl bald in Konflikt mit den Bewertungskriterien der Universität für meine Arbeit. Man versuchte zunehmend, den Erfolg jedes leitenden Mitarbeiters transparent zu machen, indem man objektiv messbare Kriterien anlegte. Nach meinem Dafürhalten waren diese Messgrößen vollkommen ungeeignet, fundierte Aussagen über die tatsächliche Qualität meiner Lehre und Forschung zu treffen. Die Maßstäbe waren von Ökonomen und Controllern geschaffen worden, denen man offenbar jede Sachkompetenz absprechen musste. Anfangs versuchte ich mein Bestes, diese Kriterien einfach zu ignorieren und meine Arbeit nach meinen eigenen Maßstäben und bestem Wissen und Gewissen zu gestalten. Leider wurden meine Karriere-Aussichten und mein Forschungsetat immer enger an solche Bewertungen gekoppelt. Neben der Zahl meiner Veröffentlichungen in anerkannten Fachzeitschriften spielte die Zahl meiner Doktoranden nun eine entscheidende Rolle. Das erforderte leider auch eine Anpassungsleistung von mir.

Spätestens im dritten Jahr meiner Professur in Bloomington pflegte ich in dieser Beziehung einen gewissen Zynismus. Bei meinen Doktoranden gab es die wirklich Begabten und die Zählkandidaten. Die Betreuung der letzteren überließ ich möglichst meinen wissenschaftlichen Mitarbeitern, bekundete nur soweit meine Wertschätzung, um sie nicht an einen Kollegen zu verlieren. Die daraus resultierenden Arbeiten waren allgemein nur von geringem Wert für die Physik. Ich richtete bei der Bewertung mein Hauptaugenmerk deshalb auf die Literaturverweise. Der Wert meiner eigenen Beiträge wurde vor allem daran gemessen, wie häufig die anderweitig zitiert wurden. Und so erhielten meine Doktoranden jeweils eine mit der Zeit immer länger werdende Liste meiner Veröffentlichungen mit der unmissverständlichen Aufforderung, die in die Referenzliste ihrer eigenen Arbeit aufzunehmen.

Bei den Publikationen achtete ich nun strikt darauf, statt weniger langer Artikel eine Serie kleinerer zu publizieren. Außerdem hatte ich mir so etwas wie einen Baukasten zurechtgelegt, der es mir erlaubte, aus etwa zwei Dutzend vorgefertigter hervorragender Ausarbeitungen immer wieder neue wissenschaftliche Gebilde zu erzeugen, nur durch neue Anordnung und intelligente Bezüge untereinander. Die Lektoren der Verlage, genauso wie die jeweils pflichtgemäß zugezogenen Gutachter waren mit der Materie ohnehin überfordert. Sie kannten meinen Namen, schätzten meine wissenschaftlich Reputation und gingen mit einer Veröffentlichung jedes meiner Beiträge keinerlei Risiko ein. Der wissenschaftliche Nutzen solcher Konstrukte war minimal, der für die Erfüllung meiner formalen Leistungskriterien aber gewaltig: Ich war ständig in allen wichtigen internationalen Fachblättern präsent.

Nach weiteren fast zwei Jahren in USA entschied ich mich für die Rückkehr nach Deutschland. Ich nahm ein Angebot meiner alten Universität für eine C3-Professur in der Theoretischen Physik an. Den Kontakt hatte ich nie abreißen lassen. Ich hatte dort einen Mentor für meine Habilitation gefunden, die ich neben meiner Tätigkeit in Indiana absolviert hatte.

An einem dunstigen kühlen Vormittag zurück in Köln war ich im Hauptgebäude unterwegs zum Kanzler der Universität, mit dem ich über Ausstattung und Budget meiner Arbeitsgruppe sprechen wollte. Von weitem sah ich einen kleinen dunkelhaarigen Mann im Gespräch mit einigen Mitarbeitern des betriebswirtschaftlichen Instituts. Er kam mir bekannt vor und ich dachte über den Grund nach, während ich weiterging. Als er mich bemerkte, entschuldigte er sich kurz bei seinen Gesprächspartnern und kam freudestrahlend auf mich zu. Gerade noch rechtzeitig fiel mir sein Name ein. Obwohl wir uns viele Jahre nicht gesehen hatten, begrüßte Dieter Meyer mich so herzlich, als wären wir alte Freunde. Es wirkte überhaupt nicht aufdringlich oder auch nur unangemessen. Ich hatte den Eindruck, dass er sich wirklich freute, mich zu sehen. Wir verabredeten uns nach meinem Gespräch mit dem Kanzler in der Mensa zum Essen. Dieter war wieder erstaunlich gut informiert. Er fragte nach meinen Erfahrungen in Oxford, nach meinen Forschungen in USA und gratulierte mir zu meiner Professur in Köln. Ich konnte mich kaum an jemanden erinnern, dessen Gesellschaft mir so angenehm war. Dieter hatte wohl sein Diplom in Mathematik gemacht, danach ebenfalls in Köln in der Betriebswirtschaft promoviert, die er im Nebenfach studiert hatte. Derzeit arbeitete er als Hochschulassistent in Karlsruhe mit dem Ziel der Habilitation. Er war zur Pflege alter Kontakte auf Besuch in Köln. Es erstaunte mich wieder, wen er alles kannte und mit wem er regelmäßigen Austausch pflegte. Er war jemand, der sich im universitären Betrieb zu Hause fühlte. Dieter würde vermutlich alleine schon durch seine Beziehungen und seine Umgangsformen eine beachtliche Karriere machen.

Meine eigene wissenschaftliche Arbeit orientierte sich weiter an den Fundamenten, die ich zuvor in Oxford gelegt hatte. Auf der Suche nach einer belastbaren Theorie der Quantengravitation hatte ich meine Verfahren über die Jahre verfeinert. War ich anfangs nur in der Lage, den Fehler meiner Näherungsverfahren grob abzuschätzen, eine obere

Grenze für die mögliche Abweichung anzugeben, so konnte ich inzwischen unter bestimmten Voraussetzungen zeigen, dass der Fehler sogar gegen Null ging, dass ich lokal in einer eng begrenzten Umgebung überhaupt keinen Fehler mehr erwarten musste. Andererseits erweiterte ich ständig – wenn auch in immer kleineren Schritten, die immer größere Anstrengungen erforderten – das Anwendungsspektrum meiner Verfahren. Trotzdem scheiterte ich damit immer wieder an Details des Formalismus für eine Quantisierung der Gravitation. In diesem Zusammenhang hatte ich gelegentlich Kontakt zu John Fellows, der noch immer in Oxford an seinem alten Thema forschte und mir einen vielversprechenden Kontakt an der Flinders University in Adelaide/Australien vermittelte. Ein Professor Reginald Carlile war dort auf Zufallsprozesse gestoßen, die aus seiner Sicht die fehlende Verbindung zwischen Quantenmechanik und der allseits wahrnehmbaren Realität klären sollten. Wir hatten viele interessante Diskussionen zu nachtschlafener Zeit. Er war ein hervorragender Theoretiker, war genau über alle wichtigen Forschungsergebnisse auf seinem Gebiet im Bilde und in der Lage, unterschiedliche Ansätze präzise zu bewerten und gegeneinander abzuwägen. Ich kam nicht umhin einzuräumen, dass an seinen Thesen etwas dran sein könnte. Es gab zweifellos diese Widersprüche, wie ich ungern einräumen musste. Ich hatte diesen Punkt erfolgreich verdrängt. Und es gab unter Physikern keine Einigkeit darüber, wie diese letztendlich zu lösen wären und ob es überhaupt notwendig wäre, sie zu lösen. Leider zeigten seine Thesen bislang eine unübersehbare offene Flanke, ein Loch so groß wie ein Scheunentor: Sie ließ keinen erkennbaren Raum für die in der modernen Physik übliche geometrische Zeit. Professor Carlile war in fast irrationaler Weise davon überzeugt, diese Schwierigkeit beseitigen zu können. Trotz vieler brillanter Elemente seiner Theorie blieb ich skeptisch. Während eines Urlaubs in Australien suchte ich ihn auf dem Campus am Rand von Adelaide an einem kleinen See gelegen auf. Danach räumte ich ihm nur geringe Chancen ein, die Vereinigung der beiden Theorien auf dem von ihm eingeschlagenen Weg tatsächlich leisten zu können.

In der Quantenfeldtheorie allerdings, die keinerlei Probleme einer gekrümmten Raumzeit berücksichtigen musste, feierte ich immer wieder Erfolge. Aufbauend auf meinen früheren Ideen hatte ich inzwischen eine umfassende Theorie entwickelt, die Zufallsprozesse in die klassische Beschreibung von Quantenfeldern einbezog. Mit gerade vierunddreißig Jahren wurde ich als C4-Professor Lehrstuhlinhaber in der Theoretischen Physik, ausgestattet mit eigenem Etat und personeller Ausstattung. Die Inhalte der Forschung an meinem Lehrstuhl konnte ich umfassend bestimmen. Aufsehenerregende Arbeiten im Bereich der stochastischen Quantensysteme brachten mir wenige Jahre später den begehrten Gottfried-Wilhelm-Leibniz-Preis ein, die höchstdotierte deutsche wissenschaftliche Auszeichnung. Damit verbunden war ein hoher Geldbetrag, der mir zusätzliche Freiheiten schuf, wissenschaftliche Projekte über einige Jahre hinweg zu finanzieren.

Für andere Dinge des Lebens blieb keine Zeit. Ein Privatleben getrennt von meinem Beruf gab es praktisch nicht. Selbst die Urlaubsfahrten, die Wanderungen, Skiwochenenden und andere Aktivitäten unternahm ich mit Kollegen, Mitarbeitern und Doktoranden. Gespräche drehten sich dabei naturgemäß um wissenschaftliche Themen. Eine Ausnahme bildeten nur die seltenen Ausflüge, zu denen ich Katarina überreden konnte.

Bilder

Gerade hatte ich meine letzte mündliche Prüfung zum Vordiplom mit sehr gutem Erfolg abgelegt. Sie hätte im letzten Jahr schon stattfinden sollen, war aber wegen diverser längerfristiger Termine des Professors im gegenseitigen Einverständnis mehrfach verschoben worden. Die Prüfung war um neun Uhr angesetzt und bereits nach einer dreiviertel Stunde vorbei. Es war eine klare Sache. Für die Notenfindung brauchte ich den Raum nicht, wie allgemein üblich, zu verlassen. Der prüfende Professor sah nur kurz zu seinem Assistenten hinüber, der die Prüfung protokollierte. Als der zurück nickte erhielt ich sofort meine Bewertung mit Glückwünschen und konnte gehen.

So stand ich um zehn Uhr bei blauem Himmel und milden Temperaturen auf dem Campus, und überlegte, ob ich nach Hause fahren sollte oder den Tag mit etwas Sinnvollem ausfüllen konnte. Zunächst schlenderte ich gedankenverloren in Richtung Park, als mich plötzlich jemand ansprach und freudig begrüßte. Wegen seiner Sonnenbrille wusste ich zunächst nicht, um wen es sich handelte. So dauerte es einige Sekunden, bis ich ihn als meinen Stubenkameraden bei der Bundeswehr erkannte. Nach der herzlichen Begrüßung erzählte er, dass er sich für zwei Jahre freiwillig weiter verpflichtet und nun ein Physikstudium aufgenommen hatte. Er war auf dem Weg zu seiner wichtigsten Klausur in Experimentalphysik, die den Abschluss seines ersten Semesters markierte. Ich studierte zu der Zeit Mathematik und hatte wegen angeblich besserer Berufsaussichten die Betriebswirtschaft als Nebenfach gewählt. Mit Physik hatte ich seit Jahren schon nichts mehr zu tun.

Ich entschied, ihn zu begleiten. Wir unterhielten uns noch angeregt, bis er den Hörsaal betrat, um seine Klausurunterlagen entgegenzunehmen. Es gab keine Kontrolle, ob jemand ordentlich eingeschrieben war oder die Übungsgruppe regelmäßig besuchte. Jeder der die Klausur schreiben wollte, bekam die Unterlagen und durfte Platz nehmen. Da ich tatsächlich nichts Besseres vorhatte, trat ich ein, suchte mir einen Platz und begann die Aufgaben zu bearbeiten. Ich empfand die Problemstellungen als nicht sehr anspruchsvoll und die Lösungen lagen aus meiner Sicht auf der Hand. Mathematik und Naturwissenschaften waren schon immer für mich eine sehr bildliche, intuitive Sache. Nach den angesetzten vier Stunden sammelte eine studentische Hilfskraft die Klausuren ein.

Eigentlich war ich der Meinung, dass die Physikstudenten, die sich ja drei Monate mit den Themen herumgeschlagen und alle möglichen Übungsaufgaben bearbeitet hatten, deutlich besser abschneiden würden als ich. Die Ergebnisse der etwa dreihundertfünfzig Studenten entsprachen insgesamt dem, was in den Naturwissenschaften üblich war. Die Durchfallquote war mit etwa vierzig Prozent noch moderat. Die Masse derer, die bestanden hatten, erreichte weniger als fünfzig von hundert Punkten. Drei Ausreißer ragten daraus mit über achtzig Prozent weit hervor. Ich selbst hatte mit sensationellen 83 Punkten das zweitbeste Ergebnis eingefahren. Mein Bekannter, der später in Physik sogar promovierte, hatte gerade so bestanden und war fassungslos.

Ich bat ihn, mit seinem Assistenten zu sprechen und zu fragen, ob ich denn auch den Leistungsschein bekommen könne, obwohl ich an keiner der obligatorischen Übungsgruppen teilgenommen hatte. Der reagierte ebenso fassungslos, als er das Ergebnis sah. Den Einser-Schein bekam ich dann tatsächlich und war bei den Studenten schnell bekannt wie ein bunter Hund. Noch viele Jahre später wurde ich von mir unbekannten Leuten darauf angesprochen.

Mein Mathematikstudium verlief anfangs wie im Traum.

Während meine Kommilitonen büffelten und schwitzten um dann mit Mühe und Not gerade so die Klausuren zu bestehen oder auch nicht, schrieb ich ohne große Vorbereitung in den für die Meisten besonders schwierigen ersten Semestern jede Arbeit mit sehr gutem Erfolg. Das gelang, obwohl meine Interessen sich längst weg von der Mathematik entwickelten. Ich hatte mehr mit den gerade aufkommenden Computern für den Hausgebrauch im Sinn, programmierte meinen neu erworbenen LED-Taschenrechner TI-55 – sein Akku hielt höchstens zwei Stunden durch – und begann ein privates Projekt zum Aufbau eines eigenen Tischcomputers nach Schaltplänen aus einer Zeitschriftenreihe.

Ohne dass mir das sofort bewusst wurde, fand ich mich im zweiten Semester in einer elitären Übungsgruppe wieder, die von einem bereits promovierten Hochschulassistenten geführt wurde. Zunächst dachte ich, dass sei völlig normal. Wir besprachen jeweils die Lösungen der Aufgaben, die beim letzten Termin eine Woche zuvor verteilt worden waren. Der Assistent stellte zudem immer wieder besondere Sachverhalte heraus und forderte uns auf, diese in der Gruppe zu diskutieren. Eigentlich sagte ich nie viel, hatte oft Schwierigkeiten, mein Problemverständnis zu artikulieren. Andererseits wunderte ich mich oft, wie viel Blödsinn andere in der Gruppe wortreich verbreiten konnten. Das war sicher nicht mein Stil. Ich war auch gar nicht in der Lage, wortreich eine Lösung zu entwickeln. Mathematik hatte für mich mit Mustern zu tun. Wenn ich das Problem verstanden hatte, das logische Muster darin erkannte, dann „sah" ich die Lösung einfach, ohne dass ich erklären konnte, wie ich dahin kam. Auch sprach ich im Anschluss nie persönlich mit dem Assistenten, wie einige andere das regelmäßig taten. Mich schreckte schon der Gedanke ab, mich in eine Schlange von Ratsuchenden einzureihen. Um so etwas machte ich immer einen großen Bogen, wenn das irgendwie möglich erschien. Das roch zudem sehr nach direktem Wettbewerb um knappe Ressourcen, den ich noch weniger mochte. Genauso wenig kam mir in den Sinn, einen der Professoren nach einer Vorlesung anzusprechen.

Erst ein Kommilitone, mit dem ich im ersten Semester noch umhergezogen war, fragte mich nach meinen Eindrücken aus dieser Gruppe. Ich war erstaunt und verstand die Frage nicht ganz. Nur langsam wurde mir klar, wo ich da gelandet war. Normalerweise betreuen Studenten solche Übungsgruppen, die nur zwei Semester weiter im Studium fortgeschritten sind. Das realisierte ich erst jetzt. In diesem Fall hatten die beiden Professoren, die die Kernvorlesungen im ersten Semester gestaltet hatten, aus der Masse der fast vierhundert Studenten mich mit etwa zwanzig weiteren mutmaßlichen Talenten herausgesucht und die in zwei besonderen Gruppen unter Beobachtung gestellt. Und anscheinend machte ich meine Sache dort nicht schlecht trotz meiner Verschlossenheit.

Eigentlich war ich mit Studium und meinem neuen Hobby ausgelastet, so dass ich mir kaum über die Welt insgesamt und ihre furchtbar schwierigen Zusammenhänge Gedanken machte. Nur hin und wieder einmal schossen mir Bilder durch den Kopf. So wurde in einer Vorlesung zur Topologie einmal der Banachsche Fixpunktsatz erläutert. Während der Professor die Beweisführung erklärte, dachte ich plötzlich, so könne ein Modell der Welt aussehen: Alles strebt im Kleinen zufällig, insgesamt aber stetig und unausweichlich einem Gleichgewicht zu. Und vielleicht verändert sich dieses Ziel laufend, während die Welt ihm zustrebt. Ich verwarf die Idee sofort wieder. Ich konnte mir nicht vorstellen, die Komplexität um mich herum mit einem so einfachen Vorgang erklären zu können. Den Faden der Vorlesung hatte ich allerdings — wie schon oft — damit völlig verloren.

Bei einem anderen Ereignis dieser Art ging es um Eigenwerte und Eigenvektoren linearer Operatoren. Irgendwie entstand in mir ein Bild von Ruhepunkten und Prozessen, die diesen Zuständen auf zufälligen Wegen zustreben. Ab jetzt war ich äußerlich völlig abwesend, nahm für viele Minuten um mich herum nichts mehr wahr. Wenn ich nun gleichzeitig den Operator ändern würde, könnte dieses Streben nach Gleichgewicht unendlich lange anhalten, ohne jemals zu einem Ende zu kommen. Vielleicht ließe sich die Welt als Raum modellieren, dessen Zustand sich ständig ändert und auf zufälligen Wegen diesen Ruhepunkten eines Operator zustrebt. Außer diesem Bild, an das ich mich später noch erinnern sollte, hatte ich keinen Anhaltspunkt für ein konkretes mathematisches Modell. Dazu verstand ich zu wenig von fortgeschrittener moderner Physik. Und wieder hatte ich den Faden der Vorlesung, die ich gerade hörte, verloren, verstand bis zu ihrem Ende nicht mehr, worum es noch ging.

Gerade war mein zweites Semester zu Ende gegangen, die Klausuren waren geschrieben und ausgewertet. Ich wohnte immer noch zu Hause und hatte morgens eine längere Zugfahrt zu bewältigen. Ich überlegte noch, ob es sich lohne, zur Universität zu fahren. Schließlich stand ich auf, machte mich fertig und nahm den Zug. Ich kam nur wenig zu spät zur letzten Mathematikvorlesung des zweiten Semesters. Der Hörsaal war überraschend gut gefüllt. Ich wandte mich nach links und kletterte über einige Kommilitonen hinweg, um zu mehreren freien Sitzplätzen in der letzten Reihe des Hörsaals zu gelangen. Dort kramte ich meinen Schreibblock und einen Stift aus meiner Mappe. Die vorderen Blätter waren noch vollgekritzelt mit einigen Zeilen eines Programms für meinen Computerselbstbau. Es ging dabei um eine Übersetzungsroutine für ein Kommando, dass die Multiplikation von Fließkommazahlen ermöglichen sollte. Ich ging die Zeilen noch einmal in Gedanken durch.

Unten gab der Professor gerade einen Ausblick und warb für seine Folgevorlesung im nächsten Semester. Der unbedingte Pflichtteil war nun abgeschlossen. Im Weiteren folgte die freiwillige Kür. Zunächst einmal wurden noch diverse Themen besprochen, die mich nicht sonderlich interessierten. Mir tat es schon leid, dafür die Fahrt auf mich genommen zu haben. Ich beschäftigte mich wieder mit meinem Programm, dass so noch nicht recht funktionieren würde. Gedankenverloren begann ich schon, meine Sachen wieder in die schmale Kunstledermappe zu packen, als der Professor mit abschließenden Worten, die ich nicht verstanden hatte, zwei Namen aufrief. Nur meinen hörte ich deutlich heraus. Der andere Name gehörte zu einem Physikstudenten. Ich hatte nicht ganz verstanden, worum es ging und brauchte eine weitere Aufforderung des Professors, bevor ich aufstand und aus meiner Sitzreihe kletterte. Offenbar ging es um die Nominierung besonders begabter Studenten, die als Jahrgangsbeste für ein Stipendium vorgeschlagen werden sollten. Da wir anfangs noch gemeinsam mit Physikern und Lehramtsanwärtern studierten, war der Hörsaal mit fast vierhundert Studenten gut gefüllt. Eigentlich mochte ich solche Auftritte nicht, blieb lieber im Hintergrund. Trotzdem war es ein erhebendes Gefühl, als ich von ganz hinten den langen Gang hinunter zwischen den Sitzreihen bis ganz nach vorne aufs Podium absolvierte. Der zuerst Aufgerufene hatte noch etwas bessere Ergebnisse nach Punkten erreicht. Er hatte die Vorlesung geschwänzt und war nicht anwesend. Ich kannte ihn nicht, konnte mir den Namen auch nicht merken und vermutete ihn in der anderen besonderen Übungsgruppe. Die Studenten bezeichnen solche Lichtgestalten als weiße Elefanten. So einer war ich spätestens jetzt und jeder kannte mein Gesicht.

Mathematik war für mich immer eine intuitives Unterfangen, hatte mit Bildern zu tun, mit Mustern, mit Erlebnissen. Es waren abstrakte Bilder, die ich kaum in Worte fassen konnte. Wer einmal bei windigem Wetter am Strand bei Ebbe die Priele beobachtet, kennt die Wellenmuster, die im Sand zurückbleiben. Sie spiegeln die Bewegungen wieder, die der Wind im flachen Wasser erzeugt hat. Diese Muster sind faszinierend, oberflächlich sehr regelmäßig. Sieht man genauer hin, verschwindet dieser erste Eindruck vorübergehend. Der Verstand sagt, dass die Muster doch eher chaotisch sind, keinerlei fester Gesetzmäßigkeit folgen. Trotzdem bleibt dieser Eindruck geheimnisvoller Regelmäßigkeit, die kaum fassbar, überhaupt schwer zu beschreiben ist. Dieser Widerspruch macht die eigentliche Faszination aus. Meine Bilder ähnelten eher solchen Mustern, nichts was meine Sinnesorgane jemals direkt wahrgenommen hätten. Diese Muster konnte ich deshalb unmöglich direkt mit jemand anderem teilen, weil ich keinerlei gemeinsamen Bezug herzustellen imstande war.

Ich dachte nie in Formeln, Regeln, oder vorgegebenen Methoden. Formeln waren immer nur Krücken, eine Sprache, die es mir ermöglichte, die Resultate meiner Gedankengänge zu Papier zu bringen, ohne zu viel an Genauigkeit einzubüßen. Andererseits waren Formeln und Gleichungen für mich wie ein Schlüsselloch in eine fremde Gedankenwelt, die ich erkunden wollte, die immer mein Interesse, meine Sehnsucht weckte auf Abenteuer und neues Land. Für andere Menschen, die eine mathematische Gleichung eher abschreckt und unangenehme Erinnerungen an frühe Misserfolge weckt, ist dieses Gefühl kaum nachvollziehbar. Für mich hatte ein Blatt voll dieser kryptischen Zeichen die Wirkung, die sonst vielleicht ein Reiseprospekt zu fernen Zielen auslöst.

Am Ende des Semesters schlenderte ich bei sommerlichen Temperaturen mit zwei meiner Kommilitonen über den Platz vor dem Hauptgebäude der Universität. Uns entgegen kam betont lässig ein braungebrannter Student mit großer

Sonnenbrille, leicht gelocktem mittellangem blondem Haar, kurzer Hose und Polo-Shirt. Alleine die äußere Erscheinung schreckte mich ab. Einer meiner Begleiter kannte ihn wohl und sprach ihn an. Er war fast einen Kopf kleiner als ich und nach meinem Eindruck nuschelte er aus irgendeinem Grund. Ich verstand soviel, dass er gerade vom Wassersport am städtischen Badesee kam, jetzt eine Klausur schreiben wolle, und dann wieder zurück zum See fahren würde. Sein ganzes Gehabe, die Mimik, seine Wortwahl drückte Geringschätzung aus für uns und für die kommende Klausur. Aus jedem seiner wenigen Knopflöcher ließ er seine vermeintliche Überlegenheit heraushängen. Ich sagte die ganze Zeit nichts, hörte halb nur zu, und dachte nur bei mir „Was für ein Idiot!". Nachdem er weitergegangen war, fragte mein Begleiter, ob ich wisse, wer das war. Offenbar handelte es sich um den zweiten Ausnahmestudenten, einen angehenden Physiker, der die besagte Vorlesung geschwänzt hatte. Er nannte mir auch den Namen, den ich schnell wieder vergaß. Die meisten Menschen waren mir immer schon egal und dieser hier zählte sicher dazu.

Über mathematische Probleme konnte ich mit keinem meiner Kommilitonen wirklich diskutieren. Jeder eigene Versuch führte unweigerlich zu einem Monolog, in dessen Verlauf ich feststellen musste, dass mein Gesprächspartner meiner Argumentation nicht folgen konnte und ich dann unvermittelt abbrach. Umgekehrt konnte ich meist genauso wenig ihrer Argumentation folgen. Offensichtlich verband ich Mathematik mit vollkommen anderen als den üblichen Bildern. Nur in meinen Bildern konnte ich Mathematik vermitteln und andererseits verstehen. Es gab nicht Wenige, die vermutlich mathematische Formeln und Gesetzmäßigkeiten wie Vokabeln lernten. Einer solchen Herangehensweise stand schon mein schlechtes Gedächtnis für Fakten entgegen.

Darin unterschied ich mich von den meisten meiner Kommilitonen. Wenn die die Lösung eines Problems erarbeitet hatten, konnten die Meisten genau erklären, wie sie dahin gekommen waren, welche Sätze und Gleichungen sie verwendet hatten, waren in der Lage, sich auf mehr oder weniger berühmte Namen zu berufen. Soweit war ich in den ersten Semestern trotz meiner überragenden Erfolge noch nicht. Ich „sah" eine Lösung einfach, sobald ich ein Problem verinnerlicht hatte. Dann musste ich nur noch exakt beweisen, dass diese Lösung tatsächlich korrekt war und es keine andere geben konnte. Wenn mich dann jemand nach meinem Lösungsweg fragte, kamen mir Sätze über die Lippen wie „Das ist doch klar", oder „Das Problem ist trivial". Bei hartnäckigen Fragern wurde ich dann leicht ärgerlich, was auf meine Gesprächspartner durchaus arrogant wirken musste, eigentlich aber meiner Unfähigkeit zuzuschreiben war, zu erklären. Eigentlich war ich immer der Ansicht, dass meine Bilder und Gedanken sehr naheliegend waren. Sie hätten für jeden anderen also leicht nachvollziehbar sein sollen. Führte jemand eine für mich schwer zu ergründende Argumentation, so erfüllte mich das mit Respekt. Ich unterstellte meinem Gesprächspartner dann zusätzliche Fähigkeiten, die über meine eigenen Einsichten hinausgingen. Von letzteren glaubte ich immer, dass sie für jeden selbstverständlich sein müssten, da sie ja für mich klar auf der Hand lagen. Erst später verstand ich, dass dem durchaus nicht so war. Es handelte sich oft nur um eine andere Sichtweise, die meiner überlegen sein konnte, oft aber auch weniger zweckmäßig war.

Eine Lösung zu „sehen" ist etwa so, wie in einem Bild einen Baum zu erkennen. Dazu muss man nicht erst mühsam aus dem Abbild auf der Retina der Augen die Punkte herausrechnen, die zu einem Baum gehören könnten. Das geht schnell und intuitiv und ist keinesfalls eine geplanter Prozess der in Stufen abläuft. Niemand kann genau erklären, wie er darauf kommt, dass er gerade einen Baum sieht. Das gedankliche Abbild eines Baumes ist einfach plötzlich da. Etwas zu sehen oder nicht zu sehen ist auch immer ein Frage der Sichtweise. Ob man in einem der bekannten Suchbilder ein Gesicht erkennt, hängt oft vom Blickwinkel ab. Man muss es in einer bestimmten Weise drehen, um die Züge zu bemerken. Sobald man das Gesicht einmal erkannt hat, ist es unauslöschlich eingebrannt und man kann es dann drehen und wenden wie man will. So ist es auch mit Aufgaben und Problemstellungen. Es gibt logische Muster darin, die den meisten Menschen verborgen bleiben. Es ist eine Frage der inneren Einstellung, der eigenen Perspektive auf so etwas. Es gibt Menschen wie mich und andere, die noch unendlich viel begabter darin sind, für die die Muster offensichtlich zu Tage treten. Genauso wie Eltern manchmal ärgerlich werden, wenn ihr Kind sie hartnäckig fragt, warum das denn ein Baum ist, weil sie es schlicht nicht erklären können, war es immer mit mir, wenn ich erläutern sollte, wie ich zur Lösung eines mathematischen Problems gekommen war.

An einem kalten Januarmorgen war ich auf dem Weg zu einem Vorstellungsgespräch. Dabei ging es um die Aufnahme in die Studienstiftung des Deutschen Volkes. Das Empfehlungsschreiben hatten die Professoren meiner Einführungsvorlesungen verfasst. Eigentlich war mir nicht klar, worum es dabei eigentlich ging. Es war schon der zweite Anlauf. Den ersten Termin musste ich absagen, nachdem mein alter Wagen mit überhitztem Kühler auf der Autobahn liegen geblieben war. Für die minus fünfzehn Grad Lufttemperatur hatte ich wohl zu wenig Frostschutz eingefüllt. Ich hatte es mit dampfenden Kühler gerade noch auf einen Rastplatz geschafft. Von einer Telefonzelle dort informierte ich zuerst das Unternehmen und dann den ADAC, der mich nach Hause abschleppen ließ. Nun stand ich in der riesigen Eingangshalle und wurde von einer Empfangsdame abgeholt zu einem Gespräch mit zwei Mitgliedern des Vorstands eines großen weltweit tätigen Chemiekonzerns. Das alles war mir völlig fremd. Ich wusste nicht, wie ich mich verhalten sollte, was ich sagen sollte. In gesellschaftlichen Umgangsformen war ich ein völlig unbeschriebenes Blatt. Niemand in meiner Familie hatte eine akademische Ausbildung. Ein Arzt, Pfarrer oder Lehrer waren in meiner Kindheit in unserem Dorf absolute Respektspersonen, zu denen meine Eltern fast ehrfürchtig aufsahen. Bei meinen Ferienjobs hatte ich Werkshallen kennengelernt, in denen schon ein Industriemeister wie ein Halbgott angesehen wurde. Hier das sprengte nun alle Dimensionen und niemand hatte mich darauf vorbereitet. Andererseits war ich im Vorfeld überhaupt nicht auf den Gedanken gekommen, jemanden zu fragen, was mich dort erwarten könnte, worauf ich mich einzustellen hatte.

Das Gespräch war ein Fiasko. Mir gegenüber saßen promovierte Chemiker, die ein gutgemeintes Gespräch über mathematische Inhalte versuchten. Da ich ihr fachliches Desinteresse spürte und nicht ergründen konnte, worauf sie wirklich hinaus wollten, waren meine Antworten sehr einsilbig. Die beiden Herren gaben deutlich zu verstehen, dass man selbstverständlich auch in Zukunft nur Bestnoten akzeptieren würde, die ich gegebenenfalls nach jedem Semester zu berichten hätte. Dann kamen einige Fragen zu meiner Bundeswehrzeit und schließlich führte das Gespräch auf die gerade lancierten Forderungen der Gewerkschaften nach der fünfunddreißig Stunden Woche. Das interessierte mich nun wiederum überhaupt nicht. Ich versuchte nur, ohne allzu sehr ins Stottern zu geraten, die Zeit zu überstehen. An keinem Punkt kam ein echter Dialog zustande. Die ganze Situation überforderte mich vollkommen.

Zunächst war ich durchaus unglücklich und trauerte der vertanen Chance nach. Sicher hätte ich im Vorfeld einiges besser machen, mich vorbereiten können. Ich hatte das bestimmte Gefühl, viele Erwartungen enttäuscht zu haben und das machte mich vorübergehend geradezu krank. Ich fühlte mich schlapp, manchmal wie fiebrig, hatte Kopfschmerzen und war noch antriebsloser als sonst. Professor Henlein sagte mir, er verstünde die ganze Sache nicht. Die depressive Verstimmung verflog nach einigen Tagen. Letztendlich war ich doch nicht unglücklich über den Ausgang der Sache, der es mir nun wieder erlaubte, abzutauchen, mich wegzuducken, nicht mehr im Zentrum des allgemeinen Interesses und unter Beobachtung zu stehen. Ich begann schon länger, den Druck der Erwartungen an mich wie ein Gefängnis zu empfinden, das meine Handlungsmöglichkeiten beschränkte und mich daran hinderte, offen über fachliche Fragen und Verständnisprobleme zu sprechen. Ich tröstete mich damit, dass ich eher keinen bedeutenden finanziellen Nachteil hätte durch die Ablehnung. Ein Stipendium würde natürlich zur Minderung oder zum Wegfall meiner BAföG Förderung führen. Und die gebotenen Kontakte in hohe gesellschaftliche Kreise hätte ich bei meinen beschränkten sozialen Kompetenzen ohnehin nicht nutzen können. Einen eigentlich dringend benötigten Mentor hatte ich nie.

Kurz darauf, im dritten Semester, besuchte ich Vorlesung und Übungen zu Differentialgleichungen. Das Thema ist extrem wichtig für die gesamte Physik. Kaum eine moderne wissenschaftliche Methode dort kommt heute ohne die virtuose Beherrschung dieses Instrumentariums aus. Wir hörten und übten über viele Wochen Verfahren und Herangehensweisen, die uns helfen sollten, Lösungen komplexer Gleichungssysteme zu entwickeln. Das war der schwierigste und zeitraubendste Teil daran. Als die Klausur schließlich begann, hatte ich fast alle Herleitungsverfahren vergessen. Ich schaute jede Aufgabe an, „sah" einfach die Lösung, schrieb sie hin und führte kurz den Beweis.

An einem Morgen wenige Tage später fuhr ich wieder mit der Bahn zu Universität. Dort traf ich, wie schon oft, Dieter, einen ehemaligen Schulkameraden, der gleichzeitig mit mir sein Abitur gemacht hatte und auch Mathematik studierte. Wegen seiner Mitgliedschaft beim Technischen Hilfswerk hatte er keinen Wehrdienst geleistet und war deshalb zwei Semester weiter im Studium fortgeschritten als ich. Während der Schulzeit hatte ich eigentlich kaum Kontakt zu ihm. Er hatte immer in anderen Klassen und Kursen Unterricht gehabt. Er war mir auch nie besonders aufgefallen, eher guter Durchschnitt überall, aber enorm beliebt, kontaktfreudig, kommunikativ. Er war charakterlich so ziemlich das genaue Gegenteil von mir. Und trotzdem war er mir durchaus sympathisch. Er war eigentlich immer positiv, fand bei jedem Menschen besondere Eigenschaften und stellte sie heraus. Vermutlich konnte er auch einem vollkommenen Trottel das Gefühl vermitteln, einzigartig zu sein. Es gibt halt auch solche Naturtalente.

Nach seinem Vordiplom hatte Dieter eine Stelle als studentische Hilfskraft angetreten und eine der Übungsgruppen zu Differentialgleichungen betreut. Er war überhaupt enorm engagiert an der Hochschule und kannte anscheinend Alle und Jeden. Und er hatte auch einige der Klausuren korrigiert. Meine war allerdings nicht darunter. Ich kannte nur mein eigenes Ergebnis, das ein Kommilitone mir telefonisch am Vorabend mitgeteilt hatte. Deshalb hatte ich keinen Vergleich, wusste nicht, wo ich relativ zu den anderen stand. Wir kamen auf die Klausur zu sprechen und Dieter fragte mich bald, ob ich schon mein Ergebnis kenne. Ich nannte ihm meine Punktzahl, worauf er tief Luft holte und lachend meinte, das würde wohl reichen. Aus seiner Reaktion schloss ich, dass ich ziemlich gut da stand.

Am Institut suchte ich den Raum auf, in dem wir die Klausuren einsehen konnten. Der Betreuer meiner Übungsgruppe war fassungslos. Er meinte, so etwas habe er noch nie gesehen. Ich hätte kein einziges der in der Vorlesung besprochenen Verfahren angewandt und trotzdem jede Aufgabe richtig gelöst. Und ich hatte mit hundert von hundert möglichen Punkten die weitaus beste Arbeit abgeliefert.

Ohne dass dies für Außenstehende sofort sichtbar wurde, stieß meine Intuition in der Mathematik zunehmend an Grenzen. Ich war immer mehr genötigt, in Schritten zu denken, aufzubauen auf Ergebnissen anderer und damit meine Herangehensweise grundlegend zu ändern. Es gab immer mehr Aufgabenstellungen, die ich nicht einfach in einem Schritt lösen konnte, deren Lösung ich nicht einfach sah, die ich aufteilen und planen musste. Das fiel mir schwer und zeigte mir bald, dass mein Vorsprung vor anderen dahinschmolz. Im Gegenteil fühlte ich mich bald sogar im Nachteil bei der reinen Mathematik. Ich verfügte noch nie über ein gutes Gedächtnis. Schon meine Volksschullehrerin hatte einmal gemeint, es gleiche eher einem Sieb. Aber genau das brauchte ich jetzt, um mich in jede Situation exakt an gelernte Sätze und Verfahren zu erinnern. Die meisten meiner Kommilitonen hatten einen ganz anderen Zugang. Einige waren anscheinend in der Lage, sich Formeln und Sätze fast fotografisch einzuprägen, Beweise auswendig aus dem Gedächtnis aufzuschreiben. Wenn sie mit einem Problem konfrontiert wurden, erinnerten sie sich an eine ähnliche Aufgabenstellung und an den Lösungsweg. So etwas konnte ich nie. Schon das Auswendiglernen von Gedichten fiel mir früher außerordentlich schwer. Ich erinnerte mich allerhöchstens, dass ich so etwas schon einmal gelesen hatte und wo ich die Details nachschlagen konnte.

Trotz meiner überragenden Erfolge hatte ich es auch vorher schon vermieden, unnötig im Vordergrund zu stehen. Natürlich genoss ich jeden einzelnen Erfolg und die Bewunderung, die mir entgegengebracht wurde. Andererseits versuchte ich sofort danach wieder – soweit es unter den Umständen möglich war – nicht in der ersten Reihe zu stehen, die Aufmerksamkeit nicht unnötig auf mich zu ziehen, nicht allzu sichtbar zu sein. Besser war es für mich schon immer gewesen, mich wegducken zu können, einen Schutzraum zu haben, in den ich jederzeit abtauchen konnte. So war ich seit meiner Kindheit geprägt: Wer den Kopf zu weit hebt, wird schnell zur Zielscheibe. Ich begann mich noch stärker in mich selbst zurückzuziehen, sprach kaum noch mit Kommilitonen, Betreuern oder Professoren. Ich fühlte mich dem Erwartungsdruck nicht mehr gewachsen und verabschiedete mich innerlich vom universitären Betrieb. Trotzdem waren meine Noten nicht schlecht, bewegten sich immer noch im oberen Bereich. Und dazu musste ich büffeln wie andere auch.

Mein Hauptinteresse lag auf meinem Hobby, der Konstruktion und Programmierung eines eigenen Computers. Die Teile und das erforderliche Werkzeug finanzierte ich unter anderem durch Einkünfte aus Nachhilfestunden, mit denen ich mein BaFöG aufstockte. Wer heute ein Computerprogramm schreibt, kennt darin Worte, Anweisungen, Namen, die halbwegs lesbar sind und auch einen Laien ahnen lassen, was so ein Programm tun soll. So etwas stand mir nicht zur Verfügung. Ein Programm für meinen selbstgebauten Computer bestand in einer Folge kryptischer Symbole, die, je nachdem an welcher Position sie auftauchten, einen Befehl, eine Adresse oder einen Wert bedeuteten. In diesen sogenannten binären oder hexadezimalen Zeichen konnte ich lesen wie in einem Buch und genauso flüssig schrieb ich vollständige Programme darin. In dieser kryptischen Weise schrieb ich schließlich ein Übersetzungsprogramm, einen sogenannten Assembler, der Worte, Anweisungen, Namen übersetzte ich das binäre Programm, das mein Computer verstand. Leider belegte dieser Übersetzer sämtliche viertausend Speicherzellen, die mir zur Verfügung standen, und ich musste kostspielige weitere sechzehntausend Byte nachrüsten. Aber er funktionierte.

In den Semesterferien arbeitete ich mittlerweile im Rechenzentrum eines Unternehmens. Dorthin hatte mein Vater mich aufgrund seiner guten Kontakte im Betriebsrat vermittelt, nachdem ich vorher einige Wochen im Produktionsbereich am Fließband gestanden hatte. Eigentlich war das als bezahltes Praktikum gedacht. Ich arbeitete zunächst im Dreischichtbetrieb im Operating, wo ich Bänder einhängte, Festplattenstapel wechselte, Papier in Druckern nachlegte und Lochkartenstapel in die Lesegeräte einsetzte. In der dritten Woche durfte ich in die Anwendungsentwicklung. Dort versorgte mich ein Mitarbeiter erst einmal pflichtgemäß mit Unterlagen und einer Einführung in die Programmiersprache COBOL. Einige Tage später gab er mir eine Übungsaufgabe, die anscheinend viele meiner Vorgänger schon als eine Art Test bearbeitet hatten. Er erwartete offenbar, mich damit für mindestens eine Woche zu beschäftigen. Die Aufgabenstellung zu verstehen, war nicht schwer. Ein beliebiger runder Geldbetrag, also zwanzig oder hundert DM, sollte nach einigen vorgegebenen Regeln in kleinere Scheine und Münzen gestückelt werden. Ich fing an, das Problem auf vorgedruckten Codierblättern zu formulieren. Anschließend stanzte ich den Code in Lochkarten und gab den Stapel dann im Operating einem Kollegen in die Hand. Nach der Mittagspause konnte ich meine Liste in Empfang nehmen. Einige Tippfehler hatten zu Fehlermeldungen geführt und waren zu korrigieren. Nachdem ich auch meine Logik noch einmal überprüft hatte, stanzte ich die fehlerhaften Karten neu, fügte die in meinen Stapel ein und gab ihn wieder ab. Am späten Nachmittag hatte ich eine fehlerfreie Umwandlungsliste in Händen. Gerade noch vor Feierabend schaffte ich es, mein erstes

Programm mit einigen Testdaten zur nächtlichen Ausführung abzugeben.

Am nächsten Morgen konnte ich mein Ergebnis bewundern. Die Resultate stimmten völlig mit den Vorgaben überein. Ich ging mit der Liste zu meinem Betreuer und legte sie ihm nach einem „Guten Morgen" vor. Der sah einmal kurz hin, dann länger und konnte offenbar nicht fassen, was er sah. Er hatte eigentlich Fragen erwartet, wie jeder Anfänger die natürlich stellen würde. Auf keinen Fall hatte er mit einem Ergebnis gerechnet. Nach einem kurzen „Gut gemacht" drückte er mir weitere Unterlagen in die Hand. Von meinem Schreibtisch aus erhaschte ich nur Bruchstücke eines Gesprächs, das er vermutlich mit dem Leiter des Rechenzentrums führte. Ich bekam etwas mit wie „ … der junge Mann ..." und „... super Eindruck ..." und vermutete, dass er gerade einen ausführlichen Bericht über mich ablieferte. Schon wenige Tage später übertrug man mir echte Aufgaben in der Wartung von Anwendungen des Unternehmens. Eine deutliche Gehaltserhöhung folgte bald.

Inzwischen hatte ich Martha wiedergesehen. Sie hatte einige Semester Betriebswirtschaft an einer anderen Hochschule studiert und nun an unsere Universität gewechselt, um ihr Studium fortzusetzen. Wir sahen uns häufiger, zumal ich in meinem Nebenfach ja auch Betriebswirtschaft hatte und immer wieder in diesem Institut unterwegs war. Wir sprachen viel miteinander und freundeten uns weiter an. Sie konnte angemessen mit meinen Eigenheiten umgehen, fühlte sich nicht verletzt, wenn ich ein Gespräch einmal abrupt beendete, weil mir etwas anderes in den Sinn kam, oder schlicht vergaß, dass sie anwesend war.

Nach meinem Vordiplom hatte ich keine festen Pläne, wohin ich mich im Studium entwickeln wollte. Die Vielfalt an Angeboten war verwirrend. Ich hatte auch niemanden, den ich hätte um Rat fragen können. Die ersten Vorlesungen, die ich belegte, waren Algebra und Zahlentheorie, daneben Numerik – beides eher eine zufällige Wahl. Weitere zwei Semester später entschied ich, meine Kenntnisse in Richtung Wahrscheinlichkeitstheorie und Statistik zu vertiefen. Zumindest hatte ich aus der Schule noch einen Eindruck, worum es dabei ging. Leider hatte ich die Sache nicht zu Ende gedacht. Erst als der eine oder andere Kommilitone schon über seine Diplomarbeit sprach, machte ich so etwas wie eine Planung. Ich kam zu dem Schluss, dass ich mit dem, was ich vage im Sinn hatte, die Regelstudienzeit weit überschreiten würde. Und so suchte ich zusammen, was ich schon an Leistungsscheinen hatte und auf denen ich eine Diplomarbeit aufbauen konnte. Auf diese chaotische Weise kam ich eher planlos zu einer Arbeit in der Zahlentheorie. Der Professor für Algebra kannte mich nicht, hob kurz die Brauen, als ich um ein Thema bat, das zu einer Promotion ausbaufähig war. Die Situation war absurd. Er fragte mich nach meinen Ergebnissen in seinen Vorlesungen, die schon einige Zeit zurücklagen, und stimmte zu.

Inzwischen hatte ich mich bei einem Computerkonzern als Werkstudent beworben. Diese Tätigkeit bot eine umfassende Ausbildung und ein bescheidenes Einkommen. Einstellungstest und -gespräch verliefen überaus positiv. Auf die Herren machte mein Hobby und meine dabei erworbenen Fähigkeiten mächtig Eindruck. Wenige Tage danach bekam ich meinen Vertrag und konnte in den Semesterferien jeweils für sechs bis zehn Wochen in der lokalen Niederlassung des Konzerns arbeiten.

Mein weiteres Studium verlief unauffällig. Meine Diplomarbeit brauchte lange Zeit, weil mein Thema doch sehr schwierig und keiner der Assistenten am Institut darin spezialisiert war. Meinen Professor suchte ich während der ganzen Zeit gerade zweimal auf, um ihm zu berichten. Während der langwierigen Arbeit an dem Thema wechselten kreative Phasen mehrfach mit absoluten Flauten. In solchen Fällen hatte ich immer wieder einmal das Bedürfnis, mich zu betrinken. Tatsächlich brachte ein Vollrausch manchmal neue Ideen und Bilder in Fluss, die ich sofort niederschrieb. Es gab glücklicherweise nur wenige Nächte, in denen ich schrieb wie ein Besessener und dabei einen halben Kasten Bier leerte. Auch nüchtern betrachtet waren durchaus Erkenntnisse unter diesen umfangreichen Ausflüssen, die mich tatsächlich weiterbrachten und zum erfolgreichen Abschluss der Arbeit beitrugen. Glücklicherweise neigte ich nie zu echtem Suchtverhalten. Nach einem solchen Gelage verging mir immer für viele Wochen jede Lust auf Alkohol. Das gleiche galt für das Rauchen. Gerade in Gesellschaft schnorrte ich gerne einmal eine Zigarette, ein Zigarillo und auch einmal eine Zigarre. Zur Gewohnheit ist das für mich nie für länger als wenige Wochen geworden.

Zu meiner beruflichen Zukunft hatte ich mir nur wenig Gedanken gemacht. Ich ließ die Dinge, wie meist in meinem bisherigen Leben, einfach laufen. Bei mir führte das oft zu Ergebnissen, die ich selbst nicht besser hätte planen können. Insofern beunruhigte mich diese Art der Ziellosigkeit nicht im Geringsten. Irgendwie fühlte ich mich immer in etwas eingebunden, dass die besten Entscheidungen für mich traf. Eine Promotion kam in Betracht, wenn auch mit nur wenig Geld ausgestattet. Kurz nach Abgabe meiner Diplomarbeit flatterte ein Schreiben des Konzerns ins Haus, bei dem ich in den Semesterferien arbeitete. Darin forderte das Unternehmen mich freundlich auf, meine Bewerbung doch einzureichen. Ich glaube, ich hatte nicht einmal genau die Stellenbeschreibung gelesen. Da war irgendwo von Vertrieb die Rede. Ehrlich gesagt, hatte ich keine Vorstellung davon, was das bedeuten konnte. Ich nahm einfach an, dass meine Tätigkeit dort in etwa dem entsprach, was ich während der Semesterferien kennengelernt hatte. Und das war sicher keine intellektuelle Herausforderung. Aber ich war jung und ich wollte das Geld.

Die noch fehlenden Prüfungsergebnisse stellten kein Problem dar. Ich teilte die erwarteten Noten mit und erhielt die Einladung. Das Unternehmen war ein begehrter Arbeitgeber und entsprechend viele Bewerber waren am Stichtag dort. Da ich schon bekannt war, genoss ich eine Vorzugsbehandlung, so dass ich nach einem halben Tag schon mein Gespräch mit dem einstellenden Manager und einem Mitarbeiter des Personalbereichs hatte. Wir sprachen über meine Erwartungen an meine zukünftige Arbeit, über meine bisherigen Erfolge, dann konkret über die Konditionen einer Anstellung. Alleine der finanzielle Aspekt sprach deutlich gegen einen weiteren Verbleib an der Hochschule. Meine offensichtlich unangemessen geringe Gehaltserwartung korrigierte man schon im Gespräch deutlich nach oben. Hinzu kam eine umfassende achtzehnmonatige Ausbildung im Unternehmen, die schon voll bezahlt wurde. Die Entwicklungsmöglichkeiten danach hörten sich für meine bescheidenen Verhältnisse atemberaubend an. So war meine Entscheidung schnell getroffen, zumal Martha und ich inzwischen ernstere Absichten hegten. Ich ließ die Dinge also wieder einfach in der vorgegebenen Bahn laufen. Ich verschwendete nicht einen Gedanken daran, weitere gezielte Bewerbungen zu schreiben. Und ich hatte nicht die geringste Ahnung, auf was ich mich einließ.

Mein erster Tag bei meinem neuen Arbeitgeber – von den Mitarbeiter meist nur „die Company" genannt – fiel auf den ersten März. Unglücklicherweise war das ein Donnerstag und Weiberfastnacht in Köln. Wer Köln kennt, kann sich ausmalen, welche Konflikte ich zu lösen hatte. Mit dem Auto war ich morgens angereist, hatte in der Innenstadt einen Parkplatz gesucht und war dann wenige hundert Meter zur Niederlassung des Unternehmens gegangen. Es war offensichtlich ein Fehler, im dunklen Anzug hier unterwegs zu sein. Trotzdem hatte ich mich dafür entschieden. Ich fand es einfach unpassend, am ersten Tag dort im Rollkragenpullover anzutreten. Schon im Aufzug grinsten einige gutgelaunte Frauen mich unverhohlen an. Ich war vermutlich der einzige Mann im ganzen Haus, der mit einer höherwertigen Krawatte unterwegs war.

Auf der achten Etage stieg ich aus. Die Räumlichkeiten kannte ich gut, genauso die meisten meiner neuen Kollegen. Ich hatte schon als Werkstudent hier gearbeitet. Nur mein Chef war neu, hatte gerade erst seinen Managerstatus erhalten und die Abteilung zum Anfang des Jahres als Vertriebsleiter übernommen. Ich fragte mich zu ihm durch und stellte mich vor. Nach kurzer herzlicher Begrüßung empfahl mein neuer Chef mir glücklicherweise, meine Krawatte abzulegen und wegzustecken, da es sich dabei offensichtlich nicht um Ramschware handelte.

Einen Schreibtisch für mich gab es schon, mit einem großen schweren Monitor darauf und einer schweren Stahltastatur, die mir den Zugriff auf die zentralen Computer ermöglichten. Der Bildschirm war ein modernes Gerät in grauem Stahlblech, das um die zwanzig Kilo wog und schon mehrfarbige Zeichen auf schwarzem Hintergrund zeigte. Sogar Grafiken konnten er darstellen. Üblich waren noch Bildschirme mit ausschließlich grün leuchtenden Symbolen. Eine Personalnummer hatte ich noch aus meiner früheren Tätigkeit, genauso die Zugriffsberechtigungen zu diversen Systemen. Einen Lichtbildausweis konnte ich erst am nächsten Tag beantragen. Der Kollege, der die Fotos machte, hatte heute wohl Besseres vor. Das Büromateriallager – kurz BüMaLa – im Erdgeschoss war geöffnet, so dass ich zumindest meine Minimalausstattung an Schreibutensilien beschaffen konnte und die Fächer meines Schreibtischs füllte. Punkt elf Uhr brach dann die Hölle los. Alle weiblichen Angestellten waren offenbar bunt geschmückt auf dem Kriegspfad. Krawatten wurden abgeschnitten und die üblichen Scherze gemacht. Nach dem Mittagessen luden mich die Kollegen zum Stadtbummel ein. Mein erster Arbeitstag war damit beendet, das Gebäude wurde aus Sicherheitsgründen geschlossen.

In den ersten Wochen hatte ich nicht viel zu tun. Meine Ausbildung sollte erst im April beginnen. So übernahm ich die eine oder andere Programmieraufgabe, die ich in wenigen Tagen abschließen konnte und arbeitete mich in ein damals neues Softwaresystem ein, dessen Nutzung Kunden als Dienstleistung angeboten wurde. Das Programm erlaubte die umfassende Auswertung großer Datenmengen, Listen, Berichte, Statistiken, grafische Darstellungen, bis hin zu mathematischen Schätz- und Testverfahren und linearer Optimierung. Letzteres kam mir sehr entgegen, zumal keiner meiner Kollegen mit so etwas umgehen oder auch nur verstand, was man damit erreichen konnte. Meine Erwartung und die der Kollegen war klar die, dass ich zur Unterstützung des Vertriebs als technische oder fachliche Ressource eingesetzt werden würde.

Die Ausbildung selbst begann mit umfassenden Produktschulungen, die im Klassenverbund an unterschiedlichen Orten im gesamten Bundesgebiet stattfanden. Das Spektrum war enorm, vermittelte Kenntnisse über diverse Computeranlagen vom mittelgroßen Rechner bis hin zu riesigen sogenannten Mainframes, genauso wie Software, also Programme für die unterschiedlichsten Aufgaben. Ein- und mehrwöchige Schulungen wechselten mit kurzen Aufenthalten in der lokalen Niederlassung. Die Inhalte verlagerten sich im Laufe der Monate dann stärker auf Vertriebsthemen, per Video aufgezeichnete Kommunikationsschulungen, Präsentationstechnik, Verkaufsgespräche, Fallstudien. Gerade so etwas war mir völlig neu, fremd, aber umso spannender. Im Herbst des Jahres kam mein Chef während einer meiner Aufenthalte in der

Niederlassung auf mich zu. Er fragte, ob ich eigentlich wüsste, für welche Tätigkeit die Firma mich eingestellt habe. Offenbar war er aufgefordert worden, eine Planung für meine weitere Verwendung nach Abschluss der Ausbildung abzugeben. Er klärte mich darüber auf, dass die Company mir unmittelbar die Rolle eines Vertriebsbeauftragten zugedacht habe, also direkt an der Kundenfront zu verkaufen. Meine flapsige Bemerkung war, dass meine Eltern eigentlich eine seriöse Beschäftigung für ihren Sohn gewollt hatten. Obwohl mir langsam dämmerte, was da auf mich zukommen konnte, machte ich mir keine ernsthaften Sorgen. Meine Ausbildung lief noch eine Weile und frühestens zum übernächsten Jahresanfang würde ich tatsächlich vor einer Entscheidung stehen.

Meine tatsächliche Arbeit verlief recht erfolgreich und ich erfuhr hohe Wertschätzung durch meine Kollegen, mit denen ich dabei zu tun hatte. Vor allem beeindruckte meine virtuose Beherrschung der mathematischen Verfahren, die die bereits erwähnte Software bereitstellte. Ich bot die eine oder andere Kurzschulung an, um diese Kenntnisse zu vermitteln. Die Kollegen waren leider mit der Materie in der Tiefe völlig überfordert, verstanden die Möglichkeiten danach aber zumindest oberflächlich.

Ein Vertriebsbeauftragter der Nachbarabteilung hatte mich gebeten, ihn bei einer Vorführung für einen seiner Kunden zu unterstützen. Wir saßen mit dem Mitarbeiter eines Herstellers für spezielle Edelstähle in einem kleinen Raum zusammen, um ihm zu zeigen, wozu er unsere Software einsetzen konnte. Er war verantwortlich für die Erstellung von Rezepturen für diese Stähle, die bestimmten Qualitätsbedingungen unterlagen und dabei möglichst preiswert anzufertigen waren. Der Mitarbeiter hatte eine solche Rezeptur auf einem Blatt Papier mitgebracht. Im Laufe der Diskussion nahm ich die zur Hand, und füllte eine Tabelle am Bildschirm mit den Werten, ließ das Programm etwas rechnen und zeigte auf das Ergebnis. Er war zunächst verwirrt, weil er nicht ergründen konnte, wohin und warum ich seine Zahlen in diese Tabelle eingetragen hatte, in der ansonsten meistens Nullen standen. Auch das Ergebnis stand irgendwo am rechten Rand. Insgesamt eine recht kryptische Angelegenheit und nur möglich, weil ich das mathematische Verfahren dahinter virtuos beherrschte. Ich erklärte ihm, dass wir die Eingabe natürlich vereinfachen würden. Die Darstellung am Bildschirm könnte dann genauso aussehen wie seine Rezeptur auf Papier. Das Ergebnis selbst ließ seine Augen leuchten. Es bedeutete eine Kostenersparnis von fast fünf Prozent gegenüber seiner von Hand erstellten Rezeptur. So etwas hatte er offenbar nicht erwartet. Mein Kollege bedankte sich hinterher ausdrücklich bei mir. Er meinte, Tränen in den Augen des Kunden gesehen zu haben und er selbst habe so etwas noch nicht erlebt.

Auch privat lief alles gut. Martha und ich hatten inzwischen geheiratet und ein altes Reihenhaus auf dem Lande bezogen. Wir waren beide keine Stadtmenschen. Da mein Einkommen gesichert erschien, konzentrierten Martha und ich uns auf die Familienplanung. Vier Kinder klangen nicht schlecht und das erste war schnell unterwegs. Als zum Ende des Jahres unser Sohn Johann zur Welt kam, unterbrach ich meine Ausbildung für einen Monat, um nicht ständig unterwegs sein zu müssen. Die Geburt verlief schnell und unproblematisch. Dem weiteren Ausbau einer Familie schien nichts im Wege zu stehen.

Die Ausbildung im Unternehmen verlief in festen Gruppen – Züge genannt. Im Jahr meiner Einstellung startete jeden Monat ein solcher Zug. Durch meine Pause fand ich mich nun in einer anderen Gruppe wieder. Anders war der vollständige Ausbildungsverlauf nicht sicherzustellen. Die meisten Kollegen dort, wie im vorhergehenden Zug auch, passten in Ihrer Mentalität überhaupt nicht zu mir. Und die wenigen, die eher auf meiner Wellenlänge lagen und mit denen ich näheren Kontakt hatte, überstanden anschließend nur wenige Jahre in der Company oder kündigten sofort nach der Ausbildung. Ich hatte nur anfänglich Spaß an gemeinsamen Unternehmungen. Und schon dabei hatte ich oft den Eindruck, dass ich vieles in der Gruppe nicht mitbekam, ich nur einen Teil der Kommunikation aufnahm, oft den Faden verlor und nicht verstand, worum es eigentlich ging. Für all die unausgesprochenen Dinge, die Gestik und Mimik hatte ich keinerlei Gespür. Zudem ging mir der ständige Aktionismus schnell auf die Nerven. Ich ging oft lieber abends ins Hotelzimmer, früh zu Bett, las oder sah fern. Mein Verhalten passte zum Vertrieb wie ein Eisblock auf die Herdplatte – das Lehrbeispiel eines Menschen, der sich tunlichst von allem fernhalten sollte, was mit Vertrieb zu tun hat.

Erstaunlicherweise fiel das in meinem Vertriebsteam nicht sonderlich auf. Ich fand hier immer eine Nische, in der ich Alleinstellungsmerkmale hatte und konkurrenzlos glänzen konnte. Es war sogar akzeptiert, dass ich mich manchmal für Tage zurückzog, irgendetwas ausprobierte, mit Software-Werkzeugen spielte. Nur selten ging es dabei um die konkrete Vorbereitung einer Kundenveranstaltung. Ich schaffte mir ausreichend Freiraum, in dem ich meinen persönlichen Interessen nachgehen konnte.

Nun war es in dieser Zeit so, dass eine echte Vertriebstätigkeit als wichtige Stufe auf der Karriereleiter angesehen wurde. Inzwischen hatte mich die umfassende Ausbildung neugierig genug gemacht, so dass ich tatsächlich bereit war, es einmal auszuprobieren. Eine der jährlichen Organisationsänderungen hatte dazu geführt, dass meine bisherige fachliche Betätigung nun in einen separaten Dienstleistungsbereich ausgegliedert wurde. Und so fand ohne meine Beteiligung ein Meeting der Vertriebsleute statt, in dem über meinen Einsatz gesprochen wurde. Erstaunlicherweise herrschte die einhellige Meinung, dass ich für eine solche Tätigkeit durchaus geeignet war und ich als vollwertiges Mitglied des Vertriebsteams allgemeine Akzeptanz genießen würde. Wieder einmal ließ ich den Dingen einfach ihren Lauf. Alles was ich tun musste, war „Ja" zu sagen. Wenige Wochen später zeichnete ich für einen Umsatz in Millionenhöhe verantwortlich und sollte in einer Sonderrolle das neu formierte internationale Dienstleistungsgeschäft voranbringen. Ich durfte mich noch entscheiden, wie ich mein Gehalt in einen festen und einen umsatzabhängigen, variablen Betrag aufteilen wollte. Die Entscheidung war einfach. Da mein Zielgehalt noch relativ niedrig war, führte die tarifliche Absicherung schon zu einem Einkommen oberhalb meines bisherigen Festgehalts. Das war damit faktisch garantiert, so dass ich bei einem maximalen Anteil von siebzig Prozent variabel keinerlei Risiko nach unten einging. Bei der Planung meiner Aktivitäten halfen glücklicherweise meine Kollegen. Vieles von dem was dann kam, kostete mich Überwindung. Ich hatte ja gelernt, wie man Kontakte knüpft, worauf man bei Präsentationen zu achten hatte, wie ich Gespräche vorzubereiten und aufzubauen hatte. Aber all das war mechanisches Wissen, nichts, was auch nur annähernd meinem Naturell entsprach. Es war mir kein Bedürfnis, mich mitzuteilen, auf Menschen zu zu gehen, Interesse zu bekunden, nette Gespräche zu führen, zu plaudern. Unser Bereich hatte von der Heidelberger Universität eine Studie eingekauft – die sogenannte „Heidelberger Liste" – auf der umfassend die Kontaktdaten internationaler Firmen aufgelistet waren, die Niederlassungen in Deutschland hatten. Wochenlang telefonierte ich nun Mitarbeiter dieser Kunden ab, stellte mich vor, sprach über unser Dienstleistungsangebot und vereinbarte Termine.

Hinzu kamen erste Kontakte ins benachbarte Ausland. Englisch als Schulfach hatte ich meist ignoriert. Ich hatte zwar mathematische Fachliteratur gelesen. Nur spielte die Sprache darin nur eine untergeordnete Rolle. Für englische Grammatik hatte ich ein gutes Gefühl, während mein Vokabular völlig unterentwickelt war. Es bestand überwiegend in einem kleinen Grundwortschatz und vielen Fachbegriffen, mit denen ich ständig konfrontiert war. Beim Schreiben von E-Mails[3] hatte ich meist genug Zeit, den Text mit Hilfe eines Wörterbuches korrekt zu formulieren. Nun erhielt ich aber auch Telefonanrufe, die ich in englischer Sprache führen musste. Französische oder italienische Kollegen sprachen oft nicht besser Englisch als ich. So richtigen Stress bereitete mir ein Kollege aus London, mit dem ich wegen eines Projektes häufiger zu tun bekam und der mich immer wieder lieber anrief, als Mails auszutauschen. Ich überlegte, ob mich ein englischsprachiger Kommunikationskurs weiterbringen konnte. Da ich die Zeit dazu nicht hatte, kaufte ich in der Stadt die „Nebel von Avalon" in der englischen Originalausgabe auf fast tausend Seiten. Das Buch wollte ich ohnehin immer schon einmal lesen. Vor mir auf meiner linken Seite dieses Werk und rechts mein englisches Wörterbuch arbeitete ich mich mühsam durch die ersten hundert Seiten, machte Anmerkungen in Bleistift am Rand und schrieb Wortübersetzungen in den Text. Danach ging es flüssiger, das Vokabular beherrschte ich weitgehend. Und es hatte sich gelohnt: Es war ein interessantes, spannendes Buch und ich war nun ohne weiteres in der Lage, englisch zu sprechen und englischsprachigen Meetings zu folgen. Die zusätzlichen Feinheiten lernte ich durch Zuhören und Nachahmung.

Ganz im Sinne des Spruches „Eine gute Planung ersetzt

---

3   E-Mail gab es in der Vor-Internetzeit u.a. in Unternehmens- und Wissenschaftsnetzen und beim Militär. Für Privatpersonen war der Zugang über Provider in der Regel zu teuer.

den Zufall durch den Irrtum" hatten die Umsätze, die ich erreichte im Jahresrückblick nicht das Geringste mit meiner anfänglichen Planung und meinen Aktivitäten zu tun. Nur störte das offenbar niemanden. Umsätze aus der ganzen Welt wurden mir auch ohne mein Zutun gutgeschrieben. Ich hätte ein Jahr in Urlaub gehen können, ohne dass dies meine Ergebnisse beeinträchtigt hätte. Ich erzielte 157% meiner Vorgaben und weit mehr als das Doppelte meines vorhergehenden Festgehalts. Mitte des Jahres hatte Martha eine Tochter – wir nannten sie Cornelia – zur Welt gebracht und so konnten wir das viele Geld gut gebrauchen. Eine Familie zu haben war wohl der größte wirkliche Erfolg meines Lebens. Ich fühlte erstmals so etwas wie Zugehörigkeit zu Menschen, etwas Wichtiges zu teilen. Hier fühlte ich mich nicht als Außenseiter. Das alles gehörte zu meiner Welt, war nicht weit weg, nicht abstrakt, so dass ich wirklich begann, menschliche Nähe zu empfinden und zu genießen. Wir begannen, uns mit dem Bau eines eigenen Hauses zu befassen. Ein finanzieller Grundstock war nun vorhanden, zumal auch Martha ihren Beruf wieder aufnahm und ohnehin ein gutes Händchen hatte für den Umgang mit Geld.

Trotzdem war meine Stimmung nach erster Euphorie über diesen finanziellen Erfolg eher gedrückt. Geld war für mich keine nachhaltige Motivation. Schon diese Einstellung passte überhaupt nicht zum Vertrieb. Nichts von dem, was ich geplant hatte, konnte ich umsetzen. Ich hatte Telefonaktionen gestartet, Unternehmen angerufen, war umher gereist um Kundenbesuche zu absolvieren, hatte im wahrsten Sinne des Wortes Klinken geputzt. Nichts davon hatte zu mehr geführt, als zu ebenso freundlichen wie unverbindlichen Gesprächen. Ich fühlte mich völlig ungeeignet für den Job, hatte ständig das Gefühl, auf der falschen Hochzeit zu spielen.

Im folgenden Jahr begann ich vorsichtig, nach Alternativen

Ausschau zu halten. Es war einer meiner sehr seltenen Ansätze, die Dinge nicht laufen zu lassen, sondern sie selbst in die Hand zu nehmen. Ein echter Hype war gerade im Gange. Die sogenannte „Künstliche Intelligenz" versprach inzwischen Umsätze und Gewinne, so dass auch die Company auf den Zug aufsprang und entsprechende Produkte weltweit anbot. Das Thema schlug mich sofort in seinen Bann. Obwohl ich wieder eine hohe Umsatzvorgabe für das neue Jahr bekam, investierte ich zunehmend meine Zeit aufgabenfremd für meine persönliche Fortbildung in den hauseigenen Expertensystemen und Neuronalen Netzen. Nach Feierabend und am Wochenende verschlang ich Bücher zur „Künstlichen Intelligenz". Irgendwie erwartete ich hier Antworten auf meine alten Fragen, wie die Welt um mich herum funktioniert, zu meiner Existenz. Wenn das Universum, wie Philosophen des Altertums es vermutetet hatten, auf purer Logik beruhte, dann hätte das hier das Potential dafür.

Das Ganze hatte absolut nichts mit meinen Aufgaben zu tun. Eigentlich hätte ich all meine Energie daransetzen müssen, meine Vorgaben zu planen und zu erreichen. Ich nahm mir einfach die Freiheit zu tun, was mir Spaß machte. Zur Mitte des Jahres stand meine Zielerreichung aufgrund mehrerer Ausbuchungen aus dem Vorjahr bei minus zwei Prozent. Ich sah keinerlei Möglichkeit, bis zum Jahresende auch nur in die Nähe einer vollen Erfüllung meiner Vorgaben zu kommen. Merkwürdigerweise fiel ich deswegen bei meinem Chef keineswegs in Ungnade. Zwei Managementebenen über mir hatten im letzten Jahr gut mitverdient, hatten mich genötigt, Bewertungen zu beschönigen, Umsätze vorzuziehen. So hatte man Verständnis, bedauerte meine Situation und schrieb mir nicht die Schuld daran zu.

Ich hatte inzwischen Kontakt aufgenommen zu mehreren Bereichen im Unternehmen, die Projekte im Umfeld der

„Künstlichen Intelligenz" vorweisen konnten und mich mündlich beworben. Unter mehreren Angeboten hatte ich mich für die Rolle in einem Vertriebsbereich entschieden, der große Bankkunden in der Region betreute. Herr Ludwig als Direktor des umsatzträchtigsten Vertriebsbereichs der Company für Finanzkunden erwartete, im folgenden Jahr persönlich am Erfolg der entsprechenden Produkte gemessen zu werden und zeigte sich über mein Engagement erfreut. Das alles war ohne Kenntnis meines Chefs geschehen. Die Übernahme war per Handschlag besiegelt. Ich wollte einen geeigneten Zeitpunkt abwarten, anstandshalber aber frühzeitig meinen Wechsel signalisieren.

Aufgrund der allgemein schlechten Umsätze sollte unser Vertriebsbereich von sechs auf zwei Mitarbeiter reduziert werden. Das hätte ausgezeichnet zu meinen Absichten gepasst. Unglücklicherweise stand ich auf der Liste der beiden verbleibenden Verkäufer. Ich hätte trotzdem besser daran getan, die Dinge ab jetzt laufen zu lassen, meine persönliche Leistungsbewertung zum Jahresende abzuwarten und erst dann den Wechsel anzukündigen. Dies hätte selbst bei einem Widerspruch meines Managements allenfalls zu einer Verzögerung von wenigen Wochen geführt. Damals war ich der Ansicht, aus Gründen der Fairness die Sachlage sofort zu klären. Sie stellte sich als der größte Fehler meiner Laufbahn heraus.

In einem Gespräch über meine beruflichen Perspektiven machte ich zu Beginn des zweiten Halbjahres unmissverständlich klar, dass mich alle gebotenen Tätigkeiten in meinem aktuellen Bereich nicht interessierten. Anwesend waren mein Chef und der Leiter des Gesamtbereichs. Keiner von beiden konnte offenbar nachvollziehen, weshalb ich eine lukrative Vertriebstätigkeit aufgeben und stattdessen irgendeinem fachlichen Thema hinterherrennen wollte. Unglücklicherweise erlaubte meine kompromisslose Rede keinerlei Gesichtswahrung. Der Bereichsleiter fühlte sich persönlich brüskiert und machte mir die letzten Monate des Jahres so schwer wie möglich. Plötzlich war ich doch schuld an den schlechten Vertriebsergebnissen. Man unterstellte mir bewusste Sabotage. Die Situation eskalierte derart, dass ich sicher den Job verloren hätte, wäre das alles zwei Jahre später abgelaufen, als die Company in die schwerste Krise ihrer Geschichte rutschte. So aber ignorierte Herr Ludwig alle Irritationen, die auch ihm zugetragen wurden, und verließ sich auf sein persönliches Gespür.

Anfang des folgenden Jahres nahm ich an einem Treffen mit einigen Vorständen großer regionaler Sparkassen teil. Unser Direktor – von seinen Mitarbeitern untereinander nur kurz HDL genannt für Hans-Dieter Ludwig – hatte mich zuvor gebeten, ein Projekt zu betreuen, dass unter fachlicher Leitung eines Berliner Professors mit zweien seiner Assistenten stand. Es ging um eine automatisierte Bewertung und Prognose im Eigenhandel der Banken, dem sogenannten Depot-A-Management. Zum Einsatz kommen sollte ein mit unserer Software entwickeltes Expertensystem. Ich hatte mir schnell einen Überblick verschafft, wo das Projekt stand, welche Erkenntnisse vorlagen, welche Interviews mit Mitarbeitern der beteiligten Banken geführt worden waren. Nach meinem Eindruck waren die Vorarbeiten soweit gediehen, dass man einen ersten Prototypen aufbauen konnte. Die drei Vorstandsmitglieder, HDL und dieser Professor Dr. Kohlmann bildeten ein Projektkontrollgremium, dass regelmäßig zusammenkam, um sich über den Fortgang informieren zu lassen. Einer der beiden Hochschulassistenten und ich saßen nun diesen Herren gegenüber. Professor Kohlmann hatte die Rolle übernommen, wortreich den Stand der Aktivitäten zu erläutern und zu erklären, was man noch brauche, um erste Ergebnisse tatsächlich präsentieren zu können. Er und sein

Assistent wollten sich auch auf hartnäckige Fragen hin nicht auf konkrete Termine festlegen lassen – eine völlig unbefriedigende Situation. HDL fragte mich unvermittelt nach meiner Einschätzung. Ich hatte bis dahin nicht viel zum Gespräch beigetragen. Nun sagte ich selbstbewusst in die Runde, dass die vorliegenden Fakten aus meiner Sicht ausreichen würden, um wahrscheinlich innerhalb einer Woche, spätestens aber vor dem nächsten Treffen des Kontrollgremiums einen funktionierenden Prototypen entwickeln können. Professor Kohlmann verschlug das offenbar die Sprache, sein Assistent und die Herren Vorstände sahen mich fragend an. Auch unser Direktor dachte kurz nach und entschied sich dann, meiner Einschätzung zu vertrauen. Mit seinen Worten „Meine Herren, wir werden Ihnen zu unserem nächsten Treffen in zwei Wochen ein vorzeigbares Ergebnis präsentieren." begann für mich eine arbeitsreiche Woche.

Ohne viel Zeit in eine Planung zu investieren oder einen Entwurf schriftlich zu fixieren und im Team abzustimmen, fing ich einfach an, das Expertensystem nach den Bildern in meinem Kopf aufzubauen. Die Problemstellung hatte ich verstanden, die grobe Struktur der Lösung war mir klar, alle Versuche, sie den Teamkollegen zu vermitteln, stießen auf Unverständnis und scheiterten. Hochkonzentriert bewältigte ich die Aufgabe alleine in nur drei Tagen. Mit strukturiertem Arbeiten hatte das alles nichts zu tun. Die Kollegen im Projektteam fühlten sich ausgegrenzt, konnten nur zusehen und sich bemühen zu verstehen, was ich dort tat. Erst als das System im Prinzip funktionierte, verteilte ich einige Aufgaben, die darauf hinausliefen, es an der Benutzeroberfläche aufzuhübschen, Dialoge und Hilfetexte auszuformulieren und die Schnittstellen zur Datenbank zu optimieren. Am Ende der Woche bat ich im Sekretariat von Herrn Ludwig um einen Termin. Ich erhielt ihn kurzfristig und saß Freitagabend gegen halb sieben Uhr in seinem Büro, als gerade in herrlichen Farben die Sonne über der Stadt unterging. Als ich ihm mein Ergebnis präsentierte wirkte sein Verhalten so, als habe er nichts anderes von mir erwartet. Eigentlich hätte er erleichtert sein müssen. Immerhin ging es nicht zuletzt um seine Reputation gegenüber wichtigen Kunden. Ein offensichtliches Scheitern hätte auch seine Position gefährdet.

Von da an lief kein Projekt im Umfeld Expertensysteme ohne meine Beteiligung. Ich bekam eigene Messepunkte bei der ORGATEC in Köln und der CeBIT in Hannover, wo ich die Ergebnisse einiger herausragender Projekte vorstellte. In der Folge schrieb ich Artikel für verschiedene Fachzeitschriften, leistete meinen Beitrag zu einer Buchveröffentlichung, wurde zu Vorträgen eingeladen und durfte über die betriebliche Praxis von Expertensystemen auf Universitätssymposien berichten. Da ich diese öffentlichen Aktivitäten nur im allernotwendigsten Umfang abstimmte, rief die eine oder andere große Aufregung hervor bei Kollegen, denen ich in ihrer bundesweiten Verantwortung für die Expertensysteme der Company offenbar ins Gehege kam. Das war kein ernstes Problem für mich, weil HDL als äußerst einflussreiche Persönlichkeit locker über solche Angriffe hinwegging und sie meist wie einen Bumerang auf die Urheber zurückwarf.

Obwohl ich nur noch fachlich arbeitete, bemaß sich mein Einkommen immer noch am erzielten Umsatz. Das erste Jahr in dieser Rolle war auch finanziell durchaus ein Erfolg, obwohl gerade die interessantesten Projekte nicht zu lohnenden Umsätzen geführt hatten. Trotzdem sah ich diesmal einen erkennbaren Zusammenhang zwischen meiner Tätigkeit und der Erfüllung meiner Ziele. Das zweite Jahr gestaltete sich fachlich immer noch interessant, zumal die Veröffentlichungen und öffentlichen Auftritte jetzt erst stattfanden. Vertriebstechnisch war es eher ein Desaster. Zu den alten Projekten kamen keine neuen hinzu.

Da es anderen nicht besser erging, kündigte die Company zum Ende des Jahres weltweit ihren Rückzug aus diesem Geschäft an. Einerseits war diese Entscheidung sicher schmerzlich für mich. Ich hatte zum ersten Mal so etwas wie Berufung empfunden, Arbeit und persönliche Begeisterung in Einklang gebracht. Andererseits war ich inzwischen desillusioniert, was das Potential der Technologie anging, echtes intelligentes Verhalten auf Computeranlagen zu transportieren. Regelsysteme und neuronale Netze hatten sich als viel zu starr erwiesen, obwohl sie zweifellos Erstaunliches leisten konnten, wenn es um die Automatisierung komplexer Entscheidungen und die Erfassung menschlichen Wissens in einem eng eingrenzbaren Gebiet ging. Irgendetwas Grundlegendes fehlte. Es hatte mit Selbstbezug zu tun, der Fähigkeit, sich selbst ohne starre Grenzen zu verändern, an neue Gegebenheiten anzupassen, die nicht von irgendjemandem im Vorhinein durchdacht worden waren. Jede Ähnlichkeit, die das Verhalten so erzeugter Programme mit menschlich intelligentem Verhalten aufwiesen, waren plakativer Art, ohne Tiefgang, oberflächlich. Es fehlte jeder Ansatz dazu, aus sich selbst herauszutreten, zu beobachten, in Frage zu stellen. Selbst wenn die Software so etwas vordergründig erlaubte, war der ganze Vorgang bei näherem Hinsehen mehr oder weniger begrenzt und vorgedacht. Trotzdem glaubten viele noch, das Scheitern der hochgesteckten Ziele habe nur mit fehlender Komplexität zu tun, damit, dass die verfügbaren Computer noch zu langsam waren und kommende Technologiesprünge plötzlich zu wirklich intelligentem Verhalten solcher Maschinen führen würden. Ich war inzwischen anderer Ansicht.

Für das nun folgende Jahr war mir mein Lieblingsthema abhanden gekommen. Ich beschloss, die weitere Entwicklung der „Künstlichen Intelligenz" aus angemessenem Abstand zu verfolgen. Vorläufig musste ich andere Themen angehen. Von jeder vertrieblichen Tätigkeit hatte ich nun genug. Ich bestand nachdrücklich auf meiner Rückstufung auf ein festes Gehalt und eine fachlich orientierte Tätigkeit. Wieder stieß ich auf wenig Verständnis. Im Gegenteil erhielt ich Offerten aus einem Vertriebsteam, das einige ausgewählte Privatbanken betreute. Ich fühlte mich geehrt, hielt mich selbst aber für völlig ungeeignet, eine solche Position auszufüllen, bei der es um nachhaltig positive Beziehungen zu Kunden ging. Offenbar sahen die Kollegen das anders, schüttelten den Kopf angesichts meiner Absicht, finanzielle Einbußen ohne Not absichtlich herbeizuführen. Ich schwamm vollkommen gegen den Strom. Bei HDL als Vollblut-Vertriebsmann führte das natürlich zu erheblichen Irritationen, mein direkter Chef unterstützte schließlich mein Ansinnen.

Privat beschäftigten mich nun eher die weitere Familienplanung, Vermögensaufbau, der weitere Ausbau unseres Hauses. Wir unternahmen viel mit unseren Kindern. Für weitere Interessen nahm ich mir kaum noch Zeit. Beruflich bahnte sich langsam so etwas wie eine Karriere an, die mich zeitweise stark belastete.

Inzwischen hatte ich begonnen, mich mit Software Design zu befassen. Dazu hatte ich mit der regelbasierten Programmiersprache PROLOG eine Systematik für Datenbanken entwickelt, die es mit einfachen Mitteln erlaubte, Stücklisten in beliebiger Tiefe abzufragen. Leider ließ mein Management mich nicht dabei. Nach einigen Wochen fragte mein Chef nach dem bisherigen Erfolg meiner Projekte, ob Zeit- und Budgetvorgaben eingehalten, die Ziele erreicht wurden. Mit dem Stempel „erfolgreicher Projektleiter" setzte HDL mich auf eine Aufgabe, die für ihn selbst von außerordentlicher Bedeutung war. Er stand bereits wichtigen Kunden gegenüber im Wort, im Laufe des Jahres eine Lösung für die Kundenselbstbedienung in den Filialen zu liefern. Grundlage war ein Prototyp, den Kollegen in Hamburg entwickelt hatten. HDL glaubte, damit ein fast einsatzfähiges System vor sich zu haben, das nur noch geringe Korrekturen und Fehlerbereinigungen benötigte.

Für mich stand zunächst ein Kulturschock an. Aus technologischer Sicht bedeutete die Realisierung einen Rückfall in die Steinzeit. Was mit einer Projektleitung begann, führte dann schnell zu einer One-Man-Show, in der ich für Entwurf, Entwicklung, Qualitätssicherung und Vermarktung verantwortlich war. Es war eine echte Herausforderung. Als klar wurde, dass der Prototyp keineswegs so verwendbar war, riet mein direkter Chef mir, mich möglichst schnell aus dem Projekt zu verabschieden, weil er es für unmöglich hielt, die Sache zu einem Erfolg zu führen. Unmittelbar helfen konnte er mir allerdings nicht dabei. Für mich bot sich wieder die Chance, mich alleine um ein Thema kümmern zu können, ein Alleinstellungsmerkmal zu besitzen und bis auf den ständigen Termindruck nur wenigen äußeren Einflussnahmen ausgesetzt zu sein. Auch HDL musste sich notgedrungen daran gewöhnen, wenig Rückmeldung zum Projektstand zu bekommen, sich darauf zu verlassen, dass ich zugesagte Termine und Funktionen lieferte. Er hatte ohnehin keine Alternative. Mein erstes Review durch den Mitarbeiter eines zentralen Bereichs für Qualitätssicherung bestand ich mit Glück. Der Kollege war völlig ungeeignet für seine Aufgabe und gab sich mit einer sorgfältig vorbereiteten Demonstration zufrieden. Nur wenige gezielte Fragen, von denen mir hunderte während der „Überprüfung" einfielen, hätten die Fassade einstürzen lassen. Danach konnten wir Angebote auf Basis meiner Entwicklungen mit vermeintlich geringem Risiko abgeben. Die Probleme in Kundenprojekten waren danach unvermeidlich. Ich war ständig zu Feuerwehreinsätzen unterwegs.

Wir hatten inzwischen unser drittes Kind bekommen, diesmal wieder einen Sohn, den wir Günter nannten. Durch meinen beruflichen Erfolg und den meiner Frau war Geld trotzdem nie knapp. Wir wohnten schon annähernd schuldenfrei im eigenen Haus und dachten schon über ein weiteres Bauprojekt nach – aus steuerlichen Gründen. Wir hatten oft Besuch: Freunde und Nachbarn. Martha glich meine Defizite in dieser Hinsicht perfekt aus. Sie war so etwas wie die Außenministerin unserer Familie, suchte neue und pflegte erfolgreich alte Kontakte. Selbst wenn es einmal um meine Bekannte oder Kollegen ging, war sie es, die mich – meist erfolglos – drängte, doch eine Einladung auszusprechen. So hielt sie den Kontakt zu Dieter Meyer. Er hatte nach seiner Promotion in Betriebswirtschaft und einem Ausflug in die Wirtschaft inzwischen seine Habilitation abgeschlossen und einen Lehrstuhl an einer Hochschule in den neuen Bundesländern übernommen. Genau wie andere waren das Marthas Freunde und Bekannte. Ich glaube, niemand kam meinetwegen in unser Haus. Auch bei unseren auswärtigen Besuchen war sicher Martha der Grund für eine Einladung. Wie in meiner Kindheit hatte ich immer noch den Drang, nach kurzer Zeit den Raum zu verlassen und mich zurückzuziehen. Natürlich verbot mir der Anstand, das zu tun. Aber mein Desinteresse musste eigentlich auffallen.

Letztendlich war das Projekt ein Erfolg. Die Company zog ein umfassendes Marketing für die Lösung auf und mehr als ein Dutzend Vertriebskollegen verkauften sie bei Banken bundesweit. Ich war für einige Jahre unentbehrlich und der Einzige, der genau wusste, wie das Ganze zusammenhing. Funktionen für Geldkarte und PIN-Verarbeitung boten mir die Gelegenheit, mich tief in die dazu notwendigen Verschlüsselungsverfahren einzuarbeiten: Für einen Mathematiker zumindest keine ganz fachfremde Betätigung. Durch pure Neugier getrieben und intime Kenntnisse der Verfahren ermöglicht, war ich bald im Besitz eigentlich streng geheimer Schlüssel. Damit war ich in der Lage, für beliebige EC-Karten die PIN zu berechnen. Ich erinnere mich, damit einmal einen Kollegen verblüfft und zutiefst beunruhigt zu haben. Ich habe diese Kenntnisse nie missbraucht. Ich vermutete aber, dass auch andere im Besitz solcher Informationen sein müssten. Wie würden die wohl damit umgehen?

Nur meine Karriere kam anfangs nicht voran. Ich drohte irgendwann unverhohlen mit Kündigung, wenn sich daran nichts änderte. Anscheinend hatte man diesen Zusammenhang einfach übersehen. Tatsächlich kam ich nun auch in dieser Beziehung weiter, schoss aus meiner Sicht sogar über mein Ziel hinaus. Eigentlich war ich auf eine angemessene Gehaltsentwicklung aus gewesen, wollte eine meinem Beitrag entsprechende faire Einstufung erreichen. Beim Geld bewegte sich auch recht schnell etwas im Rahmen dessen, was innerhalb meiner Einstufung möglich war. Letztere kam zunächst nicht voran. Das lag an formalen Anforderungen unseres Personalbereichs, die mein Management nicht ohne weiteres umgehen konnte. Ich selbst hatte mich niemals auf irgendeine Art von direktem Wettbewerb mit Kollegen eingelassen. Mich auf eine Postion zu bewerben, für die mehrere andere schon anstanden, lag mir völlig fern. Nur in absoluten Ausnahmefällen, wenn kein Ausweg, keine Alternative bestand, jemand mir die Pistole auf die Brust setzte, hätte ich so etwas gemacht. Ich suchte immer Nischen, in denen ich Alleinstellungsmerkmale besaß, wo ich überlegen war und keine Konkurrenz fürchten musste. Wenn ich glaubte, in einer Sache gut zu sein, spürte ich kein Bedürfnis, das irgendjemandem zu beweisen. Das hätte schlimmstenfalls mein Selbstwertgefühl beschädigen können. Wenn ich glaubte, eine wichtige Sache weniger gut zu beherrschen, hatte ich erst recht kein Interesse, dies jemandem zu offenbaren. Im Übrigen war ich immer mehr zu dem Schluss gekommen, es in meiner Umgebung zu einem bedeutenden Teil mit einfach gestrickten Schwachköpfen zu tun zu haben. Zumindest wenn es um meine Stärken ging, so war ich innerlich überzeugt, konnte doch niemand nur annähernd mit mir mithalten. Weshalb sollte ich mit Schwachköpfen in einen Ring steigen?

So schlug man mir nun eine fachliche Spitzenposition vor, für die man mich nominieren wollte. Die Gutachten würde man mit meiner Unterstützung entsprechend schreiben. Ich hätte dann eine Folge von Interviews zu bestehen. Ich erklärte mich bereit, diesen Weg mitzugehen, machte meinem Chef allerdings auch deutlich, dass ich bei einem Scheitern andere Vorschläge erwarten würde. Die Sorge war unbegründet. Mit meinem bis dahin schon recht vielseitigen Tätigkeitsprofil passte ich hervorragend in diese Rolle. Neben mir gab es über neunzig Bewerber, von denen ich allerdings erst nach dem erfolgreichen Abschluss meines ersten Interviews erfuhr.

Der Zertifizierungsprozess lief ohne Probleme durch. Meine Einstufung machte bald Sprünge, die mich sonst leicht zehn Jahre und mehr gekostet hätten. Danach fand ich mich in einer fachlichen Spitzengruppe wieder, die volle Aufmerksamkeit des Managements bis hin zur Geschäftsleitung genoss. Der Erwartungsdruck war enorm. Solange ich noch in meinem Fachgebiet arbeiten konnte, stellte das kein gravierendes Problem dar. Aber das änderte sich bald.

Funkenflug

Er scheint zu schweben, nimmt nur noch sich selbst war. Da ist nur noch eine innere Welt – oder sind es zwei? In der einen Welt glaubt er, sich seiner Existenz noch bewusst zu sein, empfindet noch so etwas wie Individualität. Ist das überhaupt noch seine Existenz oder existiert er in etwas Anderem, das nun langsam die Oberhand gewinnt? Er erinnert sich kaum noch, was sein „Ich" eigentlich ausgemacht hat. Da waren Erinnerungen, die nur er hatte. Da waren Wahrnehmungen, die nur er genauso hatte. War das überhaupt wichtig? Die beiden Welten scheinen ineinander überzugehen, ohne klare Grenzen. Jede ist in der anderen enthalten, die äußere in der inneren und die innere in der äußeren. Das ist unlogisch, sollte eigentlich nicht sein. So etwas verursacht immer Probleme. Noch scheint seine Welt die andere zu umfassen, die wächst. Aber wer umfasst wen? Nichts mehr ist jetzt scharf umrissen. Er versucht sich klar zu werden, was diese andere Welt in ihm ist. Sie wirkt vertraut, so als hätte er sie schon immer bewohnt. Trotzdem glaubt er noch außerhalb zu stehen, nur Beobachter zu sein. Das Bild erinnert ihn schwach an ein Modell, eine Vorstellung, von der er wohl gelesen, an die jemand geglaubt hatte, der ihm nahe stand.

Ihm kommt der Gedanke, dass dieses stetig wachsende Gebilde in ihm ein Abbild des Universums ist, ein Modell. Wieder hat er den Eindruck, dass ihm etwas Wichtiges entgeht. Irgendetwas stimmt nicht mit seiner Einschätzung. Ihm kommt eine wirre Idee in den Sinn: Dieses Gebilde ist kein Modell, kein einfaches Abbild. Es ist das Universum! Aber das ist Unsinn, so etwas sollte nicht sein. Er ist Teil des Universums und das Universum ist ein Teil von ihm? So etwas ist immer problematisch, führt zu Verwicklungen, zu unauflösbaren Widersprüchen oder zu Aussagen, die nicht entscheidbar sind, die weder wahr noch falsch sind.

Aber vielleicht ist das genau der Kern seiner Existenz. Er erinnert sich einmal gelesen zu haben, das Schwärme von Fischen nur funktionieren, wenn die Individuen Fehler machen, sich nicht exakt ausrichten, zufällig agieren. Sobald Fische keine Fehler machen, stirbt der Schwarm.

Sein eigenes Bild war immer ein anderes gewesen. Fehler dürfen nicht passieren, sind immer ein Ausdruck von Schwäche, von Unfähigkeit. Alles ist berechenbar, Zufall ist immer Ergebnis von Nicht-Wissen, der Existenz unbekannter Faktoren, die man nur einbeziehen muss, um den Zufall auszumerzen.

Die Erinnerung schwindet, Gedanken lassen sich nicht mehr fassen. Alle Formen versinken in undurchdringlichem Nebel. Wer ist er? Ergibt diese Frage einen Sinn?

Abstiege und Aussichten

Zweifel

Für mich war schon länger offensichtlich, dass ich den kreativen Höhepunkt meiner Karriere längst überschritten hatte. Sehr gute oder gar geniale Einfälle waren seit langem eine Rarität. Vieles war Routine geworden, die vielen Fachartikel in renommierten Zeitschriften, die Vorlesungen, Vorträge, Bücher, die Betreuung meiner Doktoranden. Glanzlichter waren allenfalls die Ehrungen, die mir zunehmend entgegengebracht wurden, die Berufungen in wissenschaftliche Beiräte, Gutachtertätigkeiten für die fachlichen Leistungen des Nachwuchses, die mir das Gefühl gaben, wichtig zu sein, respektiert zu werden.

Wieder zurück in Köln, hatte ich häufiger Gelegenheit, den Kontakt zu meiner Familie zu pflegen. Zuvor war ich oft mehr als ein Jahr lang nicht zu Hause gewesen. Geburtstage und die großen christlichen Festtage versuchte ich nun regelmäßig mit einem Besuch zu verbinden. Katarina war in eine Wohnung in der Innenstadt gezogen, meine Mutter wohnte noch in unserem elterlichen Haus, dass sie vorübergehend mit einem Partner geteilt hatte. Aber das war wieder vorbei. Meine Mutter war krank, schien von Besuch zu Besuch weniger zu werden. Woran sie litt sagte sie nicht. Vielleicht wollte sie selbst es nicht wissen. Eine gründliche Untersuchung lehnte sie ab. An einem Heiligabend feierten Katarina, meine Mutter und ich gemeinsam in ihrem Haus, frischten gemeinsame Erinnerungen auf. Jeder versuchte so gut es ging zu erzählen, was er gerade machte. Katarina hatte ein ausgezeichnetes Abendessen bereitet, das auch meine Mutter mit gutem Appetit anging. Sie machte einen frischen munteren Eindruck. Nach einigen Gläschen Sekt gingen wir zu Bett. Da ich mich nicht mehr für voll fahrtüchtig hielt, blieb auch ich über Nacht. Am nächsten Morgen weckte Katarina mich, totenblass mit Tränen in den Augen. Mutter war wohl in der Nacht noch einmal aufgestanden, hatte sich in ihren Lieblingssessel gesetzt, eine Decke über ihre Beine gebreitet und ein Buch zur Hand genommen. Nun saß sie dort, die Leselampe immer noch brennend, das Buch auf dem Boden neben ihr. Der Arzt sprach von plötzlichem Herzversagen. Katarina organisierte das Begräbnis. Auch mein Vater kam dazu. Ich hatte ihn schon Jahre nicht mehr gesehen. Er war alt geworden, wirkte milder als früher, zugänglicher.

In stillen Stunden der Besinnung hatte ich zunehmend dass Gefühl, ein Gefangener meines eigenen Lebensweges zu sein. Gelegentlich verfolgte mich nun während der Phase des Wachwerdens ein Traum aus meiner Kindheit. Darin lag ich alleine in einem kahlen Raum. Plötzlich strebten die Wände und die Decke langsam und unaufhaltsam auf mich zu und drohten mich zu erdrücken. Und ähnlich empfand ich zunehmend meine Situation. Sobald ich zu weit links und rechts abwich, befürchtete ich abzustürzen. Ich war nicht mehr in der Lage, frei zu denken. Es gab innere Tabus, die ich nicht anzutasten wagte. Ich hatte immer öfter das Bedürfnis, alles zu vergessen, neu anzufangen, ganz andere Wege zu erkunden. All das hätte meine Lebensleistung in Frage stellen können. Statt mich einzulassen reagierte ich reflexartig ablehnend auf wirklich neue Ideen, ergab mich in beißend zynischen Kommentaren und bekämpfte alles, was danach aussah, als könne es meine Überzeugungen in Frage stellen. Und ich hatte inzwischen die Macht darüber zu entscheiden, ob eine Idee ihren Weg in die wissenschaftliche Öffentlichkeit fand oder nicht. Ich verfügte über einen hervorragenden Ruf, weite Bekanntheit und ein umfassendes internationales Netzwerk von ebenso einflussreichen Kollegen, die mich und meine Arbeit hoch achteten und Wert auf mein Urteil legten. Das machte mich ungeheuer stolz. Andererseits basierten meine Erfolge schon seit langem fast ausschließlich auf einem taktischem Verhalten, dass ich früher als blanken Zynismus abgelehnt hätte. Ich sagte mir, dass das derzeitige System der Wissenschaft genau dieses von mir erwartete. Mich dagegen zu stellen, würde niemandem helfen und wäre nur zu meinem Nachteil gewesen. Ich ging nicht mehr den eigentlichen Forschungsfragen nach, die ich im Hinblick auf den Erkenntnisgewinn für wichtig erachtete, sondern sammelte Punkte für Ranglisten. Ich begab mich nicht mehr auf wissenschaftliche Entdeckungsreisen, sondern folgte den in Rankings ausgeflaggten Trampelpfaden, zu denen auch die von mir selbst ausgetretenen gehörten.

Der berufliche Weg eines von mir hochgeschätzten und ungeheuer begabten Kollegen hatte mich erschüttert. Der Volksmund meint, dass Genie und Wahnsinn enge Nachbarn seien. Vermutlich lag er damit nicht falsch. Professor Carlile hatte weitere Jahre damit zugebracht, eine tragfähige Theorie der Gravitation aus der Quantenfeldtheorie zu entwickeln. Offenbar war er selbst zu der Überzeugung gekommen, dass dieser Versuch unmöglich erfolgreich sein würde und schrieb die Schuld daran Einsteins Modell der Gravitation zu. Er war plötzlich aus dem Rahmen der akzeptablen Einschätzungen ausgebrochen. Er hatte – ohne dass sich diese Entwicklung lange angekündigt hätte – einige Beiträge veröffentlicht, in denen er die physikalische Theorie der letzten dreihundert Jahre in Zweifel zog. Er unterstellte Newton und Einstein fundamentale Irrtümer in ihrer Vorstellung der physikalischen Wirklichkeit, die jedes Kind entlarven könne, wenn man ihm nur ernsthaft zuhöre. Er verstieg sich zu Formulierungen, die selbst bezogen auf weniger angesehene Personen völlig inakzeptabel waren. Nach seiner Ansicht waren diese Ikonen der Physik dilettantische Idioten gewesen, die nicht in der Lage waren, das Naheliegende zu sehen und zu akzeptieren.

Weil ich ihn kannte und schätzte, studierte ich einige dieser Veröffentlichungen. Er schilderte präzise die enormen

Schwierigkeiten, denen er sich bei seiner Arbeit gegenüber sah. Er kam zu dem nachvollziehbaren Schluss, dass man zur Lösung des Problems eine grundsätzlich andere Sichtweise einnehmen müsse. Bis dahin konnte ich seiner Argumentation noch unter Vorbehalten zustimmen. Es ist immer leicht, eine andere Perspektive zu fordern, wenn man nicht gleichzeitig die richtige genau benennen kann. Diesen Fehler machte er nicht. Bedauerlicherweise aber postulierte er seine eigenen Modellansätze aus Sicht seiner Art der Quantenfeldtheorie und der stochastischen Matrizen als die einzig Seligmachende. Er folgerte daraus, dass die Zeit in diskreten Schritten ablaufen müsse, von Ereignis zu Ereignis, dass reale Veränderungen immer ein Zufallsprozess sind. Natürlich war diese Vorstellung – wenn auch naiv nachvollziehbar – völlig unvereinbar mit der Newtonschen und Einsteinschen Vorstellung von Zeit als einer stetigen geometrischen Achse. Schon Berufsschüler erfahren, wie erfolgreich und leistungsfähig einfache Weg-Zeit-Diagramme sind, in denen die Zeit in Sekunden als horizontale Achse im Koordinatensystem dargestellt wird. Ein derartig erfolgreiches Modell konnte man nicht einfach mit einem Federstrich für nichtig erklären. Dazu brauchte es schon harte, nachprüfbare Fakten, die nur in Experimenten gewonnen werden konnte. Und genau daran mangelte es. Professor Carlile führte einen ganzen Haufen von Phänomenen an, von der Biologie, über die Chemie bis hin in die Psychologie, die mit einem Begriff von Zeit als Zufallsprozess leicht erklärbar waren. In keinem einzigen Fall konnte er anhand exakter Zahlen aus einem physikalischen Experiments die Stichhaltigkeit belegen. Dazu war sein Modell zu unpräzise. Im Gegenteil zog er fundamentale Experimente in Zweifel, behauptete, man habe damals schlampig gearbeitet und bei Auswertungen nur die erwarteten Fakten berücksichtigt. Mit solchen und ähnlichen Anwürfen war er in wissenschaftlichen Kreisen schnell in Ungnade gefallen. Es war nur eine Frage von wenigen Wochen nach seiner heftigsten Attacke dieser Art, bis er von allen seriösen Wissenschaftlern wie ein Aussätziger behandelt wurde.

Obwohl er offensichtlich im Irrtum war, machte mich eines seiner vehement vorgetragenen Argumente für kurze Zeit nachdenklich. In allen gängigen physikalischen Modellen mit nur wenigen Ausnahmen wurde die Zeit genauso behandelt wie irgendeine Richtung im Raum. Wenn diese Darstellung korrekt war, sprach prinzipiell nichts dagegen, in der Zeit genauso zu reisen wie im Raum. Nur widersprach das offensichtlich jeder Erfahrung. Der Ausschluss dieser Möglichkeit wurde durch eine künstlich zugefügte Regel eingebracht, war im Modell selbst aber nicht angelegt. Danach konnte ich zumindest diesen Teil seiner Argumentation nachvollziehen: Möglicherweise stimmte tatsächlich etwas nicht mit der geläufigen physikalischen Vorstellung von Zeit. Nur unter welchem Blickwinkel sollte man das Problem angehen? Es gab nur wenige klassische Sichtweisen, herausragend die Quantenmechanik und die Relativitätstheorie, daneben waren statistische Mechanik und Thermodynamik naheliegende Kandidaten. Aber die dort vielleicht schlummernden Möglichkeiten waren wieder und wieder untersucht worden. Natürlich gab es andere alternative Ansätze, tausende abstruser Ideen, von denen einige zur allgemeinen Belustigung immer am Rande physikalischer Tagungen von irgendeinem Pausenclown vorgetragen wurden. In der Szene nannte man solche Leute „Cranks" – eine Wortspielerei in Anlehnung an den Begriff „Crack", der eine wirkliche Koryphäe bezeichnet – , die vehement alles in Frage stellten und angeblich alle Antworten liefern konnten. Darunter eine vielversprechende aufzuspüren glich der Suche nach der Stecknadel im Heuhaufen. Alleine die Vorstellung, dass etwas so Fundamentales wie die Zeit falsch verstanden sein könnte, verursachte mir den einen oder anderen Albtraum. Das hätte den vollständigen

Einsturz des physikalischen Gebäudes bedeutet, hätte mindestens achtzig Jahre theoretischer Forschung in Frage gestellt. Bei Licht betrachtet, verwarf ich solche Gedanken wieder. Alleine der überwältigende Erfolg moderner Physik in allen Bereichen des Lebens bewies, dass die Modelle in Ordnung waren. Sie funktionierten mit phantastischer Präzision. Bei Licht betrachtet, war ich felsenfest überzeugt, das diese Modelle alle Phänomene im Universum erklären konnten.

Nach der Beerdigung meiner Mutter hatte ich den Kontakt zu meinem Vater aufgenommen. Ich verzichtete darauf, ihm Vorwürfe zu machen. Das hätte nichts gebracht. Ich hatte nicht den Eindruck, dass er wirklich glücklich war. Vielleicht zog sein Leben bereits an ihm vorbei und er richtete seinen kritischen Blick auf alte Entscheidungen. Ändern konnte er im Nachhinein ohnehin nichts mehr. Er war in meinen Augen einfach ein alter einsamer Mann. Katarina brauchte noch lange, bevor sie bereit war, mich bei einem Besuch zu begleiten. Als ich sie nach Hause fuhr, hatten wir wieder Zeit uns über den Sinn des Lebens und ähnlich Tiefgründiges zu unterhalten. Sie stellte mir merkwürdige Fragen, teils viel präziser formuliert als ich ihr das jemals zugetraut hätte. Ich antwortete nach bestem Wissen, versuchte ihr komplizierte physikalische Fakten so einfach wie möglich zu vermitteln. Oft nickte sie, so als hätte sie meine Antwort erwartet oder eine Vermutung bestätigt. Ich fragte sie nicht nach ihren Gründen. Wir sprachen noch über ihren Beruf. Sie schien sehr zufrieden mit dem, was sie tat, ihrer Arbeit mit Kindern, ihren kleinen Erfolgen. Diese und dankbare Eltern waren ihr Belohnung genug. Über mich sagte ich dabei nur wenig. Meine Ehrungen, Preise, Erfolge dagegenzuhalten, hätte wie eine Geschichte aus einer anderen Welt geklungen. Und das war sie wohl auch. Während des Gespräches mit ihr hätte ich nicht sagen können, welcher Erfolg eigentlich mehr zählte und nach welchen Kriterien man überhaupt einen Vergleich hätte anstellen können. Vielleicht hatte ich immer die öffentlichen Auftritte überbewertet. Vielleicht war Katarina eigentlich in der besseren Lage von uns beiden.

Ich arbeitete weiter hart an meinen Forschungsprojekten. Immer noch hatte ich ein gutes Gespür für herausragende Talente. Zumindest glaubte ich, die Besten erkennen zu können. Einige dieser jungen Leute erinnerten mich an meine eigene Zeit in Oxford, als ich meine herausragenden Ideen hatte und meine Erkenntnis in großen Schritten vorankam. Die jungen Studenten waren kreativ, neugierig, trugen so manchen brillanten Gedanken bei. Trotzdem fehlten die großen Schritte. Alles Vorankommen war unendlich mühsam. Vielleicht lag das an mir. Vielleicht engte ich ihre Kreativität unabsichtlich zu sehr ein, lenkte sie zu früh in Bahnen, die ich für richtig hielt. Wieder fühlte ich mich gefangen in meinem eigenen Erfolg. Ich hatte das Gefühl, ausbrechen zu müssen ohne zu wissen wohin. Vielleicht sollte ich abtreten, meinen Lehrstuhl auflösen, alle meine Mitarbeiter entlassen und einige begabte Gymnasiasten damit betrauen, das Wissen neu aufzubauen. Aber natürlich war das Unsinn, die Ausgeburt einer vorübergehenden depressiven Verstimmung. So etwas kam glücklicherweise nur selten vor.

Ich hatte mir immer vorgestellt, einmal eine Familie zu haben, vielleicht Kinder. Alle meine Bekanntschaften zu Frauen waren flüchtig gewesen. Immer fehlten gemeinsame Gesprächsthemen. Zum Smalltalk war ich völlig ungeeignet. Die Physik in meiner Altersklasse war eine reine Männerdomäne. Aus meiner Freundschaft zu Selena damals in Oxford hätte mehr werden können. Wir konnten miteinander reden. Unsere beruflichen Ziele ließen sich leider nicht mit einer festen Beziehung vereinbaren. Sie war – glaube ich – bei einem großen Übersetzungsbüro in Schweden gelandet, dass alles Mögliche – von technischen Handbüchern bis zu Belletristik

– ins Englische übersetzte. Ich hatte gar nicht gewusst, dass Selena schwedisch sprach. Selten genug gab es Absolventinnen, die ich als Doktorvater bei der Promotion betreute. Daraus ergab sich vereinzelt etwas, das ich als persönliche Zuneigung empfand. Umso herber war dann meine Enttäuschung gewesen, wenn nach Ende der beruflichen Beziehung auch die private jäh abriss. Ich fühlte mich benutzt, obwohl rational betrachtet der Altersunterschied mehr als eine Freundschaft eigentlich ausschloss. Aber es gab ja offensichtlich auch andere Beispiele, wo das trotzdem funktionierte. Rational hatte ich mich mit einem Leben ohne private Beziehung abgefunden. Trotzdem hegte ich noch einen Rest irrationaler Hoffnung. Natürlich hatte ich keinen Mangel an beruflichen Kontakten, einige Freunde, Bewunderer, Förderer, sicher auch Feinde. Ich polarisierte gerne, ließ andere unmissverständlich spüren, was ich von ihnen hielt. Der Begriff Familie umfasste für mich meine Schwester, mit der mich tiefe gegenseitige Sympathie verband, und meinen Vater, der mir immer fremd geblieben war. Ich fragte mich manchmal, was mich eigentlich vorantrieb. Sicher – mein Fach machte mir Spaß, verhieß Erfolg, Bewunderung, öffentliche Ehrungen. Früher hätte ich mir auf eine solche Frage vielleicht geantwortet, dass ich die Anerkennung meines Vaters suchte. Später redete ich mir ein, das spiele keine Rolle mehr. Aber über dieses Stadium war ich längst hinaus. Aber was trieb mich dann voran? Die Freude an neuen Erkenntnissen? Die Freude am Sieg, ein Ziel erreicht zu haben, Geld? Warum setzte ich mir überhaupt Ziele? Weshalb wollte ich eigentlich Dinge verändern, etwas anderes erreichen als das, was ich schon hatte? Gab es vielleicht ein Naturgesetz, das verhinderte, dass Menschen einfach stehen blieben. Biologen würden vielleicht anführen, Hunger, Durst, Fortpflanzungstrieb seien Erklärungen genug. Für mich konnte das nicht gelten. Als Physiker suchte ich die Schönheit der einfachen Regeln hinter den komplexesten Erscheinungen der Natur. Diese einfache Regelmäßigkeit konnte ich in meinen Antrieben nirgends erkennen.

Ich hatte mir angewöhnt, mit Freunden oder alleine immer wieder lange Wanderungen zu unternehmen. Am Wochenende boten sich dazu die um Köln gelegenen Mittelgebirge an. Es gab herrlich ruhige Flecken im Westerwald und im Bergischen, wo man die Seele baumeln lassen konnte. Im Urlaub zog es mich in die Alpen oder an die See nach Belgien. In Frankreich wanderte ich gerne an der Küste westlich von Calais, entlang der Kreidefelsen weiter nach Westen. Da Katarina, so wie ich, ungebunden war, hatten wir zwei- oder dreimal einige Tage dort gemeinsam verbracht, unterwegs viel geredet über Gott und die Welt und die Thesen aus irgendwelchen philosophisch oder religiös angehauchten Büchern über den Sinn des Lebens, die sie gelesen hatte. Ich hörte geduldig zu und verzichtete auf jeden abwertenden Kommentar.

Überraschend hatte sich ein Kommilitone aus meiner Kölner Studienzeit bei mir gemeldet. Er hatte wohl einfach auf der Universitätsseite im Internet wahllos nach ihm bekannten Namen gesucht und dabei festgestellt, dass ich inzwischen den Lehrstuhl in der Physik innehatte. Ich hatte ihn noch als netten Kerl in Erinnerung. Wir waren damals gelegentlich durch die Kneipen der Stadt gezogen, meist noch mit anderen Kommilitonen. Er gehörte sicher nicht zu den wirklichen Leuchten des Faches, war wohl in Köln geblieben, hatte nach seinem Diplom in Mathematik bei einer Versicherung als Aktuar angefangen. Er arbeitete in Köln und wohnte in der Nähe. Meine Erinnerungen in diesem Zusammenhang waren durchweg positiv, so dass ich gegen einen Austausch alter Erinnerungen nichts einzuwenden hatte.

Wir verabredeten uns für abends bei ihm zu Hause, in einem gutbürgerlichen Wohngebiet östlich von Köln im Bergischen Land. Jochen schien gut verdient zu haben. Das Haus war groß, sicher mehr als 200 Quadratmeter, mit riesigem Garten. Seine Frau Marita hatte ein hervorragendes Abendessen gemacht, ein Drei-Gänge-Menü. Jochen stellte mir mit sichtlichem Stolz seine beiden Kinder vor, ein Mädchen von dreizehn und ein Junge von bereits achtzehn Jahren. Alle waren offensichtlich tief beeindruckt, einem echten Professor gegenüber zu stehen. Ich fühlte mich ein bisschen vorgeführt, wie ein wertvolles Ausstellungsstück, dachte bei mir, dass Jochen sich selbst mit der Bekanntschaft zu mir aufwerten wollte. Trotzdem verlief der Abend recht nett, obwohl Smalltalk mir schwer fiel und Jochen mehr redete als ich. Er zeigte mir Fotos unserer gemeinsamen Zeit, die ich noch nicht gesehen hatte. Ich erfuhr viel von seinem Werdegang, seiner Familie, seiner Rolle im Unternehmen. Offenbar war er sehr zufrieden mit dem, was er erreicht hatte. Umgekehrt versuchte ich, aus meinem Leben zu erzählen. Aber da lagen Welten zwischen. Selbst etwas so Bedeutendes wie den Leibniz-Preis musste ich Jochen erst einmal erklären. Die Bedeutung konnte er offensichtlich überhaupt nicht erfassen. Wir verabschiedeten uns später am Abend freundlich, ich bedankte mich bei Marita für das hervorragende Essen und die Gastfreundschaft und ging in dem Bewusstsein, den Kontakt nicht weiter pflegen zu wollen.

Einige Zeit später meldete sich Dieter Meyer überraschend mit einer handschriftlichen Notiz bei mir. Ich war etwas verwundert über sein Anliegen. Anscheinend war er jemandem einen Gefallen schuldig. Er hatte mir ein Buch geschickt und bat mich, bei Gelegenheit und Interesse da einmal hineinzusehen. Dieter war mir nicht unsympathisch, trotzdem ärgerte mich das Ganze. Schon der Titel war eine Zumutung. Ich legte es ab und vergaß die Sache wieder.

Menschen, denen hohe Ehrungen zuteil geworden sind, ziehen weitere Ehrungen magisch an. Diese Erfahrung hatte ich spätestens mit dem Gewinn des begehrtesten deutschen Wissenschaftspreises gemacht. Seit ich Inhaber des Leibniz-Preises war – höher dotiert als der allgemein bekanntere Nobelpreis – meldeten sich immer wieder Institutionen bei mir, um mir ihre Auszeichnung anzudienen. Anfangs fühlte ich mich jedes mal geehrt, sagte meine Teilnahme an Preisverleihungen, wenn irgend möglich, zu, bis ich erkannte, dass die Ehre oft einseitig auf der anderen Seite lag. Eine eher unbedeutende Auszeichnung gewinnt an Wert, wenn bekannte Persönlichkeiten sie entgegennehmen. Der einzige Zweck dieser Verleihungen war in nicht wenigen Fällen die Aufwertung des Preises selbst. Es lag also kaum an meinen aktuellen Leistungen, dass ich immer mehr solcher Ehrungen erhielt. Ich fühlte mich hier durchaus missbraucht und benutzt. So etwas war vollkommen inakzeptabel. Wenn ich eine Institution oder Auszeichnung nicht einordnen konnte, fragte ich von nun an nach vorangegangenen Preisträgern. Wenn ich davon niemanden kannte und schätzte, sagte ich unmissverständlich ab und verzichtete auf eine Verleihung. Zudem erwartete ich eine nachvollziehbare Begründung, weshalb ich für die jeweilige Ehrung in Betracht gezogen wurde.

Ähnliches galt sicher auch für Berufungen in Kommissionen, Gutachterausschüsse und als Mitherausgeber von Fachzeitschriften. Hier war der Nutzen aber meist ausgewogener verteilt. Mir brachte so etwas zumindest einen Zuwachs an unmittelbarem Einfluss und war mir grundsätzlich willkommen, wenn es sich um bekannte Einrichtungen handelte und meine Zeit das zuließ. So kam niemand, der eine wissenschaftliche Karriere in meiner Fachrichtung anstrebte, an mir vorbei. Als Gutachter und Mitherausgeber bei allen wichtigen Fachzeitschriften hatte ich direkten Einfluss auf jede Veröffentlichung, konnte darüber entscheiden, ob ein talentierter

Wissenschaftler erfolgreich war oder nicht, ob eine neue Idee bekannt wurde, ein neues Verfahren sich durchsetzen konnte. In stillen Momenten genoss ich diese ungeheure Macht, die mir zurecht zukam. Diese Position hatte ich hart erkämpft, mit Tatkraft, Entscheidungsfreude, fachlicher Brillanz und Genialität und vielleicht auch ein wenig Glück, das immer dazugehört. Meine Bedeutung half genauso, die besten Talente anzuziehen. Einige meiner Studenten, Doktoranden und Assistenten hatten bereits wichtige Wissenschaftspreise erhalten. Ich hatte sie gefördert, sie mit den richtigen Leuten zusammengebracht, dafür gesorgt, dass ihre Ideen bekannt wurden. Und immer war ich es, der erkennbar die graue Eminenz, der Mentor im Hintergrund war. So stand mein Name immer wieder in Verbindung mit aufsehenerregenden Erkenntnissen, auch wenn ich fachlich nichts beigetragen hatte.

An einem nebligen kalten Novembertag war ich wieder einmal in einer melancholischen Stimmung. Ich beschloss am Nachmittag spontan, meine Schwester zu besuchen. Sie war zu Hause, wirkte verschnupft, gab mir keine Hand, weil sie mich nicht anstecken wollte. Bei Kaffee und Keksen sprachen wir über dies und das. Katarina war vermutlich die einzige Person, mit der ich stundenlang einfach plaudern konnte. Ich fühlte mich dabei einfach wohl und entspannt, abgetaucht in eine andere Welt. Sie hatte wieder einmal ein Buch angefangen zu lesen. Offenbar war es an vielen Stellen viel zu kompliziert, als dass sie es verstanden hätte. Sie hatte es auf meinem Schreibtisch vorgefunden, als sie mich einmal im Institut besuchen wollte und ich nicht anwesend war. Ihre Notiz dazu hatte ich wohl übersehen. Der Inhalt bestand offensichtlich in einem kruden, pseudowissenschaftlichen Gemenge aus Begriffen wie Bewusstsein, Zeit und Symmetrien. Der Begriff „Symmetrien" war Katarina nicht geläufig und sie fragte mich danach. Ich erklärte ihr so gut wie möglich in einfachen Worten, was man in der Physik darunter verstand. Sie nickte und meinte, so ähnlich wäre es auch im Buch erklärt. Katarina sagte, sie habe in all den Büchern zu solchen Themen noch niemals eine solche Sichtweise erlebt. Zur Hälfte war es durchaus für sie leicht verständlich. Die wichtigsten Aussagen darin wurden in allgemeinen Bildern vermittelt, ohne jede mathematische Formel. Die andere Hälfte überforderte allerdings ihre Fähigkeiten, exakte Logik zu erfassen und nachzuvollziehen. Offenbar handelte es sich um ein mathematisches Modell, das der Autor versuchte, in einfachen Worten verständlich zu machen. Schließlich machte ich wohl ein Gesicht, als hätte mir jemand einen vergammelten Fisch serviert. Katarina drückte mir trotzdem das Buch in die Hand und nahm mir das Versprechen ab, es zu lesen und ihr meine Meinung dazu zu sagen. Als sie mich mehrere Wochen später anrief, wusste ich, dass sie die Bitte ernst nahm und nicht locker lassen würde.

Nach längerer Suche fand ich das Werk schließlich unten in einem Bücherstapel auf meinem Schreibtisch. Der Name des Autors sagte mir nichts. Seine Vita im Buchdeckel ließ keinerlei wissenschaftlichen Bezug erkennen. Wie ich erwartet hatte, handelte es sich um einen Amateur mit einem beruflichen Hintergrund in der Informationstechnik. Im ersten Kapitel ging es um Systeme der Künstlichen Intelligenz. Die Ausführungen erinnerten mich an meine frühere Diskussion mit Professor Pembrock in Oxford, dessen pessimistischer Auffassung über den Erfolg dieser Wissenschaft der Autor grundsätzlich folgte. Auf diesem Gebiet war er offenbar zu Hause. Die folgenden Ausflüge in Biologie, Medizin, Philosophie wirkten im Vergleich eher oberflächlich. Trotzdem waren seine Schlussfolgerungen nicht ohne weiteres von der Hand zu weisen, andererseits auch nicht wirklich neu. Interessant war allenfalls, welche Auswahl er aus längst bekannten Argumenten herausgestellt hatte. Der lange Ausflug in die Physik war überraschend zutreffend. Er musste sich lange autodidaktisch mit den wichtigsten Themen beschäftigt haben. Die Argumentation bewegte sich kaum oberhalb der einfachsten Grundlagen von Quanteneffekten und Relativistischer Theorie. Bei der Bewertung der Schwierigkeiten einer Vereinheitlichung der beiden großen Theorien kam er zu dem Schluss, dass die bisherige Sichtweise falsch ist, dass alle Bemühungen der Wissenschaftler zum Scheitern verurteilt seien, Gravitation und Quantenmechanik zusammen zu führen. Die Schwierigkeiten kannte ich sicher besser als jeder andere. Trotzdem hielt ich diese Folgerung für mehr als vermessen. Jedem stand es natürlich frei, jeden erdenklichen Unsinn aufzuschreiben. Damit war das Thema für mich erledigt.

Wieder einige Wochen später konnte ich Katarina eine Bewertung abgeben. Aus meiner Sicht handelte es sich um eines der üblichen Machwerke eines Amateurs, der sich anmaßt, die Physik revolutionieren zu können. Katarina kannte mich, war nicht überrascht über meine Position und ließ nicht locker. Sie fragte mich gezielt nach irgendwelchen bunten Würfeln, die irgendwie kodiert waren und wollte wissen, wie das funktioniert. Hier musste ich durchatmen und zugeben, dass ich nicht zu Ende gelesen hatte. Es blieb mir nichts anderes übrig, als mich zu einer weiteren Lektüre durchzuringen. Ich hatte nicht vor, mich noch einmal ertappen zu lassen und nahm das Buch wieder an mich.

Obwohl der Buchtitel eher einen wachsweichen, esoterischen Inhalt vermuten ließ, wurde der Autor erstaunlich konkret und verstieg sich zu mutigen Aussagen. So sagte er vorher, dass die jahrzehntelange Suche nach dem Graviton, dem aus der Quantenmechanik geforderten Austauschteilchen der Gravitation, vergeblich sein würde, weil diese Kraft nur über den Messprozess zu verstehen sei. Professor Pembrock hatte hier ebenfalls einen geheimnisvollen Zusammenhang gesehen. Vermutlich hatte der Autor die Idee daher genommen und für seine fadenscheinige Argumentation missbraucht. Schließlich kamen die von Katarina erwähnten Würfel ins Spiel. Eigentlich handelte es sich dabei nur um eine belanglose mathematische Spielerei. Er behauptete aber, dass das Modell eine andere Sichtweise nahelege. Erstaunlich war tatsächlich, dass er daraus so etwas wie ein kleines Universum bastelte, in dem zufällige Prozesse abliefen, die einer bestimmten Auslese unterlagen. Die simplen Berechnungen waren auf einem Niveau, das jeder Physikstudent im vierten Semester nachvollziehen konnte. Ich musste zugeben, dass der Autor dabei Zusammenhänge aufzeigte, die durchaus nicht offensichtlich waren. Im Fazit räumte er allerdings selbst ein, dass seine Argumentation noch viele Fragen offen ließ. Eine Folgerung, die nicht ausdrücklich herausgehoben wurde, betraf die Darstellung der Zeit im Modell. Vermutlich hatte der Autor diese Besonderheit noch gar nicht erkannt. Zeit war hier nur eine Abfolge von Prozessschritten, die nur im statistischen Mittel einen kontinuierlichen Verlauf annahm. Dieses Verständnis hatte Professor Carlile aus einer völlig anderen, ungleich komplizierteren Betrachtungsweise ebenfalls abgeleitet.

Ich wusste, dass Katarina sich auf keinen Fall mit einem pauschalen Verriss zufrieden geben würde. Daher bemühte ich mich, die positiven Anmerkungen voranzustellen. Ich räumte ein, dass der unbekannte Autor sich auf einem allgemeinen Niveau recht gut informiert hatte über den Stand der Physik, die Probleme treffend benannt habe, und tatsächlich eine überraschende Sichtweise anbot, die ich so noch nirgendwo gesehen hatte. Das war wirklich originell, mehr aber auch nicht. Ob die Ausführungen bei der weiteren Entwicklung einer Künstlichen Intelligenz hilfreich seien, könne ich nicht beurteilen. Was die Physik betraf, hatte der Autor aber offenbar keinerlei tieferen Einblick in aktuelle Forschungen und war sicher nicht in der Lage zu beurteilen, ob diese erfolgversprechend waren oder nicht. Ich erklärte Katarina, dass es hunderte solcher Werke gebe, deren Thesen genauso mutig waren wie sie sich bei näherer Betrachtung als falsch herausstellten. Es lohne sich nicht, darin Aufwand zu investieren. Doch Katarina bestand darauf, dass dieses Werk anders war als alles, was sie vorher zu diesem Themenkreis gelesen hatte. Was sie vor allem faszinierte, waren die Schlussfolgerungen aus dem Modell für philosophische und religiöse Vorstellungen. Das Universum, Bewusstsein, Gott waren danach Begriffe, die alle das Gleiche unter verschiedenen Blickwinkeln meinten. So etwas war natürlich nichts, womit sich ein seriöser Naturwissenschaftler beschäftigen sollte. Das hatte eher mit Glauben zu tun und Katarina fand darin wohl einen gewissen seelischen Halt.

Für mich hätte das Thema damit endgültig beendet sein sollen. Aber irgendwie hatte mich die ganze Geschichte an mehrere Ereignisse erinnert, die vor Jahren stattgefunden hatten. Ich ließ eine alte Diskussion mit Professor Pembrock in Oxford Revue passieren, in der er mein Verständnis der Wirkung der Gravitation auf den Messprozess in Zweifel zog. Er hatte sein Unbehagen nicht näher bezeichnen können, meinte nur, dass nach seinem unbestimmten Eindruck der Zusammenhang ein ganz anderer sei, viel intensiver. Pembrock glaubte, dass noch niemand die wirkliche Rolle der Gravitation auch nur im Ansatz erfassen könne. Hier musste ich unwillkürlich an die in aller Naivität formulierte Idee denken, die in diesem merkwürdigen Buch beschrieben war. Die Sichtweise dort war in der Tat so ungewöhnlich, dass sie vielleicht doch die richtige Richtung wies. Und wieder dachte ich an das Verständnis der Zeit dort als Abfolge von Schritten in einem zufällig ablaufenden Prozess. Die simple Herleitung hatte nicht das Geringste mit den komplizierten Argumenten eines Reginald Carlile zu tun, den die Sache schließlich in den

Wahnsinn getrieben hatte. Wenn Carlile doch in dieser Beziehung recht haben sollte, dann könnte auch an diesem simplen Modell mehr dran sein, als ich bereit war, zuzugeben.

Meine eigenen Forschungen lenkte ich stärker auf die Rolle von Zufallsprozessen in der Quantenfeldtheorie. Ich formulierte das eine oder andere Thema für eine Dissertation in diese Richtung, die ich talentierten Doktoranden übertrug. Eine dieser Arbeiten befasste sich mit abstrakten Raumzeitbegriffen, die sich aus unbestimmten Positionen von Partikeln in einer Art von Nebel ergeben. Tatsächlich konnte mein Mitarbeiter aus der zufälligen Anordnung und einigen geschickt gewählten Annahmen eine gekrümmte Raumzeit herleiten, die einer relativistischen Beschreibung genügte. Im Fazit war dies ein interessantes Ergebnis, ohne das mein Mitarbeiter allerdings klar den Bezug zu einer physikalischen Realität herstellen konnte. Trotzdem bestärkte mich der Erfolg in meiner inneren Unruhe. Es konnte doch nicht sein, dass die brillantesten Physiker der Welt jahrzehntelang auf der falschen Spur unterwegs waren. Tatsache war aber, dass, je weiter man kam, jede neue Schwierigkeit mit den beiden großen Theorien unüberwindlicher schien als die vorhergehende, die Schritte seit Jahren immer kleiner wurden bei immens ansteigendem Aufwand. Außerdem gab es immer noch die unauffindbaren Teilchen, die, von der Theorie gefordert, sich erfolgreich der Entdeckung entzogen. Waren diese nur Ergebnisse einer unvollständigen Theorie oder würden diese Teilchen doch irgendwo im Universum einmal nachgewiesen.

Von all diesen Zweifeln bekam vermutlich niemand in meiner Umgebung etwas mit. Nach außen hin war ich geradlinig wie immer, formulierte klar meine Meinung, meine Ziele und Absichten. Im Sommer war ich wieder einmal mit einem befreundeten Professor und zwei meiner Doktoranden unterwegs auf einer gemeinsamen Wanderung in den österreichischen Alpen im Gebiet der Postalm. Wir diskutierten unterwegs immer wieder fachliche Themen, abends beim Bier dann auch einmal philosophische Aspekte der Physik. Die alten Helden der Physik – Werner Heisenberg, Erwin Schrödinger, Wolfgang Pauli, Albert Einstein – hatten sich früher viel intensiver mit solchen Fragen befasst, als wir das heute taten. Wir waren eigentlich der Meinung, hierzu sei alles gesagt was zu sagen war. Ob solche Begriffe wie „Bewusstsein" sich einer physikalischen Beschreibung erschlossen, wurde allgemein bejaht, wenn auch die Komplexität der Vorgänge dies derzeit praktisch noch unmöglich machte. Meine drei Begleiter waren der Meinung, dass es sich hierbei um ein Phänomen handeln müsse, dass aus einer genügend komplexen Anordnung von Materie entstehe. Weiter wagte ich mich auch nicht vor. Eine Diskussion darüber, ob Bewusstsein nicht etwas viel Grundlegenderes sein könne, wollte ich nicht führen. Vage dachte ich an den alten philosophischen Disput, den mein früherer Mentor während meiner Schulzeit erwähnt hatte, die Frage, ob die innere platonische Welt nicht vielleicht realer war als die äußere, angeblich objektive Wirklichkeit.

Im folgenden Herbst beschloss ich, wieder einmal an die Nordsee zu fahren. Um diese Jahreszeit löste das bei meinen Mitarbeitern keine Begeisterungsstürme aus. So suchte ich spontan am Abend meine Schwester auf, um sie zum Mitfahren anzuregen. Katarina empfing mich an der Türe, zögerte kurz, bevor sie mich hereinbat. Ich war irritiert und erkannte gleich den Grund der Zurückhaltung. Katarina hatte wohl gerade Besuch und stellte mir einen vollschlanken Mann mit kurzen blonden Haaren, etwa in ihrem Alter, als ihren Freund vor. Alles deutete auf eine ernsthafte Beziehung hin. Eigentlich hätte ich mich uneingeschränkt für sie freuen sollen. So recht gelang mir das jedoch nicht. Nach einem Kaffee und oberflächlichem Gespräch zu dritt fuhr ich wieder zurück in meine Wohnung.

Zwei Tage später war ich alleine unterwegs. Ich hatte ein
Quartier in Calais gebucht, das ich schon kannte. Die Zim-
merwirtin war freundlich, zuvorkommend, freute sich über
mein Kommen. Ich hatte regenfeste, warme Kleidung dabei
und plante, die Tage wandernd östlich von Sangatte zu ver-
bringen und meinen Gedanken dabei freien Lauf zu lassen. Es
hatte tagelang vor meiner Ankunft geregnet, der Boden war
aufgeweicht. Nun kam gelegentlich die Sonne hervor, trock-
nete die Landschaft oberflächlich. Laut Wetterbericht sollte
es in den nächsten Tagen bei wechselnder Bewölkung tro-
cken bleiben. Eine meiner Lieblingsstrecken führte entlang
der Kreidefelsen. Bei Ebbe konnte man an der Wasserlinie
entlanggehen, musste aber sicher sein, vor dem Auflaufen der
nächsten Flut die großen Felsen passiert zu haben und wieder breiteren Strand zu erreichen. Ansonsten war Klettern
und stundenlanges Ausharren angesagt. Da das Wasser gerade hoch stand, entschied ich mich für den Weg oberhalb der
Klippen. Direkt an der Abbruchkante bot er einen herrlichen
Blick über die See. Bei klarem Wetter waren die gegenüber-
liegenden Kreidefelsen von Dover zu erkennen. Atemberaubend war auch der Blick steil nach unten auf den Strand mit
darauf verstreuten Steinen und Felsblöcken. Die Warnschil-
der im Gras, die in französischer, englischer und deutscher
Sprache vor einer Annäherung an die Klippenkante warnten,
beachtete niemand. Ein deutlich sichtbarer Trampelpfad lief
daran vorbei. Wie für tausende andere Spaziergänger war das
immer schon auch mein Lieblingsweg, der über mehrere Kilometer immer höher hinauf führte.

Ich war in Gedanken, nahm die Umgebung kaum war. Ich
dachte an Katarina, an ihren Freund, Familie, meine Karriere,
Kindheit, Schulzeit, die Bedeutung meiner Erfolge, meine
Zweifel. Einer merkwürdig melancholischen Stimmung fol-

gend, bewegte ich mich hart an der Abbruchkante. Nur halb drang ein unheimlich schmatzendes Geräusch in mein Bewusstsein, dass von einem frischen Riss im Boden links von meinem Pfad auszugehen schien. Unterstützt von einem plötzlichen Adrenalinschub setzte ich zum Sprung an, während der Boden grollend unter meinen Füßen nachgab.

Perspektiven

Nach meinem Karrieresprung war ich der Auffassung, mit meiner beruflichen Entwicklung alle meine persönlichen Ziele erreicht und überschritten zu haben. Ich war an einem Punkt angekommen, den ich bewusst nie angestrebt hatte. Der nächste Karriereschritt wäre logischerweise mein Renteneintritt irgendwann in zwanzig oder fünfundzwanzig Jahren. Natürlich sagte ich das so niemandem. Ein Entwicklungsgespräch mit meinem Manager – der bei den vielen Organisationsänderungen der Company jährlich wechselte – machte mir aber schnell klar, dass die Erwartungen andere waren. Er forderte ausdrücklich von mir eine weitere, schriftlich dokumentierte Karriereplanung. Außerdem zog die Company gerade ihr Engagement bei den Endgeräten weltweit zurück, verkaufte ganze Produktlinien an ehemalige Konkurrenten. Damit musste ich mich fachlich neu orientieren. Aufgrund meiner formalen Rolle in der fachlichen Hierarchie konnte ich nicht einfach zurück ins Glied treten und wie früher etwas Neues ganz von vorne beginnen wie ein Anfänger. Über ein Netzwerk verfügte ich sowenig, wie über belastbare Beziehungen zu Kollegen. Ich wunderte mich manchmal, wenn hochrangige Manager behaupteten, mich zu kennen. Irgendwie mussten die wohl ohne mein persönliches Zutun ein Bild von mir gewonnen haben. Und das hatte offenbar nicht das Geringste mit meinem eigenen Bild von mir selbst zu tun.

Ich hatte den Eindruck, vollkommen den Boden unter den Füßen zu verlieren. Das Schlimmste war aber, dass ich überhaupt nicht ergründen konnte, was genau nun von mir erwartet wurde. Die meisten Signale an mich waren unausgesprochen, mittelbar, bestanden in Gesten, einer bestimmten Art zu antworten, mich zu behandeln. So etwas konnte ich noch nie interpretieren. Dafür hatte ich noch nie eine Antenne. Ich fand vorläufig keine Möglichkeit, dem unergründlichen Erwartungsdruck zu entkommen, musste einfach mein Bestes versuchen, fühlte mich nur noch getrieben. Meine natürliche Reaktion auf Druck war Rückzug. Ich kapselte mich ab, mied direkte Kontakte, versuchte nicht aufzufallen. Trotzdem blieb ein Bild von mir in der Organisation, gestützt durch Einträge und Gutachten in Personalakten, die Leute angefertigt hatten, die nicht wissen konnten oder wollten, wer ich wirklich war, wie ich mich selbst sah, wo meine Stärken lagen. Niemand fragte danach und ich sagte es niemandem. Die Kluft wurde immer größer.

Abends gegen halb acht war ich auf der Autobahn auf dem Heimweg, als ein Anruf unseres Executives für den Finanzbereich mich erreichte. Es ging um ein Projekt mit dem Ziel, für eine wichtige Kundengruppe die Folgen des Rückzugs der Company aus einer gerade in Deutschland erfolgreichen Technologie zu begrenzen. Er wollte nur meine Rückmeldung haben zu einem Meeting, das kurz zuvor geendet hatte. Die Sache, um die es ging, war äußerst sensibel, erforderte Fingerspitzengefühl, ein Talent Stimmungen zu erkennen und zu beeinflussen. Auf die Idee, mich mit einem derartigen Projekt zu betrauen, konnte nur jemand kommen, der mich nicht kannte. Ich hatte wieder einmal die Dinge einfach laufen lassen. Ich hätte „Nein" sagen können, aber ich hatte mich darauf eingelassen. Nun war ich vollkommen transparent geworden. Ich saß in Meetings, in denen ich zwar die Worte hörte und trotzdem nicht verstand, worum es wirklich ging. Ich hatte kein Gefühl dafür, welcher Beitrag von mir erwartet wurde.

Im Rückblick war der Ausgang für mich persönlich nicht schlecht, zumindest auf mittlere Sicht. Wieder belastete mich die Gewissheit schwer, Erwartungen enttäuscht zu haben. Der unerträgliche Karrieredruck endete abrupt, die persönliche Krise schon nach wenigen Wochen. Ein Eintrag in einer Datenbank für sogenannte „High Potentials" verschwand dort wieder. Ich hatte erst einmal Ruhe und geriet vorläufig nicht weiter in derartige Situationen. Mein Gehalt stagnierte von nun an auf hohem Niveau. Für fast zwei Jahre hatte ich eigentlich keine echte Aufgabe, keine klare Rolle, was offenbar niemandem auffiel oder interessierte: Die beste Voraussetzung dafür, wieder nachhaltig meine innere Ruhe zu finden. Nun hatte ich auch wieder Zeit für persönliche Interessen, befasste mich intensiv mit Plänen für mein Traumhaus. Ich lernte schrittweise, Baupläne zu erstellen, mit professionellen CAD-Programmen umzugehen, bis ins Detail millimetergenau zu entwerfen. Schließlich konnte ich Martha am Monitor zu einem Rundgang durch ein dreidimensionales Modell einladen. Anfangs konnte sie meine Begeisterung nur sehr begrenzt teilen. Wir fanden einen Feierabend Architekten, der hauptberuflich eine Abteilung in einem Baumarkt leitete. Gegen geringes Entgelt reichte er einen Antrag zusammen mit meinen Plänen beim Bauamt der Stadt ein. Nachdem die Behörde die ohne weiteres passieren ließ, machten wir den nächsten Schritt. Martha fand ein Ingenieurbüro, das eigentlich gewerbliche Bauvorhaben plante. Der Inhaber war bereit, für vergleichsweise geringe Kosten unsere Statik zwischen zwei größere Aufträge zu schieben und Ausschreibungsunterlagen zu erstellen. Die Angebote erschienen finanzierbar und so starteten wir unser zweites privates Großprojekt. Überhaupt war meine Familie die eigentliche Erfolgsgeschichte meines Lebens.

Beruflich lief alles in ruhigen Bahnen, was auch daran lag, dass ich keine längerfristige Planung machte. Ich überlegte eigentlich nur Woche um Woche, womit ich meine Zeit zubringen sollte. Da gab es Schulungen, die ich besuchte, interne und externe Meetings mit Kunden, zu denen ich eingeladen wurde. Ich war viel unterwegs, verteidigte erfolgreich meinen Frequent-Traveller-Status bei der Luftlinie. Trotzdem hatte ich keine echte Rolle, nichts was ich als echte Aufgabe bezeichnet hätte. Der Bereich, in dem ich arbeitete, wurde personell immer weiter ausgedünnt durch Pensionierungen, Kündigungen und Versetzungen in andere Bereiche. Ich konnte nie ergründen, warum es nicht mich einmal traf. Ich fühlte mich nicht einmal ernsthaft gefährdet, was wohl eher daran lag, dass ich entsprechende Signale sicherlich nicht erkannt hätte.

Mein Ruf in der Company war offenbar besser als meine eigene Selbsteinschätzung. Ich erhielt ein Angebot für die attraktive Position in der technischen Großkundenbetreuung und nahm an. Es handelte sich um einen weltweit tätigen Versicherer. Ein großes Vertriebsteam war ausschließlich für diesen Kunden verantwortlich. Ohne dass ich in irgendeiner Weise darauf hin gearbeitet hätte oder auch nur den Wunsch geäußert hätte, fand ich mich schon nach wenigen Wochen in der fachlichen Führungsposition eines Teams. Der Leiter des Bereichs hatte Interviews unter seinen technisch orientierten Mitarbeitern geführt und eindeutig mich für die Rolle identifiziert. Es gab keine Diskussion darüber. Er fragte mich nicht einmal, ob ich daran interessiert war. Immerhin war ich neu im Team, die Kollegen betreuten den Kunden schon seit Jahren. Jeder andere hätte diese Entwicklung vermutlich genutzt, die eigene Karriere deutlich voranzubringen. Mir stand danach überhaupt nicht der Sinn. Ich hatte mich längst wieder auf meine ureigenen Fragen und Interessen konzentriert, einen Artikel in einer Fachzeitschrift für Finanzinstitute veröffentlicht, der sich mit Expertensystemen als intelligente Beratungshilfe im Internet befasste.

Inzwischen hatte die Company ihr fachliches Karrieremodell umgestellt. Um weiter zu kommen, hätte ich nun von mir aus die Initiative ergreifen und einen aufwändigen Prozess zur Zertifizierung anstoßen müssen. Es war ein wirklich amerikanischer Prozess, bei dem ich meine eigene Rolle und Wichtigkeit durch unverschämte Übertreibungen hätte beschreiben und dafür auch noch Zeugen hätte benennen müssen. Andere hatten damit offenbar kein Problem. Nichts und niemand aber hätte mich dazu bringen können, unzählige Schwachköpfe, Pausenclowns und Wichtigtuer von meinen Fähigkeiten überzeugen zu wollen. Die Company suchte und fand hier offenbar nicht die weltweite Elite fachlicher Kompetenz, sondern die Meister in der Beherrschung eines Auswahlprozesses. Dieses Können war zu nichts gut, außer für die Karriere. In diesen Ring würde ich nicht steigen.

Ohne mein Zutun stand ich wieder einmal auf irgendwelchen Listen für technische Spitzenkräfte. Ich erhielt ungefragt Schulungen, Einladungen zu internationalen Konferenzen und hin und wieder einmal eine halb versteckte Aufforderung, doch endlich meine Zertifizierung zu starten. Ich antwortete ausweichend, getraute mich nicht einfach „Nein" zu sagen. Heftig angeschoben durch mein Management und wiederholte Auswahlverfahren geriet ich in die Spitzengruppe einiger weniger, weltweit ausgewählter IT Architekten. Immer wieder erhielt ich Hilfsangebote, machte aber auch jetzt keinerlei Anstalten, irgendeine Eigeninitiative zu starten. Insgesamt fühlte ich mich geschmeichelt, hatte viel Abwechslung, machte meinen Job gut und füllte angebliche Karriereziele in irgendwelche Systeme ein, weil es so gefordert wurde. Irgendwann verschwand mein Name dann still auch von diesen Listen wieder.

Mein Hauptinteresse galt wieder der „Künstlichen Intelligenz". Nachdem unser Bauprojekt abgeschlossen und unsere Familie umgezogen war, beschloss ich, mich wieder mit meinem herausragenden Anliegen zu befassen. Das war mein neues Projekt, von dem ich annahm, es würde mich einige Monate bis wenige Jahre beschäftigen können.

Ich begann mit einem umfassenden Studium diverser Quellen in Büchern, Zeitschriften, Internet. Meine Absicht war es, ein vollständiges Bild der Fortschritte in der „Künstlichen Intelligenz" zu erhalten, seit ich die Arena vor mehr als zehn Jahren verlassen hatte. Es war in der Tat ernüchternd. In den fundamentalen Modellen hatte sich nach meinem Eindruck überhaupt nichts bewegt. Die Systeme waren heute zweifellos um Zehnerpotenzen schneller, genauso wie der verfügbare Speicher. Die Methoden waren verfeinert worden und funktionierten zweifellos erheblich besser als früher, waren vielseitiger einsetzbar. In der Robotik gab es spektakuläre Fortschritte. Trotzdem gab es keinerlei Anzeichen dafür, dass die hehren Ziele von damals, echtes intelligentes Verhalten auf Automaten zu übertragen, heute erreichbar waren. Überall gab es allenfalls die vage Vermutung, dass die bestehenden Systeme nur komplex genug sein müssten, und der göttliche Funken dann plötzlich zünden würde. Ich war da ganz anderer Meinung. Mir schien zumindest in der Informationstechnik immer noch jedes fundamentale Verständnis der Vorgänge zu fehlen, die zu intelligentem Verhalten und zu so etwas wie einem Bewusstsein führen. Die meisten Autoren blendeten diesen Anspruch inzwischen aus, verneinten, dass man das jemals ernsthaft angestrebt hätte. Ich wusste es besser.

Ich studierte andere Quellen aus Biologie, Medizin, Philosophie, landete schließlich in der Physik. Überall gab es Abhandlungen über die Erscheinungen Intelligenz und Bewusstsein aus dem Blickwinkel der jeweiligen Wissenschaft. Zum einen hatten die Ansätze untereinander fachübergreifend nicht viel gemeinsam, zum Anderen drängte sich mir auch hier der Verdacht auf, dass die tatsächlichen Prinzipien noch vollkommen im Dunkel lagen. Am interessantesten zu lesen waren noch esoterisch angehauchte Artikel, die eher der Philosophie zuzuordnen waren. Nur hatten die keinerlei echten naturwissenschaftlichen Bezug. Oft wurde dort auf geheimnisvolle Phänomene der Physik verwiesen, der sogenannten Quantenmechanik, in einer pseudowissenschaftlichen Art und Weise.

Klar war danach, dass ich das Thema für meine Zwecke viel breiter sehen musste, als ursprünglich beabsichtigt. Intelligenz und Bewusstsein schien alle Bereiche menschlichen Wissens zu berühren bis hin in die Physik. Es handelte sich vielleicht tatsächlich um etwas Durchdringendes. Ich erwartete inzwischen, dass die Lösung der Frage nach den Ursprüngen wertvolle Hinweise liefern würde, wie die Vorgänge in der Welt insgesamt zu verstehen sind. So wie ich es angehen wollte, konnte mich die Sache leicht über viele Jahre, vielleicht sogar Jahrzehnte ernsthaft beschäftigen. Schon Generationen von Wissenschaftlern und Philosophen hatten sich an dieser Frage offenbar ein Leben lang die Zähne ausgebissen. Aber vielleicht lag das nur an den eingeübten Verfahren und Sichtweisen der Protagonisten: Wer nur einen Hammer in der Hand hält, behandelt eben jedes Problem als Nagel.

Irgendwo musste ich nun meine privaten Forschungsarbeiten beginnen. Die breiteste Diskussion zu der Thematik fand sich schon seit Jahrhunderten in der Philosophie. Ich begann ein Tagebuch meiner Ideen zu führen. Alles, was mir so einfiel, gehörte dort hinein, augenfälliger Unsinn genauso wie erfolgversprechende Ansätze. Mein Ziel war es, philosophische Ideen und meine eigene Wahrnehmung in ein überprüfbares mathematisches Modell zu gießen. Angelehnt an meine früheren Gedanken kamen dabei Zufallsprozesse heraus, die auf geheimnisvolle Weise irgendwelchen Gleichgewichten zustrebten. Es gelang mir nicht, diese ausreichend zu konkretisieren, so dass die Ideen irgendwie überprüfbar wurden. Langsam baute ich meine Ideensammlung weiter aus, indem ich zunächst meine Gedanken so präzise wie möglich formulierte und aufschrieb, dann in der verfügbaren Literatur – meist per Google-Suche im Internet – Quellen aufsuchte, die meine Ideen entweder widerlegten oder bestätigten. Im ersten Jahr fand ich ausnahmslos alle meine Gedanken in verschiedensten Texten bestätigt. Ich hatte also nichts Neues geschaffen, nur auf diese Art für mich selbst eine Auswahl getroffen aus vorhandenem Wissen. Es zeigte mir zumindest, dass meine Ideen nicht so ganz falsch waren. Nach und nach entstand auf diese Art ein Fundament aus Erkenntnissen, die ich als tragfähig annehmen konnte. Diese schrieb ich jeweils zum Jahresende in ein weiteres Dokument. Je länger ich meine Forschungen betrieb, desto weniger konnte ich die Thematik begrenzen. Irgendwie schien sie alle Bereiche menschlichen Wissens zu durchdringen. Ein mathematisches Modell dafür würde vermutlich Erklärungen liefern für Erscheinungen, die weit über mein ursprüngliches Ziel hinausgingen. Aber davon war ich noch weit entfernt. Ich begann nun eine Reise durch Klimazonen menschlichen Wissens auf der Suche nach den Ursprüngen von Intelligenz und Bewusstsein.

Beruflich zählte inzwischen alles was ich tat zur Routine. Intellektuelle Herausforderungen gab es nicht. Viele Weggefährten waren mit ihrer Karriere inzwischen an mir vorbeigezogen. Ich war in der für mich bequemen Situation, mich hinter starken Schultern wegducken zu können, weniger sichtbar zu sein. Das war meine eigene Wahrnehmung. Nach außen genoss ich weiter einen ausgezeichneten Ruf. Ich schien irgendetwas zu bieten, was andere so nicht hatten. Ich scheute auch keineswegs die Arbeit. Im Gegenteil startete ich immer wieder eigene Initiativen bei meinem Kunden, bereitete sorgfältig meine Veranstaltungen vor und brachte mich in Projektarbeit ein. Inzwischen betreute ich einen anderen Kunden in einem anderen Vertriebsteam. Nach personellen Veränderungen blieb ich als einziger von drei technisch orientierten Mitarbeitern übrig. Man gab mir zu verstehen, ich sei eine Bereicherung für das Team, was immer das bedeuten mochte. Trotzdem fragte mich vorübergehend niemand mehr nach meinen beruflichen Zielen. Aber das war nur eine Frage der Zeit. In der Tat fühlte ich mich persönlich recht wohl, die Kollegen waren in meiner Altersklasse und wir arbeiteten nahtlos zusammen, konnten uns aufeinander verlassen. Niemand im Team ahnte etwas von meinem Hobby und wie sehr mich das beschäftigte. Es hätte vermutlich auch niemanden interessiert. Privates erzählte ich ohnehin kaum, nur das übliche, wie der Urlaub war, wie das Wetter am Wochenende. Bei meinem Hobby handelte es sich um eine eher autistische Beschäftigung, die ich mit niemandem teilte. Es gab einfach niemanden in meiner Reichweite, der meine Gedanken und Ideen auch nur ansatzweise nachvollziehen konnte. Nicht einmal meine Motivation hätte ich vermitteln können. Ich wäre günstigstenfalls als Spinner abgestempelt worden.

Meine Forschungsarbeit hatte zu der Erkenntnis geführt, dass ich um ein tiefes Verständnis der modernen Physik nicht herumkam. Ich hatte inzwischen ein schon lange bekanntes Werk eines Professors Roger Pembrock aus Oxford gelesen, das ich bisher nur vom Titel her kannte. Es bestätigte mich noch einmal in meiner Einschätzung, dass alle bisherigen Ansätze, echte Intelligenz auf Computer zu übertragen, schon im Ansatz scheitern mussten. Pembrock hatte sich in sehr subtiler Weise um einen mathematischen Beweis dafür bemüht, dessen einzige Schwäche es war, dass er Bewusstsein Eigenschaften zuschrieb, die zwar akzeptabel schienen, in der Praxis aber nicht sicher nachweisbar waren. Die Phänomene Intelligenz und Bewusstsein ließen sich ohnehin nicht scharf trennen. Es gab unzählige philosophische Quellen, die einen Zusammenhang mit der Quantenmechanik herstellten. Umgekehrt gab es ernstzunehmende Quellen in der Physik, die die Entstehung von Bewusstsein mit diesem Instrumentarium zu erklären versuchten. Dazu zählten auch spätere Arbeiten von Pembrock. Immer noch hatte ich keine konkrete Idee, wie ich überhaupt anfangen konnte, um ein ernst zu nehmendes Modell zu entwickeln, das die alten Fehler umging.

Aber die Bilder waren zurück, die ich so lange vermisst hatte. Wie in meiner Jugend löste die Beschäftigung mit diesem außerordentlich anspruchsvollen Thema ein Feuerwerk von Ideen aus. Sie kamen plötzlich, nachts, beim Joggen, während ich irgendeinem Vortrag lauschte oder mitten in irgendeinem Gespräch. Gelegentlich stand ich mitten in der Nacht auf, schrieb etwas nieder, probierte etwas aus. Erst danach war wieder an Einschlafen zu denken. Nach dem Joggen stürmte ich manchmal sofort in mein Arbeitszimmer statt unter die Dusche, um Ideen festzuhalten.

Zwei eher philosophische Fragestellungen machten mich jetzt nachdenklich. Die eine betraf die Bedeutung der Logik in der Physik. Warum folgten Naturerscheinungen ausgehend von wenigen Naturgesetzen überhaupt der Logik? Das war kaum begründbar. Es hätte nichts dagegen gesprochen, wenn jede Erscheinung einer eigenen willkürlichen Regelmäßigkeit folgen würde oder überhaupt ständig überraschende, unvorhersehbare Dinge passierten. Aber so war es nicht. Auf wenigen bekannten Gesetzmäßigkeiten konnte man riesige Gebäude aus mathematischer Logik bauen. Die Ergebnisse daraus waren immer in der Natur tatsächlich beobachtbar und im Experiment überprüfbar. Schlug ein experimenteller Nachweis fehl, konnte man immer zwingend folgern, dass das zugrundeliegende Naturgesetz falsch sein musste und zu korrigieren war.

Die zweite Fragestellung betraf den Formalismus der Quantenmechanik, in die ich mich inzwischen tief eingearbeitet hatte. Die gesamte Theorie basierte auf den sogenannten komplexen Zahlen, einem mathematischen Konstrukt, das bereits vor hunderten von Jahren zur vollständigen Lösung quadratischer Gleichungen erfunden wurde. Nun ruhte das

Fundament einer Theorie, die antrat, alle Vorgänge dieser Welt, des ganzen Universums zu erklären, gerade auf diesen abstrakten Konstrukten. Wie konnte es sein, dass diese seltsamen Zahlen zutreffend die merkwürdigsten Phänomene beschrieben, mit denen die Physik es jemals zu tun hatte? Hier zeigte sich besonders drastisch, welche ungeheure Macht reine mathematische Logik entfalten kann.

Zunächst einmal legte ich in meinem Forschungsdrang eine Pause ein. Ein erster echter Durchbruch gelang mir dann unvermittelt einige Monate später während eines Nordseeurlaubs. Ich lag am Strand zwischen Dünen im Sand und döste vor mich hin. Martha und die Kinder schwammen und planschten weiter unten im flachen Wasser. Ich stellte mir vor, alle meine Wahrnehmungen wären abgeschnitten, das Rauschen der Brandung, der salzige Geschmack auf meinen Lippen und die Berührungen des Windes auf meinem Gesicht, und all meine Erinnerungen wären verloren. Vielleicht sähe so der Tod aus und nichts mehr bliebe. Was wäre, wenn das nicht so war? Ich stellte mir vor, dass ich mich dann nur noch mit meiner nebelhaften inneren Welt beschäftigen könne, mit meinen Stimmungen. Ich wäre vollkommen einsam, vielleicht verzweifelt deswegen, könnte nur noch meinen eigenen Zustand wahrnehmen, ihn verändern, mit ihm spielen. Und da würde immer noch strenge Logik existieren. Ich könnte Mathematik treiben, Schritt für Schritt Gebäude aus Logik errichten, Zahlenrätsel erfinden und lösen, Geometrie erdenken aus Beziehungen zwischen Zahlen. Ich könnte meine eigene Welt erschaffen, in ihr leben. Ich wäre sogar in der Lage, aus dem jetzigen Zustand meiner Welt auf frühere Zustände zu schließen. Genau das bedeutete es doch, sich zu erinnern.

Meine Familie brachte eine unendliche Geduld damit auf, meine Eigenheiten zu ertragen. Ich beschäftigte mich mit

Geometrie, mit Würfeln und Drehungen und Spiegelungen dieser Figuren, machte Skizzen und beschrieb unzählige Seiten mit merkwürdigen Symbolen. Warum ich das tat, war mir selbst nicht klar. Es war ein Spiel. Das ganze hatte vieles von einem SUDOKU-Zahlenrätsel und mehr mit Knobelei als mit systematischem Vorgehen zu tun. Ich suchte nach Möglichkeiten, die Ecken eines Würfel so zu kodieren, dass sie gleichzeitig eine solche Drehung oder Spiegelung bedeuteten oder eine Änderung der Kodierung selbst. Ich hatte das Gefühl, damit einem Modell auf die Spur zu kommen, dass so etwas wie Selbstbezug schon in seinen einfachsten Bausteinen berücksichtigen konnte. Selbstbezug oder Selbsterkenntnis waren wichtige Eigenschaften, die man bewusstem Handeln zuschrieb. Das Modell funktionierte. In ihm kamen nur diese Würfel und einfache ganze Zahlen vor. Ich konnte Würfel darin finden, die sich genauso verhielten wie diese merkwürdige komplexe Zahl i. Und das war auf den ersten Blick erstaunlich, obwohl mathematisch leicht erklärbar.

Einige Wochen später war klar, dass mein Modell vollkommen gleichwertig mit dem quantenmechanischen Standardmodell in der Physik war. Zunächst war ich enttäuscht, weil ich gehofft hatte, auf etwas Geheimnisvolles, Hintergründiges gestoßen zu sein. Dann fand ich, dass genau diese banale Tatsache es war, die mich auf meinem Wege bestärken musste. Ich schrieb diese Ergebnisse in eine mathematische Abhandlung und stellte die ins Internet. Seit ich mich erstmals mit der Problematik beschäftigt hatte, waren fast zwei Jahre vergangen. Vielleicht stolperte ja zufällig jemand darüber und fand sich bereit, mit mir darüber zu diskutieren. Immerhin war nicht einmal mir klar, wozu das gut sein sollte. Später las ich einmal ein Zitat, das Oliver Cromwell zugeordnet wird und sinngemäß lautet: „Keiner gelangt so hoch hinaus wie derjenige, der nicht weiß, wohin er unterwegs ist.". Zumindest der zweite Satzteil traf sicher auf mich zu, und das nicht nur in dieser Angelegenheit.

Erst ein halbes Jahr später wusste ich, wozu das gut sein konnte. Wieder war weniger irgendeine Form von systematischer Arbeit an dem Problem dafür verantwortlich. Es waren wieder Bilder, die unvermittelt vor meinem geistigen Auge entstanden. Ich ließ mich davon treiben, verfolgte Ideen, die bei näherem Hinsehen zunächst vollkommen wirr und absurd klangen. Tatsächlich konnte ich einen Zufallsprozess beschreiben, der meine Würfel schrittweise veränderte und exakt physikalische Voraussagen erfüllte. Damit schien mein Modell das Potential zu haben, ein grundlegendes Rätsel der modernen Physik auf einfache Weise zu lösen, dass seit mehr als achtzig Jahren die Physiker in Atem hielt. Wie es das herausragende Merkmal jeder guten Theorie ist, fielen auch weitere Details, die ich ursprünglich nicht berücksichtigt hatte, wie Puzzlestücke fast von selbst in das fertige Bild. Auch dieses Ergebnis schrieb ich mit vielen Berechnungen in eine englischsprachige mathematische Abhandlung und stellte auch die ins Internet, zwei Jahre nach dem ersten Erfolg in der Sache.

Irgendwann schickte ich beide Arbeiten an eine physikalische Fachzeitschrift. Man teilte mir freundlich mit, dass aufgrund der vielen Wünsche um Veröffentlichung meine Arbeit leider nicht berücksichtigt werden konnte. Eigentlich war das egal. Ich hatte noch nie allzu große Ambitionen verspürt, meine Mitmenschen von meinen Ideen zu überzeugen. Meistens genügte es mir, selbst zu wissen, was richtig und was falsch war. Ich hätte nur gerne einmal mit einem versierten Wissenschaftler über diese Ideen gesprochen.

Mein eigenes Ziel hatte ich jedenfalls erreicht. Ich überlegte, ob ich meine Ergebnisse bei meinem Arbeitgeber einbringen konnte. Die Company forschte immerhin intensiv auf dem Gebiet der „Künstlichen Intelligenz". Nach kurzer Recherche im Unternehmensnetzwerk begrub ich diesen Gedanken schnell wieder. Die aktuellen Forschungsprojekte waren inhaltlich unendlich weit entfernt von meinen eigenen Ideen. Sie betrafen ausschließlich praktische Dinge wie Robotik und Spracherkennung. Hier konnte ich nirgendwo anknüpfen. Ich war einfach nicht in der Position, dass mir jemand ernsthaft auch nur zuhören würde.

Die Auswirkungen des Modells auf mein Weltverständnis wurden mir erst nach und nach klar. Sie waren atemberaubend, wenn ich es in allen Konsequenzen bedachte. Schließlich war mir klar, wohin die Reise führte, welche Vorgänge von der Physik bis hin in die Biologie und Psychologie damit einer neuen Analyse und Bewertung unterzogen werden konnten. Und endlich stand ein vollständiges Bild der Welt und ihrer Zusammenhänge klar vor mir. Darum war es mir immer schon gegangen. Im Grunde war es einfach, viel einfacher als die höchst komplizierten und selbst von Spezialisten kaum noch nachvollziehbaren Argumente der Naturwissenschaftlicher es vermuten ließen. Die gebräuchlichen Modelle waren nicht falsch, sie waren nur ungeeignet, die Zusammenhänge vollständig zu klären. Ihre Widersprüche machten die Argumentation unnötig schwer, verkomplizierten die Dinge, erzeugten in den Grenzbereichen künstlich neue Probleme, die nichts mit den wirklichen Fragen zu tun hatten.

Es war viel einfacher, als alle annahmen. Während ich nur das Zentrum des Puzzles erforscht und darin das Offensichtliche zu Tage gefördert hatte, hielten die Physiker fast alle Teile schon in Händen. Das Bild hatte natürlich zwei Seiten, dessen eine das Universums aus der Innenansicht zeigte, während die andere es aus der Vogelperspektive darstellte. Die Wissenschaftler hatten schlicht das Puzzle jeweils zur Hälfte in der einen und der anderen Ansicht zusammengefügt und versuchten seit Jahrzehnten unbeirrbar unter merkwürdigen

Verrenkungen, die beiden Teile zusammenzubringen. Sie mussten nur eine Hälfte des Bildes wenden und alles würde wie von selbst passen, ohne all die komplizierten und kaum noch nachvollziehbaren Argumente – alles eine Frage der Perspektive.

Nachdem mein eigenes Verständnis der Welt nun eigentlich komplett war, versiegte dieser berauschende Strom von Bildern und Ideen rasch. Weitere Fortschritte nahmen immens viel Zeit in Anspruch, die ich immer weniger bereit und in der Lage war, zu investieren. Alle weiteren Steine des Puzzles, die ich noch untersuchte, fügten sich nahtlos ins Bild – ein sicheres Zeichen dafür, dass meine Vorstellung davon in Ordnung war. Für mich selbst konnte ich vermutlich nichts mehr dazugewinnen. Irgendwann würden die Bilder vielleicht wiederkommen und ich die Arbeit fortsetzen.

Meine Interessen verlagerten sich wieder stärker auf andere Dinge. Zudem brauchte mein jüngster Sohn für die Schule dringend Hilfe und Motivation. Seine Leistungen in allen Fächern schwankten enorm zwischen Befriedigend und Mangelhaft. Bei Mathematik, Physik und Chemie konnte Martha ihm nicht wirklich helfen. Das war meine Aufgabe. Mit vereinten Kräften konnten wir ihn nach wenigen Wochen so stabilisieren, dass er wieder bescheidene Erfolge verbuchte und bereit war, die Schule fortzusetzen.

Ich beschloss, mein altes Hobby wieder intensiver zu betreiben Meine Fotoausrüstung hatte ich in den vielen Jahren seit meiner Schulzeit immer wieder einmal auf einen neuen Stand gebracht. Früher in der Schule, als ich Zeit hatte, fehlte mir das Geld für eine hochwertige Ausrüstung. Dann, als ich gut verdiente, fehlte mir die Zeit für die Fotografie. Die Qualität meiner Ausrüstung stand im Zeitablauf stets in umgekehrtem Verhältnis zu dem Nutzen, den ich aus ihr ziehen konnte. Erst mit den Kindern hatte sich das etwas geändert.

Seit ich Vater war, hatte ich wieder oft fotografiert. Es gab dutzende Kästen mit Dias, die wir uns viel zu selten ansahen. Mit der Digitalisierung hatte ich lange gezögert. Inzwischen konnten solche Kameras in der Auflösung beim Kleinbildformat voll mithalten. Spitzenkameras übertrafen die sogar deutlich. Nachteile gab es eigentlich nur noch beim Kontrastumfang, also der Fähigkeit, Lichter und Schatten mit erkennbarer Zeichnung festzuhalten. Da waren Diafilme noch immer besser. Insgesamt sprach aber nun alles für den Umstieg auf eine DSLR[4], an die möglichst viel von meinem noch existierenden Zubehör passte. Ich recherchierte im Internet, las Test- und Erfahrungsberichte, beobachtete Preisentwicklungen, tauschte mich mit Kollegen aus, die bereits über umfassende Erfahrungen verfügten. Schließlich holte ich Marthas finanzielle Freigabe ein und bestellte in einem Online-Shop per Nachnahme. Marthas Kritik, das schwere Teil würde ich doch nirgendwohin mitschleppen, ignorierte ich.

Wir wanderten nach wie vor viel. Unsere Kinder waren inzwischen erwachsen, die beiden Großen hatten studiert, unser Jüngster schloss gerade seine schwierige Schulzeit ab und beabsichtigte, eine Lehre zu beginnen. Damit pflegten wir diese gemeinsame Beschäftigung nun meist zu zweit. In der Tat musste ich mich jeweils entscheiden, ob wir eine lange Wanderung mit leichter Ausrüstung, oder einen eher kurzen Fototrip mit schwerem Gerät machen wollten. Fotografieren wurde wieder zu einem intensiven Hobby. Jedes gelungene Foto brauchte manchmal viele Minuten bis zu seiner endgültigen Fertigstellung am Computer. Das Alles führte zu nichts, machte aber einfach Spaß.

Im meinem Beruf gab es nicht viel Neues zu berichten. Ich befand mich in der längsten Phase meiner Laufbahn, die ohne wesentliche persönliche Veränderungen auskam. Groß-

---

4   Digital Single Lens Reflex= einäugige digitale Spiegelreflexkamera

kundenbetreuung war ein Job, bei dem es um langfristige Kundenbeziehungen ging. Das vertrug sich ohnehin nicht mit einer hohen personellen Fluktuation im Vertriebsteam. Wie ich es nicht anders erwartet hatte, geriet ich bald wieder in die Mühlen der Karriereplanung. Diesmal aber stellte ich von Anfang an klar, dass ich keinerlei Absichten hegte, den dazu notwendigen Zertifizierungsprozess anzustoßen. Mein Chef war damit nicht zufrieden. Irgendwie schien mein Verhalten nicht mit seinen Prinzipien der Personalführung vereinbar zu sein. Aber er hätte mir schon die Pistole auf die Brust setzen müssen, um meine Einstellung zu ändern. Genau das tat er jetzt noch nicht. Mein Job machte mir eigentlich Spaß, ich fühlte mich eingebunden und gebraucht, meine Gesprächspartner beim Kunden sahen mich meist gerne kommen. Irgendwann würde ich meinem Chef erklären müssen, dass ich die Rente als meinen nächsten Karriereschritt sah – gerne bei angemessener Abfindung auch deutlich vor meinem fünfundsechzigsten Geburtstag, wenn ich damit einem Altersmobbing durch Versetzung, schlechte Beurteilungen und inquisitorische Gespräche entgehen konnte. So etwas kam leider immer wieder vor. Aber danach sah es in meinem Fall noch nicht aus.

An einem Montagnachmittag war ich früh zu Hause und fand meinen jüngsten Sohn Günter sehr bedrückt auf dem Sofa im Wohnzimmer vor. Auf meine Frage, wie es ihm gehe, antwortete er nicht gerade überzeugend mit einem gedehnten „gut". Ich fand die Situation durchaus beunruhigend. Günter schien sehr deprimiert. Schon am Wochenende war mir das so vorgekommen. Ich setzte mich neben ihn hin, beschloss, diesmal nicht locker zu lassen. Wir waren alleine im Haus. Ich machte keinerlei Anstalten, aufzustehen. Wir schwiegen für einige Minuten, während derer ich ihn ansah. Dann traten unvermittelt Tränen in seine Augen, liefen still über seine Wangen. Ich nahm ihn einfach in den Arm, drückte ihn an mich und schwieg. Nach weiteren Minuten begann ich wieder:

„Was bedrückt dich? Ist in den letzten Tagen irgendetwas vorgefallen?"

„Ich weiß es selbst nicht. Es ist wie ein schwarze Wand, die unaufhaltsam auf mich zurollt, die mir ungeheure Angst macht. Ich weiß nicht wie es weiter geht, wie meine Zukunft aussehen kann."

„Die Schule ist in wenigen Tagen beendet, dann beginnt ein neuer Lebensabschnitt. Es war oft nicht leicht aber du hast es geschafft. Nur das Ergebnis zählt. Vor der Zukunft brauchst du keine Angst zu haben. Du hattest doch Pläne, wie es danach weitergeht. Und wir werden dir helfen wo wir können. Du musst das nicht alles alleine lösen."

„Darum geht es nicht wirklich. Im Kopf ist mir das klar. Ich weiß einfach nicht, wozu ich das alles mache, die ganze Mühe und Quälerei auf mich nehme. Sicher gibt es immer wieder auch schöne Momente. Aber wohin führt das? Welchen Sinn hat das alles? Irgendwann bist du tot, bin ich tot, und nichts ist übrig. Weshalb habt ihr überhaupt Kinder in die Welt gesetzt?"

„Glaubst du eigentlich an etwas?"

„Wenn du Religion damit meinst – die erzählen doch nur Unsinn, esoterischen Quatsch. Das kann ich nicht ernst nehmen. Die stammen alle aus einer längst vergangenen Zeit. Es gibt keinen großen alten Mann, der die Geschicke der Menschheit lenkt."

„Glaubst du denn, du lebst nur für dich alleine? Du veränderst doch Dinge, die auch andere betreffen. Du kannst etwas schaffen, was über dein Leben hinaus wirkt."

„Ja vielleicht, wenn ich ein berühmter Wissenschaftler würde, oder ein Konzernchef, oder ein weltbekannter Künstler. Aber dazu fehlt mir doch jedes Talent. Wie soll ich das anstellen? Und selbst die werden doch nach hundert Jahren vergessen. Alles wozu ich tauge ist es, vielleicht ein guter Handwerker zu werden, der nicht einmal über sein Dorf hinaus bekannt ist, über den niemand schreibt und der sicher in keinem Geschichtsbuch erwähnt wird. Du hast doch schon so viel erreicht, was ich niemals schaffen werde."

„Das wird sich noch zeigen. Alles was du tust und denkst ist wichtig für mich. Du ahnst vielleicht nicht einmal, wie wichtig. Ohne dass du das vielleicht weißt, hat alles was tu machst, sogar deine Stimmung, Einfluss auf das, was ich tue und entscheide. Vielleicht mache ich ja morgen eine tolle weltverändernde Erfindung nur deshalb, weil mich unser Gespräch heute auf eine Idee gebracht hat. Ich will dir damit sagen: Du kannst gar nicht abschätzen, welche Wirkungen du in der Welt verursachst. Vielleicht verändert ein einfacher Satz von dir in vielen Jahren mehr, als der Erfolg eines berühmten Sängers oder Schauspielers. Ich gebe dir einmal ein ganz simples Beispiel, das mir gerade so in den Sinn kommt. Stelle dir vor, ein wichtiger Politiker sitzt an einem Tag beim Frühstück, an dem seine Stimme den Ausschlag gibt über Krieg oder Frieden. Eine kleine Fliege summt um ihn herum. Er schlägt nach ihr, wirft dabei seine volle Kaffeetasse um, verschmutzt seinen Anzug, muss sich umziehen und kommt zu spät und äußerst schlecht gelaunt in die entscheidende Sitzung. Ich glaube, du kannst dir leicht vorstellen, dass er nun eher dazu neigt, für den Krieg zu stimmen. Glaubst du die Fliege weiß oder kann auch nur erahnen, dass sie eigentlich diese Katastrophe ausgelöst hat? Aber natürlich gibt es viele Ursachen. Nicht nur die Fliege ist schuld. Trotzdem könnte ich die Kette der Ursachen zurückverfolgen und zu dem sachlichen Schluss kommen, dass dieses simple Ereignis tatsächlich ausschlaggebend war. Wäre die Fliege nicht dort gewesen, oder erst später erschienen, hätte der Krieg nicht stattgefunden. Aber natürlich trifft die Fliege keine moralische Schuld, sie muss sich keine Vorwürfe machen. Sie wusste es nicht besser."

Mein Sohn musste einige Minuten nachdenken, zeigte einen Anflug von Lächeln, das rasch wieder verschwand.

„Aber wenn alles, was ich tue, eine Katastrophe auslösen kann, dann müsste ich mich doch am besten gleich jetzt umbringen. Aber auch das könnte ja dann in tausend Jahren zum Untergang der Menschheit führen oder so was. Wäre das dann eigentlich gut oder schlecht? Nicht einmal das weiß ich. Ich habe überhaupt keine Orientierung mehr. Was ist gut und was ist schlecht? Welchen Unterschied macht es, ob ich ein Ziel verfolge oder einfach in den Tag hinein lebe?"

„Ich kann dir darauf keine einfachen Antworten geben. Sicher ist nur, dass alles sich ständig verändert. Auch die Maßstäbe nach denen du heute Gut und Böse unterscheidest, sind morgen vergessen. Gut und Böse tauschen vielleicht vollkommen die Rollen. Selbst ein Dieb, Gewalttäter oder Mörder kann letztlich etwas bewirken, das zunächst eine Katastrophe bedeutet, viel später im Nachhinein aber als Glücksfall eingeschätzt wird. Revolutionen sind eine typisches Beispiel. Aus Terroristen werden im Nu Freiheitskämpfer – wenn sie denn Erfolg haben.

Aber ich habe dich eben schon einmal gefragt, ob du glaubst, dass du alleine bist. Glaubst du, dass deine Entscheidungen wirklich frei sind? Sicher ist da kein alter Mann mit Bart, der dich steuert. Aber vielleicht gibt es Naturgesetze, die deine Entscheidungen unmerklich beeinflussen."

Pause -

„Eigentlich denke ich, dass ich tun und lassen kann, was ich will. Das ist es ja gerade, was mich beunruhigt, jetzt noch viel mehr als vorher."

„Ich will dir noch ein Beispiel geben. Stelle dir vor, du besitzt ein mehrgeschossiges Haus, dessen Zugang du pflastern möchtest. Die Pflastersteine werden geliefert und du musst entscheiden, ob du die auf deinem Dachboden oder in der Garage lagerst. In der Luftlinie ist vielleicht der Dachboden näher an deiner Baustelle als die Garage. Kannst du hier frei entscheiden?"

„Was soll ich mit diesem Unsinn anfangen? Natürlich lagere ich die in der Garage. Sonst müsste ich ja für jeden Stein auf den Dachboden laufen und den herunterholen. So blöd wird ja wohl niemand sein. Aber trotzdem könnte ich auch so einen Unsinn entscheiden, wenn ich wollte."

„Sicher könntest du, aber es wäre äußerst unwahrscheinlich. Trotzdem wurde deine Entscheidung offenbar von einem Naturgesetz beeinflusst. Gäbe es keine Erdanziehung, dann wäre deine Entscheidung höchst wahrscheinlich anders ausgefallen. Natürlich würdest du das mit Vernunft begründen, weil du ja im Prinzip auch anders könntest. Wenn du aber tausende solcher Situationen beobachten würdest, könntest du fast mit Sicherheit immer das gleiche Verhalten beobachten und die Ursache tatsächlich einem zwingenden Gesetz zuschreiben.

Aber natürlich gibt es viele andere Einflüsse, denen du nicht entgehen kannst. Wenn dich jemand beleidigt, dich sogar bedroht und drangsaliert – so etwas ist doch schon vorgekommen: Weshalb tötest du den nicht einfach? Deine Vorfahren vor hunderttausend Jahren hätten es vielleicht getan. Das ist sicher ein drastisches Beispiel und du kannst sagen, du habest Angst vor der Strafe. Trotzdem kommst du vielleicht nicht einmal auf den Gedanken, so etwas tun zu können. Ich könnte viel banalere Beispiele anführen, in denen du deine Entscheidungen nur noch aus einer sehr begrenzten Menge von Möglichkeiten nimmst. Es gibt in jeder Gesellschaft unzählige Tabus, die tief bis in die Welt deiner Gedanken und Träume reichen. Du kommst nicht einmal auf die Idee, dass es noch ganz andere Alternativen geben könnte. Das meine ich mit durchdringender Beeinflussung. Deine Entscheidungen sind alles andere als unabhängig. Deine Umwelt beeinflusst dich massiv."

„Du widersprichst dir doch selbst damit. Einerseits kann das, was ich tue die Welt verändern, andererseits diktiert mir die Welt, was ich zu tun habe. Das geht doch nicht zusammen."

„Du siehst das Ganze noch zu sehr in Schwarz und Weiß. Es passt durchaus zusammen. Ich muss weiter ausholen und versuchen, dir die Zusammenhänge so zu erklären, wie ich sie inzwischen verstehe. Ich habe einige Jahre dazu gebraucht. Es scheint so zu sein, dass nicht Materie und das, was die Meisten als Realität bezeichnen würden, das Fundament unseres Universums ist. Ich weiß nicht, wie es dir geht. Ich empfinde sehr stark so etwas wie eine innere Welt, vielleicht die Welt meiner Gedanken und Träume. Diese Welt ist vielleicht viel realer als alles da draußen, was du ohnehin nur über deine Sinnesorgane wahrnehmen kannst. Eigentlich kannst du nicht wissen, dass da draußen überhaupt etwas ist. Du bist gefangen in deiner inneren Welt. Alles was für dich real ist, ist in Wirklichkeit etwas in dir. Du bist nicht in der Lage, etwas wahrzunehmen, was nicht in deiner inneren Welt existiert. Andererseits ist diese Welt ein Spiegel der Einflüsse, denen du ausgesetzt bist, denen du dich nicht entziehen kannst.

Glaubst du, dass nur Menschen über ein Bewusstsein verfügen? Oder muss ich das auch für unsere nächsten Verwandten, Schimpansen oder Gorillas annehmen? Nach dem, was man heute weiß, kann ich da keine scharfe Grenze ziehen. Ich kann die Kette weiter verfolgen, hin zu großen, dann kleinen Säugetieren. Aufgrund enger Verwandtschaft werde ich nirgends eine scharfe Grenze ziehen können und behaupten, bis hierhin existiere so etwas wie Bewusstsein und dahinter definitiv nicht mehr. Selbst eine Schnecke oder ein Wurm trifft eigene Entscheidungen, die niemand exakt vorhersagen kann. Ich will das jetzt nicht weiter treiben, aber feststellen, dass Bewusstsein etwas Durchdringendes zu sein scheint, das überall seine Finger im Spiel hat."

„Wie willst du denn das durchhalten? Ein Stein hat doch kein Bewusstsein! Das ist einfach lächerlich. Ein Stein hat weder eine Wahrnehmung noch trifft er Entscheidungen."

„Natürlich nicht. Ich meine das im Sinne einer treibenden Kraft, die genauso Veränderungen hervorruft, wie die bekannten Naturgesetze es tun. Der Nagel deines Daumens, oder dein Daumen selbst, hat auch kein Bewusstsein. Trotzdem werden seine Bewegungen offenbar durch dein bewusstes Handeln bestimmt. Du scheinst selbstverständlich anzunehmen, dass dein Bewusstsein, deine Seele, irgendwo in deinem Körper existiert. Wieso eigentlich?"

„Vielleicht, weil alle das sagen!? Aber wo sollte es sonst auch sein?"

„Und wo genau würdest du es ansiedeln? In deinem Kopf? In deinem Herzen? In deinem kleinen Finger oder vielleicht in deinem Blut? Ich habe mir früher manchmal vorgestellt, wie es wäre, nichts mehr wahrzunehmen und keinerlei Erinnerung mehr zu besitzen. Wäre ich dann tot, oder gäbe es noch irgendetwas? Ich stellte mir vor, da wäre immer noch ein einzigartiger Funke, der alles bedeutet, der meine Einzigartigkeit ausmacht. Ich meinte, den Gedanken nicht ertragen zu können, dass so etwas Einzigartiges endet. Und ich dachte, nur dieser Funke macht mein Bewusstsein aus, getrennt von meiner Wahrnehmung und meiner Erinnerung. Ich glaubte, dass nur dieser in meinem Inneren dafür verantwortlich war, dass ich überhaupt etwas tat, mich fortbewegte, Ziele hatte. Er war die treibende Kraft. Der Sinn meines Lebens müsste in diesem Funken liegen."

„Wenn du Bewusstsein so eng beschreibst, ist die Antwort schwieriger. Ich hätte meine Erinnerung immer untrennbar damit verbunden. Die nämlich sitzt sicher im Kopf, also im Gehirn. Das ist klar. Warum sollte dieser Funke dann nicht auch dort sein, wenn der überhaupt existiert. Das ist doch dann das, was die Katholiken als Seele bezeichnen würden. Damit wären wir doch wieder bei einem Gott angekommen. Wir drehen uns im Kreis."

„Die Religionen vereinfachen die Dinge sehr, liegen aber vielleicht im Ergebnis manchmal nicht ganz falsch. Ich würde gerne weiter auf die Begriffe Gott und Seele verzichten. Die sind zu sehr vorbelastet. Bleiben wir doch stattdessen bei dem diffusen Wort Bewusstsein oder dem Universum, das wir glauben, besser zu verstehen.

Was ich dir erklären möchte, ist sicher erst einmal eine Zumutung für dein Weltverständnis. Die wirklichen Zusammenhänge liegen zwischen Formeln und Berechnungen und in den tiefen Merkwürdigkeiten physikalischer Theorien verborgen. Mein Verständnis ist ziemlich eindeutig. Deshalb höre einfach einmal zu und vertraue mir. Ich glaube zu wissen, wovon ich rede.

Nach meiner Überzeugung handelt es sich um zwei Bezeichnungen für das gleiche Phänomen. Wovon ich überzeugt bin ist, dass sich unser Universum im übertragenen Sinn in einem Prozess der Entscheidung befinden muss. Die Physiker würden das als quantenmechanischen Messprozess bezeichnen. Das bedeutet, unser Universum insgesamt tut etwas, das man gemeinhin nicht für möglich halten würde.

Nach meiner Überzeugung kann es danach nur ein einziges echtes und wirklich unabhängiges Bewusstsein geben. Diese Vorstellung ist am leichtesten mit meinem Modell in Einklang zu bringen. Der Funke in jedem Einzelnen kann dann nur so etwas wie ein Echo des Universums sein. Er ist einzigartig im wahrsten Sinne des Wortes, aber nicht individuell verschieden. Mit allem, was ich tue und entscheide verändere ich den Zustand des Universums, das seinerseits etwas über die Folgen meiner Tat an mich zurückgibt und außerdem verhindert, dass ich einfach ruhe. Du kannst dir diese Rückmeldung so vorstellen, dass sie dich einerseits beunruhigt, andererseits deine Wahrnehmung verzerrt. Du glaubst, dich frei entscheiden zu können und das ist vollkommen richtig. Du glaubst vielleicht, dich einen Meter nach vorne zu bewegen und dafür eine Sekunde zu brauchen. Von einem anderen Standpunkt aus betrachtet bewegst du dich aber vielleicht nur um neunzig Zentimeter und brauchst zwei Sekunden dazu. Hättest du dich für die entgegengesetzte Richtung entschieden, wären es von außen betrachtet vielleicht vierzehnten gewesen. Durch diese Verzerrung wirst du unmerklich gelenkt, so dass du wahrscheinlich – nicht zwingend – bestimmte Entscheidungen eher triffst als andere. Dieses Prinzip funktioniert bis hinunter zu einfachen Elementarteilchen. Was ich dir am Anfang unseres Gespräch erklärt habe über die Auswirkungen deiner Entscheidungen ist auch dabei klar sichtbar. Ein Teilchen, eingebettet in ein System vieler Teilchen, trifft freie Entscheidungen und kann damit den Lauf des gesamten Systems beeinflussen. Je nach Einstellung könnte man auch sagen, jedes Teilchen darf Fehler machen. Es ist sogar so, dass ohne diese Fehler das System nicht funktionieren würde. Fehler zu machen zählt zu den wichtigsten Eigenschaften des Modells überhaupt. Wozu das führt, ist nur aus der Vogelperspektive zu sehen. Das System findet sich nach einiger Zeit in einem von mehreren möglichen Gleichgewichten wieder. Das System insgesamt hat sich damit entschieden und alle waren irgendwie an der Entscheidung beteiligt."

„Puh, tut mir leid, wenn ich nicht ganz folgen konnte. Das ist verdammt kompliziert. Vielleicht sollte ich doch lieber an einen Gott und meine Seele glauben. Die Geschichten sind leichter verdaulich. Trotzdem komme ich noch mal auf den Stein zurück. Der verhält sich nicht zufällig, der zickt nicht 'rum, sondern bleibt auf einer berechenbaren Bahn. Soviel verstehe ich immerhin von Physik."

„Das ist die zweite überraschende Konsequenz. Der Stein ist im Platonischen Sinne nur der Schatten von Vorgängen, die anderswo ablaufen, die nicht einmal einen festen Ort im Universum haben. Dieser Schatten ist das Resultat all dieser unzähligen Einflüsse, die ihn einzeln gesehen vielleicht mal hierhin, mal dorthin führen würden. In der Masse aber sind die statistischen Mittelwerte seiner Bewegung sicher vorhersagbar. In der Tat vollführt auch ein Elementarteilchen unvorhersehbare Sprünge, sobald ich im Labor die meisten äußeren Einflüsse ausblende. Für einen Stein geht das aber nicht.

Das führt zu der Schlussfolgerung, dass für die einfachsten Bewegungen viele Vorgänge gleichzeitig verantwortlich sind, dass umgekehrt hinter deinem oder meinem Verhalten isolierte, einfachere Vorgänge stehen müssen. Da muss etwas sein, dass in der Lage ist, sich teilweise vom übrigen Universum abzukapseln. Das stellt die übliche Vorstellung natürlich auch hier auf den Kopf. Und das, was sich da abkapselt, hat ebenfalls keinen bestimmten Ort, den nur die Wirkung, also der Schatten davon hat."

Der Gemütszustand meines Sohnes hatte sich deutlich aufgehellt. Wir saßen schon fast zwei Stunden hier zusammen. Er holte eine Flasche Saft aus dem Kühlschrank und brachte zwei Gläser mit. Ich überlegte, dass die Zusammenhänge, die ich als naheliegend empfand, doch viel komplizierter zu vermitteln waren, als ich erwartet hatte. Ich überlegte, ob ich sie einmal in möglichst einfacher Weise, natürlich ohne all die Formeln aus meinen Ausarbeitungen, in einem Sachbuch veröffentlichen sollte. Vielleicht waren andere ja mit den gleichen Fragen konfrontiert, ohne eine befriedigende Antwort zu erhalten. Damit hatte ich gerade ein neues persönliches Projekt gefunden, das ich demnächst angehen würde. Nach einigen Minuten begann mein Sohn wieder das Gespräch.

„Trotzdem, wohin führt das denn alles. Ich habe jetzt verstanden, dass ich mich frei entscheiden kann, aber trotzdem dabei gelenkt werde. Wenn Gott – oder meinetwegen das Universum – schließlich eine Entscheidung getroffen hat, was ist dann? Welche Entscheidung soll dass denn sein? Ist dann alles zu Ende, wenn er sich entschieden hat?"

„Leider komme ich zu keinem anderen Schluss, als dass dann tatsächlich erst einmal Schluss ist. Jeder Begriff von Zeit endet dann, nicht das Universum an sich. Das braucht zu seiner Existenz keine Zeit. Es bietet aber die Möglichkeit, diesen Prozess jederzeit wieder neu zu beginnen. Im Modell passiert das einfach durch den Wechsel der Perspektive. Und da es sich nun in einem anderen Zustand befindet, wird der Prozess jedes mal vielleicht ähnlich, aber niemals genau gleich ablaufen.

Um dir eine Vorstellung zu geben, worum es sich dabei handeln könnte, gebe ich dir einen Vergleich: Jedes mal wenn du eine Idee hast, ein neues Ziel anstrebst, beginnt in deiner inneren Welt eine neue Reihe von Entscheidungen die du verfolgst, solange du dein Ziel nicht erreicht hast. Während du das tust, lernst du mit jedem Schritt dazu und dein ursprüngliches Ziel wird sich verändern, so dass du möglicherweise niemals wirklich ein Ziel erreichst. Mit einer solchen Idee beginnt jedes mal eine quasi neue Zeitrechnung in dir.

Aber das ist natürlich Spekulation. Ich kann nicht beweisen, dass es so ist, dass der Vergleich in allen Details taugt. Auch über das Ziel unserer Reise kann ich nur spekulieren. Aber vielleicht hat unser Universum einen entscheidenden Nachteil uns und vielen intelligenten Wesen gegenüber: Es ist sich seiner selbst möglicherweise gar nicht bewusst. Vielleicht ist sein Zustand eher mit Bewusstlosigkeit oder Schlaf zu beschreiben. Vielleicht wartet es darauf, zu erwachen und festzustellen, dass es existiert. Das wäre sicher nicht das Ende der Zeit aber vielleicht der wichtigste Schritt einer Entwicklung, bei der du und ich und alle Wesen des Universum mit ihren freien Entscheidungen mitwirken und mitbestimmen, welche Art von Bewusstsein dann erwacht. Wie es weitergeht, übersteigt vermutlich all unsere Phantasie, so wie ein kluger Gedanke die Vorstellungskraft einer Nervenzelle deines Gehirns übersteigt."

Wir saßen noch eine Weile zusammen, tranken unseren Saft. Mein Sohn war wie ausgewechselt. Ich werde nie den Ausdruck in seinem Blick vergessen.

Funkenflug

Das, was anfangs als ein unscheinbarer Funke erschienen war, hatte ihn in Wirklichkeit schon immer angetrieben, hatte ihn davon abgehalten, zu verharren, einfach nichts zu tun und zufrieden zu sein. Irgendeine geheime Kraft, die ihm sagte "Ändere die Dinge", selbst wenn er selbst nicht wusste, wohin es ihn führen sollte, was er erwartete. Er hatte es Neugier genannt, oder einen kindlichen Spieltrieb verantwortlich gemacht, oder einfach eine diffuse Unruhe wahrgenommen.

Irgendwie empfindet er nun eine ungeheure Verantwortung, die anwächst und keine Grenzen zu kennen scheint. Sie war schon immer da, aber er war sich ihrer nie bewusst. Er wäre andernfalls nie in der Lage gewesen, irgendeine Entscheidung zu treffen. Die Konsequenzen hätten ihn erschlagen. Ignoranz ist kein Fehler, Ignoranz ist ein Schutzschild, ohne den nichts voranginge. Der Schild löst sich gerade auf, hört auf zu existieren. Er fühlt die Verantwortung für die Welt um ihn, für das gesamte Universum. Er hatte sie schon immer.

Neue, ungewohnte Erinnerungsfetzen durchzucken unvermittelt sein Bewusstsein: Menschen leben und sterben, Planeten erblühen und vergehen, Sterne werden geboren und verlöschen, Galaxien ziehen einsam ihre Bahnen in unendlicher Leere. Ein Gefühl ausgloser Einsamkeit ergreift Besitz von ihm. Er muss etwas verändern, erschaffen: Kann Schöpfung ihn erlösen?

Die Erkenntnis trifft ihn mit harter unmissverständlicher Klarheit: Bewusstsein, Ich, das Universum, Gott – viele Begriffe für ein und dasselbe. Er fühlt sich eins werden. Er ist Gott und er ist das Universum – nur ein Frage der Perspektive. Was er als winzigen Funken wahrgenommen hatte, füllt ihn nun aus, während gleichzeitig sein Bewusstsein schwindet. Wie kann das sein? Unmittelbar bevor er in eine Dunkelheit sinkt, ist da noch ein Gedanke in ihm: Es ist sich seiner Existenz nicht bewusst! Es schläft, beginnt gerade erst zu träumen.

Irgendwann werde ich erwachen und wissen, dass ich existiere.

Nachwort

Die Idee, dass in unserem Universum nur Platz sein könnte für ein Bewusstsein[5], ist durchaus nicht neu. Wie Erwin Schrödinger – Nobelpreisträger 1933 für Physik und einer der Begründer der Quantenmechanik – schon 1944 in seinem Buch „WHAT IS LIFE" feststellte, existiert der Begriff „Bewusstsein" nur im Singular und selbst als Physiker sollte man einfach akzeptieren, dass es vielleicht nur eines davon gibt. Das Thema war in den Jahrzehnten danach allerdings eher verpönt unter Naturwissenschaftlern und hatte das Potential, die eine oder andere Karriere abrupt zu beenden. Erst in jüngerer Zeit diskutieren wieder Philosophen und Physiker über die Stellung eines solchen Konzeptes und ziehen in Erwägung, dass Bewusstsein eine Eigenschaft jedweder Materie im Universum ist, und eben nicht aus dem Zusammenspiel einer genügend komplexen Ansammlung daraus erst entsteht. So erwähnte Stephen Hawking wenige Jahre vor seinem Tode einmal, das Universum sei gerade dabei, sich seiner selbst bewusst zu werden. Eine ähnliche Aussage findet sich in seinem letzten Buch. Was er damit gemeint hat, ist nicht ganz klar. Ich selbst würde so eine Aussage nicht ohne weiteres unterschreiben wollen, obwohl ich die zentrale Bedeutung eines Konzeptes wie Bewusstsein für den Aufbau unseres Universums in der Tat für wahrscheinlich halte.

Eng mit dem Begriff Bewusstsein ist das Konzept intelligenten Verhaltens verbunden. Manche modellhafte Vorstellung bringt den Unterschied zwischen einer künstlichen und einer natürlichen Intelligenz auf den Punkt, und dies ist danach der Zufall. Biologische Intelligenz ist – bei aller subjekti-

---

5   Der Begriff ist in unterschiedlichen Disziplinen extrem vielfältig und widersprüchlich besetzt. Hier ist sicherlich nicht die medizinische Interpretation gemeint, eher das religiös oder philosophisch geprägte Verständnis, ähnlich zu Begriffen wie Geist oder Seele.

ven Rationalität – geprägt von einer prinzipiellen Unberechenbarkeit. Dagegen ist bei heute üblichen Computern die
Lösung einer Aufgabe und selbst der von ihnen produzierte
„Zufall" prinzipiell berechenbar, kann also unter ansonsten
gleichen Bedingungen genau so wiederholt werden. Es mutet
schon sonderbar an, wenn jemand behauptet, dass die Überlegenheit des Menschen über die Maschine in seiner fundamentalen Unberechenbarkeit liegt.

Was bedeutet diese auch naturwissenschaftlich begründ-
bare Vorstellung für uns „normale" Menschen, insbesondere
die Behauptung, Bewusstsein sei unteilbar? Sie sagt im Kern
folgendes aus: Sie und ich besitzen ein Bewusstsein. Eigentlich
weiß ich das nur von mir. Ob das für sie gilt, kann ich streng
genommen nur vermuten. Dieses Phänomen teilen wir mit
allen Lebewesen und sogar darüber hinaus. Eine eigene Seele
– vielleicht ein treffenderer Begriff für das gleiche Konzept –
ist eine Illusion, die unsere Sinnesorgane und unser Gehirn
uns vorgaukelt. In Wirklichkeit wird unser Denken und Handeln geboren aus einem universellen Antrieb, der alles durchdringt und der eng verwandt ist mit der universellen Anziehungskraft, die die Planeten um die Sonne zwingt und den
Apfel zum Boden.[6] In einem abstrakten Sinne entscheidet
und denkt das Universum vielleicht. Trotzdem hat es nichts
mit einem Gott zu tun, wie man sich einen solchen gemeinhin vorstellt. Das Universum kann die Zukunft weder bestimmen, noch sie voraussehen. Es begrenzt lediglich die Möglichkeiten, unter denen eine Wahl zu treffen ist. Der Weg bis
dorthin ist chaotisch und zu keiner Zeit berechenbar. Unsere
Existenz und jede unserer Taten, unserer Erfolge und Misserfolge gleichermaßen, jeder noch so unscheinbare Zufall, hat
darauf einen entscheidenden, unvorhersehbaren Einfluss. Jedes Individuum hinterlässt mit jeder einzelnen Entscheidung
unauslöschliche Spuren im Zustand des Universums und ist

6   siehe auch S. Genreith „Bewusstsein, Zeit und Symmetrien"

an jeder seiner Entscheidungen beteiligt. Was diese Wahl bedeutet, mit der das sicht- und erlebbare Universum schließlich endet, bleibt allerdings rätselhaft.

Vor einiger Zeit einmal hatte ich eine Diskussion mit einem alten Freund. Er wunderte sich über meine Gelassenheit angesichts der vielen erschreckenden Ereignisse in der Welt. Er war der Meinung, man müsse gegen die vielen unschönen Entwicklungen mit aller Macht kämpfen, gegen den Hunger in der Welt, gegen den Klimawandel, gegen Kriege und vieles andere mehr. Ich schilderte ihm meine Einstellung dazu, zu meiner Rolle oder der der Menschheit insgesamt, die sich meiner Meinung nach viel zu wichtig nimmt. Wir alle stehen nicht über der Evolution, sondern sind ein Teil der Natur, die jederzeit die Macht hat, uns als Spezies aus dem Spiel zu nehmen. In aller Demut sollten wir dies als Tatsache akzeptieren.

Was wirklich geschieht und was die Evolution entscheidet, findet nicht in den Köpfen einzelner Menschen statt. Die eigentliche Intelligenz eines solch komplexen Systems liegt in seinen Beziehungen. Dabei spielen nicht nur die Interaktionen zwischen Menschen ein Rolle, sondern vielmehr die Relationen zwischen allen Elementen unserer Umwelt. Unsere Rolle und die jeden anderen Lebewesens ist eher vergleichbar mit dem Aufbau eines Gehirns aus Milliarden von Neuronen. Eine einzelne Nervenzelle ist unfähig, auch nur einen einzigen unserer komplexen Gedanken zu erfassen. Vereinfachend gesagt, leitet sie lediglich Impulse weiter, nachdem sie empfangene Signale bewertet hat und diese in Summe einen bestimmten Schwellwert übersteigen. Darin erschöpfen sich im Wesentlichen deren Fähigkeiten. Die Leistungsfähigkeit eines Hirns resultiert aus den Beziehungen zwischen den Nervenzellen, nicht aus den Zellen selbst. So existieren zwischen nur 100 Neuronen schon mehrere Tausend potenzielle Beziehungen, bei 10.000 sind es bereits fünfzig Millionen, bei vielen hundert Milliarden hat die resultierende Zahl keinen Namen mehr. Diese einfachen Rechnungen zeigen bereits, wo das wirkliche Potential solcher Netzwerke liegt. Genauso kann ein einzelnes Lebewesen niemals in die Lage kommen Konzepte zu begreifen, denen die Evolution in ihrem gewaltigen Netzwerk folgt. Bestenfalls können Menschen eine vage Ahnung von einigen wenigen Vorgängen entwickeln, ohne deren Bedeutung in einem höheren Sinne begreifen zu können.

Das mag entmutigend klingen und Anlass zur Resignation geben. Diese Schlussfolgerung ist allerdings falsch. Immerhin verstehen einzelne Menschen mehr Zusammenhänge als irgendein anderes Tier auf dem Planeten und wir können in der Konsequenz unsere Umwelt stärker auf unsere Bedürfnisse hin anpassen, als jede andere höhere Tierart. Allerdings prägen Pflanzen, Algen, Bakterien, Pilze unseren Planeten schon viel länger und nachhaltiger, als wir das vermögen und werden das wohl auch nach uns noch tun. Selbst wenn wir unseren Planeten chemisch und atomar verseuchen, wird die Natur über ein solches Ereignis klaglos hinweggehen. Sie wird sich anpassen und die neue Situation als Chance für viele Neuanfänge nutzen. So lief das bisher nach jeder Katastrophe, ob ein Asteroideneinschlag die Herrschaft der Dinosaurier beendete, oder global verheerende Vulkanausbrüche vor über 200 Mio. Jahren fast alles höhere Leben vernichteten, oder eine totale Vereisung des Planeten ähnliche Konsequenzen zeitigte. Mit den vorangegangenen Ausführungen will ich übrigens keineswegs behaupten, dass die Natur insgesamt sich ihrer selbst bewusst ist, bewusste Entscheidungen trifft, oder Ziele verfolgt. Eine solche Annahme bleibt bei allen offensichtlichen Fähigkeiten reine Spekulation, die wohl auch in Zukunft weder zu beweisen, noch zu widerlegen sein wird.

Das schwerwiegendste Problem eines begrenzten Vorgehens gegen vermeintlich negative Entwicklungen ist, dass niemand voraussehen kann, wohin sie letztlich führen. Niemand kann allgemeingültig feststellen, was gut ist und was böse, was richtig und was falsch ist. So manche Tragödie schon ist aus den besten Absichten heraus entstanden und das scheint eher die Regel als die Ausnahme zu sein. Erfolgversprechend Ziele zu verfolgen bedingt zuallererst, die Komplexität unserer chaotischen Umwelt drastisch zu reduzieren. Das gelingt nur durch rigorose Vereinfachung, die Gestaltung unserer Umgebung, Ausblendung fast aller Einflüsse und Konzentration auf die wesentlichsten Faktoren. Tatsächlich sind wir blind für das wirkliche Chaos um uns herum. Sobald wir unser Handeln auf einen größeren Kontext ausrichten, steigt die Ungewissheit dramatisch an und macht jede Nutzenbewertung zur Makulatur, verkehrt jede gute Absicht in ihr Gegenteil, abgesehen von Zufallstreffern.

Anschauliche Vorstellungen stellen eine komplizierte Wirklichkeit immer unzureichend dar. Mit dieser Einschränkung ist meine eigene Existenz vielleicht vergleichbar mit der eines einzelnen Pilzes, der nur als eine Art Ausstülpung aus einem riesigen im Boden verborgenen Myzel erwächst, den ich hier in Analogie zum Begriff „Bewusstsein" verwende. Dieses unsichtbare Geflecht kann viele Quadratmeter bis hin zu einigen tausend Hektar bedecken. Der einzelne, scheinbar individuelle Fruchtkörper wächst, verbreitet seine Sporen mit dem Wind, und vergeht. Sein Wirken verändert das Myzel, das ihm umgekehrt seine vorübergehende Individualität verleiht und trotzdem war er niemals etwas anderes als ein Teil seines unvergänglichen Myzels, das er mit allen anderen Pilzkörpern teilt. Der Tod des Individuums ist nichts anderes als eine Rückkehr. Und so beschreibt das altbekannte Bild des Tropfens, der zurückkehrt in den Ozean, die Bedeutung des Todes sehr treffend und nichts ist damit wirklich verloren.

Das Buch zeichnet drei sehr unterschiedliche Lebenswege, die sich kaum berühren und trotzdem in einer engen Beziehung stehen.

Winfried Schönbach ist von Kindheit an geprägt durch einen autoritären Vater, der sich mit einer Familie nur seiner Karriere zuliebe belastet, der seine Frau wie eine Angestellte behandelt und der unbedingte Leistung erwartet. Winfried muss Erfolge vorweisen, um Beachtung zu finden. Sobald er ein Talent zeigt, fördert ihn sein Vater mit allem, was Geld und Einfluss vermögen.

Dieter Meyer ist gesellig, früh sozial engagiert, liebt den Umgang mit Menschen. Er ist eines von fünf Kindern eines Handelsvertreters, der sich in seiner knapp bemessenen Freizeit fürsorglich um seine große Familie kümmert. Dieter ist intelligent, strebsam, hat klare Ziele, die er stets gemeinsam mit anderen verfolgt. Er ist beliebt, weckt Vertrauen und achtet jedermann. Seinen Erfolg verdankt er seiner Fähigkeit, Menschen zu führen und zu begeistern.

Klaus Stock hat einen starken Hang zu Beschäftigungen, an denen er niemanden teilhaben lässt. Er hasst es, in der ersten Reihe zu stehen, sich beobachtet zu fühlen, empfindet Menschen als Bedrohung. Er entwickelt früh ein mathematisches Ausnahmetalent, kann seine Bilder und Gedanken dazu aber niemandem wirklich mitteilen. Sein Leben lässt er meist einfach treiben, wirkt ziel- und orientierungslos, obwohl er selbst immer das Gefühlt hat, auf seinem Weg etwas zu erreichen, von dem er selbst nicht genau weiß, was es ist.

Wer nach der Geschichte hier erfahren möchte, welche dramatischen Folgen die Entdeckung der wahren Ursachen für Bewusstsein und Intelligenz haben wird, sei mein Buch „Einsichten eines Schwarms" ans Herz gelegt.